KRISTINA GÜNAK

# Kaputte Herzen kann man kleben

Weitere Titel der Autorin:

Man wird ja wohl noch träumen dürfen
Wer mich nicht mag, hat keinen Geschmack
Wer weiß schon, wie man Liebe schreibt
Glück ist meine Lieblingsfarbe
Die Liebe kommt auf Zehenspitzen

Titel auch als Hörbuch erhältlich

**Über die Autorin:**

**Kristina Günak** wurde 1977 in Norddeutschland geboren. Nachdem sie jahrelang als Maklerin arbeitete sowie als Mediatorin und systemischer Coach tätig war, ist 2011 ihr erster Roman erschienen. Seither hat sie sich mit ihren humorvollen Büchern unter Liebesromanleserinnen einen Namen gemacht. Sie schreibt auch unter dem Pseudonym Kristina Valentin. Weitere Informationen unter: kristina-guenak.de

KRISTINA GÜNAK

# Kaputte Herzen kann man kleben

Roman

lübbe

Dieser Titel ist auch als Hörbuch und E-Book erschienen

MIX
Papier aus verantwortungsvollen Quellen
FSC® C014496

Originalausgabe


Textredaktion: Dr. Katja Bendels
Titelillustration: © shutterstock.com: zolssa | Afanasia | MyStocks
Umschlaggestaltung: ZERO Werbeagentur, München
Satz: hanseatenSatz-bremen, Bremen
Gesetzt aus der New Caledonia LT Std
Druck und Verarbeitung: GGP Media GmbH, Pößneck
Printed in Germany
ISBN 978-3-404-18435-4

2 4 5 3 1

Sie finden uns im Internet unter
luebbe.de
Bitte beachten Sie auch: lesejury.de

# Kapitel 1

Ich blinzelte. Und dann gleich noch einmal. War es möglich, dass die Mutter neben uns gerade aus Möhren geschnitzte Schweinchengesichter aus der prall gefüllten Frühstücksbox gezogen hatte?

Jep. Möhren in Schweinchenform. Bestürzt blickte ich auf die heute Morgen von mir in hastiger Eile geschmierten Brote, die meine Tochter gerade vertilgte. Anstandslos. Vermutlich, weil ich noch nie Tiere aus Lebensmitteln für sie geschnitzt hatte. Sie aß sogar das leicht angetrocknete pappige Mischbrot, für das die Butter nur noch rudimentär gereicht hatte, was ich durch eine Extrascheibe Käse versucht hatte wettzumachen. Die Dinger schmeckten trotzdem staubig, und man musste sehr gut kauen und viel trinken, um das Zeug in den Magen zu befördern. Sie waren auch nicht vegan. Oder biologisch wertvoll.

Die Mutter am Tischplatz auf der anderen Seite des Ganges reichte nun auch noch halbe Trauben zusammen mit kleinen Reiswaffeln. Ihre Kinder hatten sehr manierliche Haarschnitte und trugen farblich abgestimmte Klamotten. In der richtigen Größe.

Ich warf Amelie einen Blick zu, die in ihrem Comic las und gedankenverloren versuchte, die trockene Schnitte heftig kauend einzuspeicheln. Ihr Ringelpullover war an den Ärmeln zu kurz. Es war anzunehmen, dass auch ihre Jeans Hochwasser hatte und die Socken vermutlich nicht zueinander passten. Wenigstens die Schuhe hatten immer die richtige Größe, denn da achtete ich sehr drauf.

Ich lehnte mich zurück und schloss probehalber die Augen. Wir hatten immer noch über 600 Kilometer vor uns. München – St. Peter-Ording – mit dem Zug quer durch das Land. Der Schmerz in meinem Rücken war erdrückend, denn ein Schmerzmittel hatte ich nicht nehmen wollen. Davon wurde mir oft übel, und das konnte ich heute gar nicht gebrauchen. Schon der Weg zum Bahnhof war furchtbar anstrengend gewesen, dabei reisten wir absichtlich mit kleinem Gepäck. Die restlichen Sachen, einschließlich meiner Hebammentasche, hatte ich gestern Abend in größter Eile mit der Post vorgeschickt; trotzdem war ich eben kaum in der Lage gewesen, meinen Rucksack zu tragen, geschweige denn, ihn in der Gepäckablage des Abteils zu verstauen. Das hatte der nette Herr uns gegenüber für mich getan und dabei freundlich nickend »die Bandscheibe« gemurmelt. Es war aber gar nicht die Bandscheibe. Und es gefiel mir nicht, wie er mich ansah, als wären wir Bandscheibenverbündete. Waren wir nämlich nicht. Ich war 45. Er mindestens 70. Wann hatte ich das Tal der »jungen Frauen« verlassen und war ins Tal der »Bandscheiben« übergesiedelt?

Amelie beugte sich vor und sah mich ernst an. Sie kaute immer noch an ihrem Bissen. Endlich schluckte sie ihn hinunter und spülte ausgiebig mit Apfelschorle nach.

»Dauert es noch lange?«, fragte sie dann in Brüllaffenlautstärke. Eine Spezialität meiner Tochter. Alle um uns herum waren zusammengezuckt. Das hatte sie von mir, wobei ich schon sehr lange nicht mehr gebrüllt hatte. Jetzt bemühte ich mich um ein Lächeln und legte den Finger mahnend über meine geschlossenen Lippen. Die Supermutter neben uns warf mir einen irritierten Blick zu, während sie gleichzeitig Stifte und Papier aus ihrer Tasche zog. Dann begann sie, kleine Vögel aus gelbem Karton zu falten und ihren Kindern dabei lebhaft etwas zu erzählen.

Ich dagegen wollte nur schlafen. Oder doch wenigstens die Augen schließen und nicht mehr an das denken, was letzte Woche im Kreißsaal passiert war.

»Dauert es noch lange?«, wiederholte Amelie ihre Frage und biss erneut von ihrem Brot ab.

»Es dauert noch sehr lange«, sagte ich ehrlich. Hinter dem Fenster waren immer noch Berge zu sehen. Ein klares Indiz. Hamburg war also noch unendlich weit weg.

Amelie seufzte laut. »Kann ich an dein Handy?«

Ich atmete einmal tief durch. Wir sollten etwas spielen, oder wenigstens gemeinsam lesen, oder vielleicht aus dem Fenster schauen und uns lustige Geschichten ausdenken. Doch stattdessen schob ich meinem wunderbaren Kind mit den ständig verknoteten braunen Locken, die wir heute Morgen mit Müh und Not zu zwei schiefen Zöpfen geflochten hatten, mein Smartphone zu und schloss die Augen.

»Meine Mama hat ganz dolle Rückenschmerzen, und deshalb fahren wir jetzt zu Tante Mimi ans Meer. Ich habe sogar früher Ferien bekommen«, erklärte mein Kind plötzlich fröhlich und lautstark.

Ich zuckte zusammen und riss die Augen auf. Ich war tatsächlich eingeschlafen. Verdammt. Blinzelnd unterdrückte ich ein Stöhnen, denn die hektische Bewegung hatte meinen Rücken in Aufruhr versetzt. Unser Sitznachbar blickte mich über den Tisch hinweg arglos an und lächelte.

»Das ist doch schön«, erklärte er mir. »Ferien am Meer!«

Ich lächelte zurück, weil ich mich erinnerte, dass Tante Mimi mir doch wenigstens einen gewissen Anstand beigebracht hatte. Auch wenn der unter den Schmerzen und der Müdigkeit gelitten hatte.

»Und man soll sich ja nicht mehr schonen mit Rückenschmerzen. Das war früher so. Heute soll man sich viel an der frischen Luft bewegen und leichten Sport treiben«, fuhr er fort. Bewegung an der frischen Luft und leichter Sport. Dass ich nicht lachte. Noch vorgestern hatte ich drei Kindern ins Leben geholfen, zwei Worte Swahili gelernt (*hapana*: nein, und *mrembo*: schön), mein kaputtes Auto in die Werkstatt gebracht, beim Anblick meines Kontostands vor dem Geldautomaten geweint, das Flusensieb der Waschmaschine gereinigt, drei Maschinen Wäsche gewaschen, meine To-do-Liste um vierzehn weitere Punkte ausgebaut und mit Amelie Mathe und Deutsch gelernt. Letzteres hatte nicht viel gebracht. Mein Kind hatte es einfach nicht mit Zahlen und weigerte sich, lesbare Buchstaben zu produzieren. Und als das alles erledigt war und Amelie selig schlief, hatte ich fix und fertig auf dem Fußboden im Wohnzimmer gelegen. Die Rückenschmerzen brachten mich fast um, und mein Kopf raste noch immer in Überschallgeschwindigkeit. Irgendwann hatte ich vor Schmerzen und Erschöpfung angefangen zu heulen. Ja, ganz recht, ich hatte ausgestreckt auf dem Wohnzimmerboden gelegen und geheult, und vermutlich hätte ich noch Stunden da gelegen, wenn nicht irgendwann meine Tante Mimi angerufen hätte. Was schon ein außergewöhnliches Ereignis an sich war. Wir telefonierten eigentlich nur noch an hohen Festtagen miteinander.

Mimi attestierte aus der Ferne einen mittelschweren Nervenzusammenbruch und befahl mir, mich krankschreiben zu lassen und umgehend zu ihr zu reisen.

Und da waren wir nun. Amelie und Luisa Haselnuss aus München auf dem Weg nach St. Peter-Ording. Eine Mini-Kleinfamilie, verloren im Leben. Also, ich war verloren, mein Kind zum Glück nicht, weil es ja mich gab, mit genau vier Euro siebzig in der Tasche und dem seltsam wattigen Gefühl, dass mein Leben sich nun ändern würde – ändern musste, denn so konnte es nicht weitergehen.

# Kapitel 2

»Du siehst ja aus wie ein Schluck Wasser in der Kurve.« Nordische Freundlichkeit schlug mir vor dem kleinen Bahnhof in St. Peter-Ording entgegen. Ich wankte. Die Rückenschmerzen drückten mir förmlich die Luft ab, und ich spürte Amelies sorgenvollen Blick auf mir. Ich war noch nicht mal mehr in der Lage, die Schultern zu straffen, doch der Blick meiner Tochter brachte mich dazu weiterzumachen. Wenigstens so zu tun, als wäre alles normal. Als wäre ich normal.

»Moin Fiete«, sagte ich und klang dabei tatsächlich fast normal. »Hat Mimi keine Zeit?«

Fiete, Mimis hübsch anzusehender Stallbursche, der neben dem alten Geländewagen meiner Tante stand, schüttelte stumm den Kopf.

»Kannst du bitte die Rucksäcke nehmen?«, fragte ich und machte eine vorsichtige Handbewegung zu unserem Gepäck, während Fiete weiterhin nur nordisch guckte.

»Mama hat ganz dolle Rückenschmerzen«, erklärte ihm Amelie überraschend leise und ergriff meine Hand, um mich festzuhalten und sich vielleicht auch ein bisschen. Ich war seit acht Jahren ihre Mutter und ihre Superheldin. Auf der gleichen Stufe mit Captain Amerika. Unverwundbar. Allwissend. Erwachsen. Seit einigen Wochen allerdings war ich nicht mehr in der Lage, diese Fassade aufrechtzuerhalten, und mein Kind erhaschte immer wieder einen

Blick dahinter. Das war nicht gut, aber ich konnte nichts dagegen tun.

Irgendwie schaffte ich es, auf den Beifahrersitz zu klettern und mich mit letzter Kraft anzuschnallen. »Amelie«, sagte ich dann leise. »Bist du angeschnallt?« Nachsehen konnte ich nicht, das gab mein Rücken einfach nicht her. Ich konnte nur ganz still dasitzen und geradeaus schauen.

»Hier braucht man sich nicht anzuschnallen«, brummte Fiete.

»Klar. Weil du unzerstörbar bist. Dann braucht man das nicht«, murmelte ich, während Amelie hinter mir brüllte: »Ja! Angeschnallt!«

Fiete brummte wieder irgendetwas und parkte die nach Pferd, Hund und Ziege stinkende Karre rückwärts aus, um dann auf die Dorfstraße einzubiegen. Wir schwiegen. Fiete und ich waren keine Freunde. Und würden wohl auch keine mehr werden. Ob er neben seiner Arbeit auf dem Hof auch noch ein eigenes Leben hatte, wusste ich nicht. Was ich allerdings wusste, war, dass Fiete ein penetranter Klugscheißer war, nach eigenen Angaben alles konnte und ein Problem mit Frauen hatte. Dabei sah er auch noch ziemlich gut aus, so ein bisschen wie Chris Hemsworth. Ich hatte mir erst kürzlich, in einer schmerzvollen und deswegen schlaflosen Nacht, *Thor* angesehen, und der Superheld hatte mich begeistert. Jetzt fühlte es sich an, als würden wir von Thor persönlich abgeholt werden. Einem sehr übellaunigen und wortkargen Thor. Warum dieser Prototyp des testosterondurchseuchten Mannes ausgerechnet bei meiner Tante arbeitete, die Männern grundsätzlich nicht über den Weg traute, hatte ich nie verstanden, aber irgendwie kamen die beiden miteinander klar.

»Guck mal, Mama!«, rief Amelie aufgeregt, und ich drehte mühsam den Kopf. Eine Herde Ponys stand entspannt grasend auf einer der großen Wiesen an der Straße, hinter der sich die ersten geduckten Reetdachhäuser aufreihten.

Fiete verließ die Hauptstraße und bog nach links ins Landesinnere ab. Einen kurzen Moment lang begleiteten uns noch die unzähligen zu Ferienhäusern umgewidmeten Häuser mit ihren Steinwällen, auf denen prachtvolle Rosen wuchsen, dann war das weite Land da. Der Wind rüttelte an dem hohen Geländewagen, und riesige Wolkenberge türmten sich am Himmel. Zwischen ihnen blitzte das satte Tiefblau des nahenden Abends hervor und ließ den Himmel weiter und größer erscheinen als bei uns im Süden. Als gäbe es hier einfach viel mehr Himmel. Die Straße war einspurig, links und rechts gesäumt von satten Wiesen, auf denen Kühe und Schafe weideten. Ein paarmal musste Fiete entgegenkommenden Fahrradfahrern ausweichen, was er jedes Mal mit einem mürrischen Laut kommentierte. Und ich biss jedes Mal die Zähne zusammen, weil der alte Geländewagen dabei unerhört heftig über den Seitenstreifen rumpelte. Amelie gab immer wieder verzückte Laute von sich. Sie liebte Schafe, Kühe und Pferde. Eigentlich liebte sie alles, was atmete.

Als Fiete das nächste Mal mit voller Geschwindigkeit ein Schlagloch nahm, gab ich einen gequälten Laut von mir. »Fahr langsamer!«, knurrte ich.

»Warum?«, knurrte Fiete zurück.

»Ich hab Rücken!«, erwiderte ich, woraufhin Fiete mir einen knappen Seitenblick zuwarf – und nicht langsamer fuhr. In seinem Gesicht stand deutlich zu lesen, dass Rücken kein Grund war, um langsamer zu fahren. Kopf ab vielleicht, aber nicht Rücken.

»Muss die Pferde füttern. Hab keine Zeit«, schob er dann noch hinterher.

Ich biss weiter die Zähne zusammen.

»Da ist es!«, brüllte Amelie, und der Wagen erbebte ob ihrer lauten Stimme, aber tatsächlich war Mimis Rosenhof am Horizont aufgetaucht. Und trotz allem, was geschehen war, flammte für einen kurzen Moment ein warmes Gefühl in meinem Herzen auf.

Offenbar glaubte meine Seele immer noch, dass der Rosenhof ihre Heimat war.

Mimi hatte ihn vor fünfzehn Jahren gekauft. Er lag ein wenig außerhalb von Böhl, dicht am Deich, aber gut geschützt durch die zehn Dicken, wie wir die riesigen Bäume, die den alten Hof wie einen Schutzwall vor der Außenwelt abschlossen, damals getauft hatten. Das alte Bauernhaus und der Stall standen auf einer kleinen Anhöhe und waren schon von Weitem gut sichtbar.

Amelie war erst zweimal hier gewesen. Einmal mit drei, das andere Mal mit fünf Jahren. Seitdem hatte der Rosenhof sich als magische Fantasie in ihrem kleinen Kopf gefestigt, und so war er in ihrer Vorstellung zu einem Ort geworden, an dem es Honig regnete, Ponys tanzten, Ziegen schmissige Lieder sangen und den ganzen Tag die Sonne schien, während frischer Kuchen gereicht wurde.

»Ich freue mich so!«, rief sie jetzt noch hinterher, und das entrang mir dann doch ein Lächeln.

»Das ist schön«, erwiderte ich und betrachtete das Backsteinensemble, das immer näher kam. Rund um den Hof erstreckten sich weite Wiesen, nur unterteilt durch die üblichen Büsche und Sträucher. Eine wie verrückt blühende Wildrosenhecke stand in der Auffahrt Spalier, und der Wagen rumpelte, jetzt freundlicherweise etwas langsamer, über das alte Kopfsteinpflaster in den Innenhof. Herr Schröder, ein riesiger schwarzer, zottiger Hund, tauchte mit der Rute wedelnd auf und lief um das Auto herum. Ihn kannte ich noch von meinem letzten Besuch.

Wir stiegen aus, und der Hund schnüffelte intensiv an uns, doch ich schob ihn ein wenig von Amelie weg, denn sein und ihr Gesicht befanden sich fast auf gleicher Höhe. Herr Schröder jedoch ließ sich von mir nicht weiter beeindrucken. Er hatte ganz offensichtlich großes Interesse an Amelie, die ein erschrockenes Juchzen von sich gab.

»Fiete, kannst du mal den Hund wegnehmen?« Ich schob mich jetzt zwischen mein Kind und das riesige Tier. »Los, ab!«, sagte ich energisch und wedelte mit den Händen, was Herr Schröder jedoch eher lustig zu finden schien, denn er trat mir erst auf den Fuß und versuchte mir dann durch das Gesicht zu lecken. Fiete stand reglos daneben und sah ihm dabei zu. »Nimm bitte den Hund weg!«

»Er will euch nur kennenlernen«, sagte Fiete, beförderte aber doch wenigstens unsere Rucksäcke aus dem Kofferraum.

»Er kennt mich«, erwiderte ich und schob das schwarze Ungetüm mit der Hüfte weg, was mein Rücken mit einem scharfen Schmerz quittierte.

»Woher sollte er dich kennen?« Fiete ließ die Rucksäcke mit einem Plumps auf den Boden fallen. »Warst doch schon Ewigkeiten nicht mehr hier.«

»Von meinem letzten Besuch«, erwiderte ich genervt. »Ich rieche jetzt nicht anders.«

Fiete grinste. »Das ist nicht Herr Schröder.«

»Sondern?«

»Frau Ahorn.«

»Und wo ist Herr Schröder?« Ich richtete mich mit schmerzendem Rücken auf, um Ausschau zu halten, ob gleich noch ein zweites riesenhaftes Geschöpf angeprescht kam.

»Tot.«

Amelie, die noch immer hinter mir in Deckung stand, zog scharf die Luft ein, und ich blickte auf. Frau Ahorn setzte sich endlich hin. »Wie, tot?«

»War alt. Ist gestorben. Das ist Herr Schröder 2.0«, erklärte Fiete, schmiss sich die Rucksäcke über die Schulter und marschierte zum Haus. Jedoch nicht, ohne einmal leise zu pfeifen, woraufhin Frau Ahorn losraste und uns in einer Staubwolke zurückließ.

Wenn man das uralte Bauernhaus betrat, befand man sich sofort in der Küche. Sie war der größte Raum im ganzen Haus, und hier hatte Mimi damals einige Umbauarbeiten vorgenommen, während der Rest in altem »Glanz« vor sich hin moderte. Nur der Stall war saniert und um große Außenboxen erweitert worden. Im ehemaligen Schweinestall lebte eine Ziegenherde, und in der Scheune lagerte meine Tante das Heu und Stroh.

Fiete wohnte etwas außerhalb in einem der umliegenden Dörfer, aber er war auch schon wieder verschwunden und hatte unser Gepäck achtlos auf die schwarz-weiß gemusterten Fliesen geworfen.

»Das ist so schön«, hauchte Amelie und betrachtete die alte Holzküche, die in einem zarten Taubenblau gestrichen war. Sie war so beeindruckt, dass sie tatsächlich flüsterte wie in einer Kirche. Die Arbeitsplatte der alten Küchenzeile war mit weißen Fliesen versehen, und meine Tante hatte einen uralten Gasherd, der sich monströs ausnahm, in dieser alten Bauernküche aber perfekt ins Gesamtbild passte. Vorsichtig setzte ich mich auf einen der zwölf Holzstühle, die um den riesigen Tisch herumstanden. Auf der zerkratzten Platte lag ein Zettel:

*Musste leider noch mal weg. Im Kühlschrank steht Kalter Hund!*

Meine Tochter stand mit hängenden Armen mitten im Raum. Ihre Socken passten tatsächlich nicht zusammen, wie ich jetzt feststellte. Ich streckte meine Beine aus und entdeckte, dass auch ich einen Ringelsocken und einen mit gelben Punkten trug. Mit viel Mühe konnte man es ja als nette Marotte betrachten, aber eigentlich zeigte es nur, dass ich unser Leben nicht im Griff hatte.

»Das war eine echt anstrengende Reise«, sagte ich, und Amelie blinzelte mich an. »Wollen wir uns ein Stück Kalten Hund nehmen und uns draußen in den Strandkorb setzen?«

»Wo ist denn Tante Mimi?«, fragte Amelie.

»Noch unterwegs«, erklärte ich und erhob mich vorsichtig. Mit gebeugtem Rücken humpelte ich zum antiken Kühlschrank und öffnete ihn. Er war leer, bis auf den Kalten Hund: Butterkekse eingehüllt in eine feste Schokoladenschicht. Typisch nordisch. Meine Tante machte immer noch frische Himbeeren mit in diese Köstlichkeit. Ich nahm die Auflaufform heraus, suchte zwei Teller und schnitt uns zwei Stücke ab, dankbar, dass es überhaupt etwas zu essen gab.

»Wir setzen uns raus in den Hof und essen erst mal. Und dann schauen wir, was hier so los ist. Und dann gehen wir ins Bett.« Möglichst bald. Es war schon fast acht Uhr. Mein Kind und ich waren reif fürs Bett, vermutlich würde der Kalte Hund unser Abendessen darstellen. Hätte ich alles im Griff, hätte ich auch hier vorgesorgt und etwas in einer Kühlbox mitgenommen. Linsensalat mit Bulgur und veganem Käse oder so.

Ich trug die Teller durch die alte Holztür hinaus auf den Hof. Links vom Eingang, direkt unter dem ausladenden Reetdach, stand ein grün-weißer Strandkorb. In diesem Strandkorb hatte ich schon gesessen, als ich noch schwanger gewesen war. Damals hatte ich noch in Hamburg gelebt und war regelmäßig nach St. Peter-Ording gekommen. Nach Amelies Geburt hatte sich mein Leben jedoch grundlegend geändert. Wir zogen nach München, und alles wurde anders.

Und unterwegs hatte ich mich irgendwie verloren.

Mir zog es ein bisschen im Magen, ich setzte mich schnell in den Strandkorb und klappte die beiden angebrachten Tische herunter.

Amelie kletterte zu mir, und gemeinsam verspeisten wir zwei große Stücke Kuchen, während die Vögel in den alten Bäumen ihr Abendkonzert gaben. Der Himmel war immer noch von diesem tiefen Blau, das es nur am Meer gab, als würde sich die Weite der

See auch im Himmel widerspiegeln. Ich atmete durch, und die würzige Luft erinnerte mich an meine Kindheit. München roch vollkommen anders.

Als wir bärenhungrig alles aufgegessen hatten, rückte Amelie näher an mich heran und bettete den Kopf auf meinen Bauch. Die langen Beine streckte sie seitlich aus dem Strandkorb, und ich legte ihr eine Hand auf die Stirn und eine auf den Bauch. Sie klappte die Augen zu, kratzte sich an der Nase und schlief ein. Ich sah zu, wie sich langsam ihre zarten, immer noch so kindlichen Züge entspannten, und spürte, wie ihr Körper auf meinem schwerer wurde. Und zum ersten Mal an diesem Tag merkte ich, wie meine stahlhart angespannte Nackenmuskulatur anfing zu prickeln. Mein Rücken gab ein leises Ächzen von sich, und auch ich schloss für einen Moment die Augen. Ich fühlte mich, als wäre ich dreihundertzehn Jahre alt.

Amelie seufzte im Schlaf, und ich tat es ihr gleich. Ich spürte ihre Wärme in meinen Handflächen. Es war selten in letzter Zeit, dass wir uns so nah waren. Meistens war ich auf dem Sprung. Irgendwohin, startbereit, den nächsten Punkt in Angriff zu nehmen. Jetzt aber konnte ich das fest gewebte Band zwischen uns fühlen. Es gab keinen Menschen auf dieser ganzen Welt, den ich so sehr liebte wie Amelie.

Ein ohrenbetäubender Lärm ließ mich aufschrecken. Bellen, Ziegen, die lautstark meckerten. Entsetzt riss ich die Augen auf und sah, wie meine Tante zwei Ziegen hinter sich her zum Stall zerrte, während der Hund wie verrückt bellend um sie herumsprang. Ein großer Transporter stand mit geöffneter Laderampe mitten auf dem Hof.

Amelie richtete sich ebenfalls ruckartig auf und rammte mir dabei ihren Kopf mit Wucht gegen das Kinn.

»Mama!« Empört sah sie erst mich, dann den bellenden Hund

und die meckernden Ziegen an. Dabei konnte ich weder für das eine noch für das andere etwas.

»Da seid ihr ja!«, rief meine Tante und winkte mit einem riesigen Holzstab, um sich im nächsten Moment wieder auf eine Ziege zu stürzen und sie in Richtung Stall zu treiben. Amelie und ich sahen ihr schweigend zu, und ich rieb mir das Kinn.

Irgendwann waren Ziegen und Hund verschwunden, und Tante Mimi kam im Blaumann mit riesigen Arbeitsstiefeln an den Füßen auf uns zu gestapft. Ihr folgte ein zierlicher Mann in Lederhosen, mit … äh … waren das Federn in seinen langen Haaren? Ja, Federn und Perlen schmückten seine Dreadlocks. Er war mindestens so alt wie meine Tante, bewegte sich aber wie ein junger Mann.

»Das ist Malte. Unser Schmied«, verkündete Mimi und deutete mit dem Daumen lässig hinter sich. Dann umarmte sie Amelie, die gar keine Chance hatte, sich erst noch aus dem Strandkorb zu erheben. Mein Kind verschwand gänzlich unter dem Blaumann und den grauen Locken, die meiner Tante in alle Himmelsrichtungen abstanden. Ich bekam keine Umarmung, mich kniff sie nur in den Oberarm.

Der Mann war hinter ihr stehen geblieben. »Hallo«, sagte er und klang dabei sehr erfreut. »Du bist die Hebamme aus München.«

»Die bin ich«, erwiderte ich, doch statt mir die Hand zu geben, nickte er mir nur zu. »Kannst du auch Ziegen bei der Geburt helfen? Falls nötig?«

Vermutlich musste ich ein wenig belämmert geguckt haben, denn er winkte ab. »Könnte man sich ja den Tierarzt sparen«, brummte er, klopfte Mimi noch kurz auf den Rücken und wanderte zurück zu seinem Transporter.

»Wir mussten noch die Ziegen von der Wiese im Dorf holen.« Meine Tante grinste mich an, und die wettergegerbte Haut ließ ihre blauen Augen strahlen. Augen, die mich an die meiner Mutter erinnerten.

»Ah, ich sehe, ihr habt den Kalten Hund gefunden. Sehr schön«, stellte sie mit einem Blick auf unsere Teller fest. »Amelie, wollen wir es den Ziegen behaglich machen? Noch ein bisschen Stroh bringen und ihnen eine Gutenachtgeschichte erzählen?«

Meine Tochter betrachtete meine Tante mit zusammengezogenen Augenbrauen und warf dann mir einen fragenden Seitenblick zu.

»Ich finde, es ist schon sehr spät«, sagte ich. Ein Blick auf die Uhr hatte mir nämlich gesagt, dass es schon fast zehn war. Amelies Schlafenszeit war weit überschritten. Damit war ich sehr pingelig.

»Sind doch Ferien.« Meine Tante klang entrüstet.

»Es wäre besser, wenn ihr das morgen macht«, erwiderte ich, und meine Tante schnaubte.

Und dann fiel mir mein Kind in den Rücken. »Ich will jetzt zu den Ziegen.« Sie grinste mich verschmitzt an und griff nach Mimis Hand, die sie ihr entgegenstreckte. Dann sprang sie aus dem Strandkorb. Und so blieb ich sitzen und staunte, wie meine Tante es geschafft hatte, mit weniger als zwei Sätzen alles über den Haufen zu werfen.

Ich konnte nicht schlafen. Vorhin hatte ich eine Schmerztablette genommen, weswegen es jetzt nicht mein Rücken war, der mich wach hielt, sondern mein Kopf. Sobald ich die Augen schloss, tanzten furchtbare Bilder hinter meinen Augenlidern. Das regungslose Kind in meinen Armen. Das kleine Gesicht, so grau und still …

Stöhnend wälzte ich mich auf die andere Seite, aber das half auch nicht. Stattdessen erinnerte ich mich jetzt an die ersten Jahre in meinem Beruf, als ich noch in einem kleinen Geburtshaus gearbeitet hatte. Wie viel Glück und Ruhe mir diese überaus fordernde Arbeit damals gegeben hatte.

Doch davon war wenig übrig geblieben. Ich konnte die Hektik und die Eile des Klinikalltags nicht mehr abschütteln. Sie verfolgten mich bis in meine Träume und bescherten mir schlaflose Nächte. Medizinisch hatte ich letzte Woche im Kreißsaal alles richtig gemacht. Trotzdem fühlte ich mich, als hätte ich eklatant versagt. Ich hatte so gehandelt, wie ich es niemals für möglich gehalten hatte, denn zu meinem Beruf gehörte mehr, als nur medizinisch korrekt zu arbeiten. Ich würde so nicht weitermachen können. Nur, was konnte ich denn sonst tun?

Ich drehte den Kopf und sah zu Amelie hinüber, die sich in der dicken Decke eingerollt hatte. Nur die Nasenspitze schaute heraus. Ich hatte doch gar keine andere Möglichkeit, als weiterzumachen.

Zittrig holte ich tief Luft, dann schob ich nacheinander die Füße unter der Bettdecke hervor und stand leise auf. Ich schlüpfte in meine Klamotten und lief die Treppe hinunter in die Küche. Es war still und dunkel. Frau Ahorn lag in ihrem Körbchen neben dem alten Kachelofen und hob nur einmal kurz den Kopf, als sie mich hörte. Ich legte die Hände auf die Arbeitsplatte und sah hinaus auf den dunklen Hof. Im Stall brannte ein warmes Licht.

Wie magisch angezogen verließ ich die Küche, ging einmal quer über den Hof, atmete dabei die warme Abendluft tief ein und betrat den Pferdestall.

Im Schein einer alten Laterne streckte mir ein kleines Pony seine Nase über die Boxentür entgegen. Ich hörte einen Mann leise sprechen.

»Hallo?«, sagte ich, und plötzlich tauchte ein Kopf über der Boxenwand auf. Geschmückt mit Dreadlocks und einer Feder.

»Luisa.« Malte strahlte mich an. Sein Kopf verschwand wieder, und ich spähte um die Ecke. Ein Haflinger stand mit gesenktem Kopf in der Box. Malte saß vor ihm auf einem Strohballen und hatte dem Pferd eine Hand auf die Nase gelegt.

»Er hat Probleme mit dem linken Vorderhuf«, erklärte Malte mir, während er sanft über den Kopf des Tieres strich. »Und da Pferde uns nicht sagen können, wenn ihnen etwas wehtut, müssen wir lernen, sie zu verstehen. Den Schmerz spüren, den der Huf verursacht. Und es dann ändern.« Er fuhr dem Pferd durch die helle Mähne und stand auf, um zu mir zu kommen. »Kannst du nicht schlafen?«

Ich schüttelte den Kopf und lehnte mich gegen die Boxenwand. »Rückenschmerzen«, erwiderte ich. Heute Nacht wohl eher Seelenschmerzen, aber das sagte ich nicht.

»Du hast ja auch schwer zu tragen. Mimi hat mir von dir erzählt.«

Ich schnaubte. Wenn Mimi ihm von mir erzählt hatte, konnte ich mir schon vorstellen, was Malte für ein Bild von mir hatte.

»Allein ein Kind großzuziehen und so einen wichtigen Beruf zu haben, das ist viel Last für einen einzelnen Rücken.« Er lehnte sich ebenfalls an die Boxenwand.

»Mir ist schon klar, dass der Körper auf Stress reagiert, aber …« Weiter kam ich nicht, denn Malte unterbrach mich einfach.

»Aber in erster Linie müssen wir uns selbst nah sein. Damit wir die Kraft haben, für andere da sein zu können. Ich habe auch lange gebraucht, um das zu verstehen. Früher habe ich in einer Bank gearbeitet.«

»Aha. Und dann kamen die«, ich deutete auf seine Haare, »Zöpfe?«

Malte lächelte. Ich musste auch grinsen, obwohl mir gar nicht danach war. Aber er wirkte so herrlich freundlich und positiv, und er erinnerte mich an einen Vater im Kreißsaal, der das Kind am liebsten selbst bekommen hätte. Weil das aber nicht ging, hatte er alles getan, um es seiner Frau einfacher zu machen. Er war sogar mit in die Geburtswanne gesprungen. Nackt. Und singend. Der Kerl war ein Schauspiel gewesen, und Malte hätte sein Bruder sein können.

»Ja«, erklärte er, und drehte sich zu dem Haflinger, der einen Schritt in seine Richtung gemacht hatte. »Dann gab es eine Zäsur in meinem Leben, und ich wusste plötzlich, dass ich etwas ändern musste. Ich wollte schon als kleiner Junge Schmied werden und mit Pferden arbeiten, diesen stillen Riesen, die uns so viel über uns selbst beibringen können. Wenn wir aufmerksam sind. Ein Schmied macht ja mehr als nur Hufeisen. Es ist eine Wissenschaft für sich, und in erster Linie nehme ich Verbindung mit den Pferden auf. Wenn ihnen die Hufe schmerzen, können sie dem nicht entkommen. Sie können sich nicht einfach hinlegen, denn dann ist es oft schon zu spät. Sie müssen auf den Beinen bleiben, das ist ihre Natur. Es ist ein fantastischer Beruf. Ich liebe ihn.«

»Ich liebe meinen Beruf auch.« Ich merkte, wie meine Stimme zitterte. Malte sah mich aufmerksam an.

»Was ist das Beste daran? Etwas, wonach du dich sehnst, wenn du grad nicht da bist?«, fragte er mit einer Ruhe, die sich auf mich übertrug, und obwohl ich das noch nie gefragt worden war, musste ich nicht lange nachdenken.

»Ich darf Menschen in einer absoluten Ausnahmesituation begleiten. Sie sind mir fremd, manchmal sprechen wir noch nicht mal dieselbe Sprache, und trotzdem bin ich ihnen so nah. Das ist außergewöhnlich.« Während ich das sagte, spürte ich einen Kloß im Hals.

Malte nickte, und seine Zöpfe wippten auf und ab, während er mit einer Hand unablässig dem Haflinger über die Schulter strich.

»Und bei dir?«, fragte ich ihn schnell, um meinen eigenen Gefühlen zu entkommen.

Er dachte einen Moment nach. »Wenn mir ein angstvolles Pferd langsam sein Vertrauen schenkt. Wenn es mich das erste Mal richtig ansieht. Wenn es beschließt, mir zu folgen. Das ist jedes Mal ein großer Moment.«

»Letzte Woche ist etwas passiert«, brach es plötzlich aus mir heraus. Malte ließ das Pferd los und wandte sich mir zu. »Etwas Furchtbares. Ich habe versagt in meinem Job.« Die Worte verließen meinen Mund, ohne dass ich sie hätte aufhalten können. »Eine Frau hat ihr totes Kind zur Welt gebracht. Eine stille Geburt. Das kleine Mädchen ist einfach so gegen Ende der Schwangerschaft gestorben, und ich konnte diese trauernden Eltern nicht auffangen. Ihnen keinen Halt geben. Wo es Raum für Trauer hätte geben müssen, hat schon die nächste Schwangere nach mir gerufen. Ich konnte niemandem gerecht werden. Das alles bricht mir das Herz«, sagte ich. »Ich habe das immer für eine dumme Redewendung gehalten. Aber es fühlt sich wirklich so an.« Ich redete Unsinn, aber Malte nickte nur nachdenklich, als hätte ich etwas sehr Kluges gesagt.

»Man muss sich selbst vergeben können«, sagte er schließlich, und der Haflinger schnaubte und schüttelte seine dichte Mähne, als würde er Malte zustimmen. »Alles braucht seine Zeit.«

»Vielleicht werde ich nie wieder als Hebamme arbeiten können«, sagte ich leise.

Malte betrachtete mich. »Die Zeit wird es zeigen. Manchmal brauchen wir eine Pause, um uns selbst wieder nahzukommen und genug Kraft zu tanken, um für andere da sein zu können.«

Ich schwieg, ließ seine Worte sacken. Dann stieß ich mich von der Box ab.

»Gute Nacht«, sagte ich. Malte nickte nur und wandte sich wieder dem Pferd zu. Zurück im Haus, kroch ich ins Bett, zog mir die Decke bis zum Kinn hoch und starrte an die Wand. Als ich endlich eingeschlafen war, fuhr mein Vermieter mit meinem kaputten Mini durch mein Wohnzimmer, wo ein Berg unbezahlter Rechnungen mich zu erschlagen drohte, während mir eine Horde anderer Mütter lautstark Vorträge hielt, was für eine schlechte Mutter ich doch wäre. Währenddessen warteten zehn hochschwangere Frauen gleichzeitig mit vorwurfsvollen Gesichtern im Kreißsaal auf mich.

# Kapitel 3

Der nächste Morgen begann mit Kopfschmerzen und einem Schwarm kreischender Vögel, der mich aus dem Schlaf riss. Ich drehte den Kopf zur Seite und blinzelte in die strahlende Sonne, die durch die geöffneten Vorhänge schien. Eine Großfamilie Stare machte sich gerade mit viel Getöse über die reifen Früchte am Kirschbaum her. Noch immer ein wenig benommen von meinen Träumen und den Kopfschmerzen tastete ich mit einer Hand nach Amelie, die neben mir lag. Oder doch zumindest liegen sollte, denn meine Hand griff ins Leere. Erschrocken versuchte ich mich aufzusetzen, aber mein Rücken hinderte mich an jeglicher Form von schneller Bewegung.

Die Rückenschmerzen begleiteten mich seit Amelies Geburt. In den ersten Jahren schleppte frau ihr Kind natürlich immer durch die Gegend, doch auch danach, als Amelie sich schon selbstständig auf zwei Beinen bewegen konnte, wurden die Schmerzen nicht besser. Im Gegenteil. Sie wurden von Jahr zu Jahr schlimmer und hatten letzte Woche ihren Höhepunkt erreicht.

Im Garten klatschte jemand energisch in die Hände, und die Stare erhoben sich lautstark protestierend in den Himmel. Zurück blieben sanfte Sommermorgengeräusche. Eine Amsel sang, ein leichter Wind spielte in den Blättern der zehn Dicken, und ganz entfernt brummte ein kleines Flugzeug über den Himmel.

Ich war für sechs Wochen krankgeschrieben. Burn-out. Ich

würde die Zeit hier also effektiv nutzen müssen, um mich zu erholen. Aber so weit war ich noch nicht. Erst mal musste ich aufstehen und mein Kind suchen.

Meine Füße berührten langsam den Boden, und nun folgte der restliche Körper, bis ich schließlich auf der Bettkante saß. Äußerst behutsam bewegte ich das Becken, um die Muskeln zu lockern, und atmete den scharfen Schmerz einige Minuten lang weg. Dann angelte ich mit den Füßen nach meinen Crocs und machte mich langsam auf die Suche nach Amelie.

Ich fand sie in der Küche, wo sie am Küchentisch saß, die Haare wirr in alle Richtungen abstehend, und gebratenen Speck in sich hineinstopfte, als hätte sie die letzten acht Jahre Hunger gedarbt. Auf einem Teller neben ihr lagen dicke Scheiben aufgeschnittenes Weißbrot, daneben stand ein offenes Glas Nutella.

»Willst du Speck?«, fragte meine Tante, die munter weiter in einer gusseisernen Pfanne rührte. Entsetzt schüttelte ich den Kopf. Ich aß seit Jahren so gut wie kein Fleisch mehr. Und mein Kind eigentlich auch nicht. »Hausschlachtung von Meike. Keine Massentierhaltung. Kannst du essen. Die Eier sind von meinen Hühnern. Die sind glücklich.« Sie deutete auf eine der beiden großen Pfannen vor ihr, und jetzt nickte ich. Ich bekam einen Teller mit Rührei und eine Tasse tiefschwarzen Kaffee und setzte mich zu Amelie an den Tisch. Meine Tochter vertilgte ungerührt den knusprigen Speck auf ihrem Teller. Auf den sie sich übrigens noch eine halbe Flasche Ahornsirup gekippt hatte.

Mimi goss sich ebenfalls eine Tasse Kaffee ein und setzte sich dann auf den Stuhl vor mir. Sie sah aus, als hätte sie heute Morgen schon die Welt gerettet, die Ställe ausgemistet und fünf Pferde bewegt. Ich schob mir eine Gabel mit Rührei in den Mund, das wunderbar würzig und fluffig schmeckte, und linste zur Küchenuhr, die über der Tür hing. Es war neun Uhr. Ich hatte seit Jahren nicht mehr bis neun Uhr geschlafen. An normalen Tagen hätte ich jetzt bereits zweihundertmal »Beeil dich!« gerufen, um Amelie dann doch erst in letzter Sekunde vor der Schule abzuladen. Und täglich grüßte das Murmeltier. Wir waren jeden Tag ein wenig zu spät. Aber letzte Woche war etwas anders gewesen. Als Amelie nämlich endlich durch die Schultür verschwunden war, hatte ich das unerklärliche, aber heftige Verlangen verspürt, mich auf den Bordstein zu legen. Nur um mich kurz auszuruhen.

Ich nippte an meinem Kaffee. Ja, mir war klar, dass normale Menschen sich nicht einfach auf den Bordstein legten, nur um kurz auszuruhen.

Amelie schob ihren Teller von sich weg und erklärte: »Ich habe noch keine Zähne geputzt.« Es klang, als würde sie sich ob dieser Tatsache wild und verwegen fühlen, und ich musste lächeln.

»Heute kein Zähneputzen. Geh raus, Fiete ist grad auf dem Hof. Kümmere dich mit ihm um die Ponys.« Meine Tante lehnte sich auf ihrem Stuhl zurück, und ich konnte den Mund gar nicht so schnell öffnen, wie Amelie aus der Küche stürzte.

»Also, erst mal ist Zähneputzen wichtig«, begann ich und atmete tief durch. Ein wenig mühsam stand ich auf und ging zum Fenster. Amelie wirbelte beim Laufen Staub auf, so eilig hatte sie es. »Und sie hat keine Erfahrung mit Pferden. Das ist nicht ungefährlich. Und was ist mit dem Hund? Der ist dreimal so groß wie sie.«

Auf dem Hof stand Fiete, der der heranrasenden Amelie entgegensah. Als sie vor ihm zum Stehen kam, lächelte er. Mit beiden Mundwinkeln. Ich hatte gar nicht gewusst, dass er zu so einem Gesichtsausdruck überhaupt fähig war. Mich hatte Fiete definitiv noch nie angelächelt.

»Tante Mimi«, sagte ich energisch, weil Mimi noch nicht reagiert hatte. »Sie ist erst acht.« Fiete sagte etwas zu Amelie, und mein Kind strahlte.

»Schon acht«, korrigierte meine Tante mich. Ich drehte mich

zu ihr um. Als sie ihre Kaffeetasse zum Mund führte, konnte ich die verschiedenfarbig lackierten Fingernägel bewundern. Rot und Mintgrün. Sie liebte es bunt.

»Außerdem bist du ihre Mutter. Du wirst ihr schon die wichtigsten Dinge beigebracht haben. Schließlich bist du Hebamme. Der Hund ist übrigens eine Hündin und nur groß, aber sehr freundlich, und Fiete kann gut mit Kindern. Der passt auf sie auf. Ich habe hier das ganze Jahr Reitbetrieb, schon vergessen? Jetzt setz dich wieder hin.«

Ich zögerte. Mein mütterliches Herz befahl mir, meinem Kind zu folgen. In München machte sie keinen Schritt ohne mich. Ich brachte sie zur Schule und holte sie nachmittags aus dem Hort wieder ab, wo auch das Töpfern und der Englischförderunterricht stattfanden. Zum Ballett nahm eine befreundete Mutter sie mit, da war sie also auch unter Aufsicht.

»Setz dich hin«, befahl meine Tante noch einmal, und obwohl ich ihr eigentlich widersprechen wollte, schien mein Körper anderer Meinung zu sein. Langsam ging ich zu meinem Stuhl zurück und ließ mich daraufsinken.

Mimi sah mich einen Moment lang forschend an. »Du siehst nicht gut aus.«

»Danke«, erwiderte ich und schob den halb gegessenen Teller mit Rührei von mir. Es war erst vier Tage her, dass sie mich in meiner tiefsten Sinnkrise der vergangenen Jahre angerufen hatte. Ich hatte kaum sprechen können, so sehr hatte ich geweint. Vor Rückenschmerzen, Überforderung und Verzweiflung.

»Ich habe dir einen Termin bei einem Osteopathen gemacht. Bei *dem* Osteopathen, um genau zu sein.« Sie hob bedeutungsvoll beide Augenbrauen. »Bei Tom Bredenhof bekommst du als neue Patientin frühestens 2045 einen Termin. Mit viel Glück. Aber du hast heute einen. Tom ist ein elendiger Weiberheld, aber er hat goldene Hände. Halb drei. In Bad. Ich leihe dir mein Rad, ich muss mit dem Auto nach Tönning. Amelie ist hier gut aufgehoben.«

Ich nickte schwach, froh, dass jemand statt meiner das Regiment übernahm. Ich wollte noch etwas sagen, aber Mimi war schon aufgestanden und auf dem Weg zur Tür.

Den Rest des Tages tat ich nichts, außer auf meinen Termin zu warten. Ich hatte die nächsten Stunden für mich, und keine Ahnung, was ich mit mir anfangen sollte. Ruhelos wanderte ich durch das alte Bauernhaus mit seinen knarrenden Dielen und dem abblätternden Putz und war fast dankbar, als meine Kollegin Hayat mich anrief, weil sie die Stillbroschüren suchte. Sie erzählte mir auch, dass sie heute nur mit Karen und Meike Dienst hatte, womit sie auf der Station erheblich unterbesetzt waren. Und es war auch noch Vollmond. Das schlechte Gewissen griff nach mir. Es war gut, dass Mimi mir einen Termin beim Osteopathen gemacht hatte. Ich musste schnell wieder auf die Beine kommen.

Da ich im Augenblick aber nicht wirklich etwas dafür tun konnte, setzte ich mich schließlich im Schlafzimmer in den roten Sessel und sah durch das Sprossenfenster hinaus auf den Hof, wo Fiete mit Amelie im Schlepptau immer wieder mein Blickfeld querte.

Nachdem ich schließlich geduscht und mich osteopathenfein gemacht hatte, ging ich hinaus, um mich von Amelie zu verabschieden. Als ich auf der Suche nach ihr den Stall betrat, umfing mich der warme Duft nach Pferd und Stroh. Die Tiere waren alle auf der Koppel. Alle, bis auf ein weißes Pony, das mich über die Boxenwand hinweg interessiert betrachtete.

»Ich suche Amelie«, erklärte ich ihm und trat vorsichtig näher. Das Tier wackelte mit den Ohren und streckte den Kopf in meine Richtung. Ich berührte sanft seine große Nase. Sie war weich wie

Samt. Mit der Handfläche fuhr ich über seinen Hals bis zur strubbeligen Mähne. Das Pony war nicht groß, es ging mir bis knapp zum Bauchnabel. Meine Tante bot mit ihren eigenen Ponys geführte Reittouren am Strand an. Außerdem vermietete sie einen Teil der Boxen, einschließlich Nutzung der Koppeln und des Reitplatzes, Futter und Stallpflege.

Ich trat noch ein wenig näher, und das Pony bewegte sein Maul auf meiner Handfläche. Es war seine Art zu fragen, ob ich nicht vielleicht eine Möhre bei mir hatte, die ich ihm freundlicherweise überlassen könnte. Ich kraulte ihm die Mähne und lief dann weiter zur angrenzenden Koppel, wo ich endlich Fiete und meine Tochter fand, die einträchtig Pferdeäpfel in eine Schubkarre schaufelten. Mein Kind hatte ganz rote Wangen und Stroh und eine Feder in den Haaren.

»Ich bin für eine Weile unterwegs. Ist das okay?«, fragte ich, und beide hoben kurz den Kopf.

»Ja, wir müssen noch alle Pferdeäpfel wegmachen«, erklärte Amelie mir und schaufelte ungerührt weiter. Fiete sagte nichts. Er nickte nur und schob die Schubkarre ein Stück nach vorn.

»Wo ist Mimis Rad?«, fragte ich weiter.

»Da, wo alles mit Rädern ist«, antwortete Fiete, was mir durchaus ein guter Hinweis war. Alles mit Rädern war nämlich in der Scheune. Unschlüssig stand ich noch einen Moment herum und sah den beiden zu. Es erschien mir geradezu ungehörig, jetzt zu fahren. Und mich dann auch noch um meine eigenen Angelegenheiten zu kümmern. Ich brauchte irgendwie eine Erlaubnis. Meine Füße waren wie festgeklebt.

Schließlich war es meine Tochter, die mir diese Erlaubnis erteilte.

»Mama, fahr doch!«, sagte sie nämlich.

War das das Kind, das bis vor einem Jahr nur zum Ballett gehen konnte, wenn ich dabei war? Woran der gesamte Unterricht fast gescheitert wäre, weil ich um 16 Uhr nun mal üblicherweise noch im Kreißsaal war? Es hatte mich einiges an Überzeugungsarbeit gekostet, bis Amelie es aushalten konnte, dass Alexandra und ihre Tochter sie dorthin begleiteten.

»Gut«, sagte ich und schob die Hände in die Hosentasche. »Ich komme direkt danach zurück. Amelie muss noch was essen. Irgendwann«, sagte ich etwas lauter, und Fiete drehte den Kopf in meine Richtung.

»Es wird dich erstaunen, aber auch ich muss hin und wieder essen. Und ich gebe ihr etwas ab«, versprach er, womit das Thema erledigt war. Widerstrebend verließ ich die Koppel und ging durch die Stallgasse zurück auf den Hof, um tatsächlich in der Scheune Mimis Rad zu finden, klar erkennbar an den goldenen Punkten auf strahlend blauem Grund. Der Sattel war leuchtend rot und die Klingel Mintgrün. Könnte Mimi Pferde lackieren, sie würde es tun, und zwar in genau diesen Farben. Und noch etwas entdeckte ich: Das Fahrrad hatte einen Elektroantrieb.

Ich schob das Rad in den Hof und gleich weiter zur Straße, was meinen Rücken unangenehm zwicken ließ. Dann setzte ich mich vorsichtig auf den ausladenden XXL-Sattel und radelte los. Also das Rad radelte, ich saß unbeteiligt auf dem Sattel, der sich anfühlte wie ein Sofa, und trat hin und wieder mal in die Pedale. Es war herrlich. Ich raste die schmale Straße hinunter, und die Pferde und Schafe auf ihren Weiden hoben die Köpfe, als ich wie ein geölter Blitz an ihnen vorbeischoss.

Direkt neben der Hauptstraße verlief ein Fahrradweg. Ich folgte ihm eine Weile und bog dann nach links zwischen den Ferienhäusern zur Strandüberfahrt ab. Zum Meer. Mein Herz machte einen freudigen Doppelschlag, und schwungvoll wich ich einem Pulk Menschen aus, die mit dicken Strandtaschen beladen waren. Ich radelte am kleinen Parkplatz vorbei und konnte die salzige Luft schon riechen. Der Strandwächter, wie wir ihn immer nannten, erkannte offenbar Mimis Fahrrad, denn er winkte mich einfach an seinem kleinen Kassenhäuschen durch. Dabei war der Typ im roten Shirt dafür bekannt, den Leuten auf unnachahmliche Art und Weise und in stoischer Gelassenheit für einen Strandbesuch das Geld aus der Tasche zu ziehen.

In fliegender Leichtigkeit trug das Rad mich die geteerte Straße hinauf, immer weiter, bis ich oben auf dem Deich angekommen war und eine Vollbremsung hinlegte, etwas umständlich vom Rad kletterte und dann ganz still stand. Ich konnte für einige Atemzüge nur stehen, mich an den Lenker klammern und schauen.

Es war einfach zu schön. Diese schier unendliche Weite dessen, was sich hinter dem Deich befand, raubte mir jedes Mal wieder den Atem. Und das meinte ich fast wörtlich, denn hier oben zerrte ein strammer Wind an meinen Haaren und brachte meinen Pullover zum Flattern.

Vor mir erstreckten sich die Salzwiesen. Das satte Grün zog sich weit bis zum Horizont, um dann schlagartig in das glitzernde Weiß des Strandes überzugehen. Ganz weit entfernt, am Ende des Horizonts, war die Nordsee, nur erkennbar an dem sich dunkel abhebenden schmalen Streifen.

Böhl war mein absoluter Lieblingsstrand, zu dem man sogar mit dem Auto fahren konnte. Bad und Ording waren voll und cool, aber Böhl war einsam und weit. Wobei Weite in St. Peter-Ording nirgends Mangelware war. Dieses Gebiet wurde nicht umsonst die Sandkiste Deutschlands genannt. Um diese Strände beneidete uns die ganze Welt, da war ich mir absolut sicher.

Ich setzte mich wieder aufs Rad, warf dem Weg, der mitten durch die sich im Wind sanft wiegenden Salzwiesen zum Strand verlief, einen letzten Blick zu und radelte auf dem geteerten Deich gen St. Peter-Ording Bad. Links begleitete mich das Meer, weit entfernt, wie es hier immer war. Wollte man ins Wasser, musste man lange laufen. Auf der rechten Seite wuchsen knorrige Kiefern, und überall blühten die Hundsrosen, während zerzupfte Wolkenberge den tiefblauen Himmel schmückten.

Ich war fast alleine hier auf dem Deich. Der Wind spielte in meinen Haaren, und die Luft war von einer würzigen Frische, die wirklich auch noch die letzten Lungenbläschen erreichte und jede Faser meines Körpers zu erfrischen schien. Einen klitzekleinen Moment lang spürte ich einen sonderbaren Frieden nach mir greifen. Für einen Augenblick hielt mein Kopf die Klappe.

# Kapitel 4

Mit Ruhe und Frieden war es allerdings schnell wieder vorbei. In Bad war die Hölle los. Menschenmassen schoben sich über die ausgesprochen unhübsche Straße *Im Bad*, auf der sich links und rechts kleine Geschäfte reihten. Architektonisch hatte man hier in den Sechziger- und Siebzigerjahren die Sau rausgelassen und Bauten in die Gegend gestellt, die so rein gar nicht zu einem Kurbad passen wollten. Seitdem das große schwarze Hotel direkt gegenüber der Seebrücke gebaut worden war, wirkte der kleine Platz davor, als wären all die Häuser um ihn herum einfach so vom Himmel gefallen.

Ich schob mein Rad an Fischbuden und Souvenirläden vorbei und blieb vor der Buchhandlung stehen, um auf dem Handy nach der Adresse der Praxis zu suchen. Dabei fiel mein Blick auf die Auslage in den großen Schaufenstern.

Amelie liebte Buchläden. Sie konnte stundenlang in den Zeitschriften und Kinderbüchern stöbern. Eine Zeit lang waren wir jeden Samstag in die Buchhandlung bei uns im Viertel gegangen, und Amelie durfte sich eine Kleinigkeit aussuchen. Erschwingliche Pixi-Bücher oder etwas in der Art. Doch irgendwann hatten wir damit aufgehört. Ich musste samstags einfach das Leben am Laufen halten. Einkaufen, putzen und die Wäsche machen. Und beim Leben-am-Laufen-Halten kam Amelie einfach immer zu kurz. Ich betrachtete die vielen Bücher im Fenster. Rosa dominierte. *Der perfekte Kindergeburtstag*, ein Bildband in Pastellrosa, vorne drauf eine zufrieden dreinblickende Mutter und ein kleines, goldgelocktes Mädchen, das eine Krone trug. Im Hintergrund sah man pinkfarbene Girlanden und eine Torte, und überall auf dem Buchcover waren goldene Punkte und glitzernde Sterne verteilt. Ich schnaubte. Gleich daneben stand ein Buch mit dem schmissigen Titel *Wie Familienglück gelingt. Ein Hoch auf nicht perfekte Mütter!* Dass ich nicht lachte. Sie schrieben »nicht perfekt« irgendwohin, aber meinten doch genau das Gegenteil: perfekt. Alles mit Kind musste perfekt sein. Und Rosa war die passende Hintergrundfarbe zu dieser Botschaft. Dazu passte auch das nächste Buch: *Entspannt durch die Schwangerschaft.* Eine lachende Frau, ein bisschen schwanger, lange braune Haare, ein weißes, im Wind wehendes Kleid. Vor Rosa mit Gold. Keine geschwollenen Beine, kein Übergewicht, keine Pickel. Sie sah aus, als ob es in ihrem Leben nur freudige Glückseligkeit gab und niemals Zweifel. Ich fand so etwas irreführend. Ein Kind zu bekommen war für uns Frauen immer noch das größte Abenteuer, auf das wir uns einlassen konnten. Es war monumental, existenziell und aufregend. All das war es, aber es war nicht rosa. Und es glitzerte auch nicht.

Ich kannte so viele Frauen, die mit all diesen Vorstellungen von einer perfekten Geburt in den Kreißsaal kamen und derb enttäuscht wurden. Ein Kind zu bekommen war harte Arbeit, und es tat weh. Ich lehnte mich auf den Lenker von Mimis Fahrrad und starrte die rosafarbenen Bücher an. Hebamme zu sein war immer mein Traumberuf gewesen. Meine Berufung. Die ich irgendwo und irgendwann in den letzten Wochen und Monaten verloren hatte. Mein Problem waren nicht die wunderbaren Frauen und ihre Babys, deren Köpfe ich als erster Mensch berühren durfte, in deren erstaunte Augen ich blickte, wenn sie in dieser Welt ankamen. Es war dieser verdammte Klinikalltag, der mich fertigmachte. Die routinierten Abläufe, in die ich die Schwangeren zwang. Ich hatte immer zu wenig Zeit. Für alles. Ich war nicht mehr mit ganzem Herzen bei der Sache, versuchte, meine Kraft aufzuteilen und war grandios daran gescheitert. Die Muskeln in meinen Schultern schmerzten bei diesen Gedanken, und ich bewegte die Arme, um den Druck loszuwerden.

Noch einmal rief ich mir die Route zur Praxis auf und wollte grade mein Rad losschieben, als ein älterer Herr mit einer Zeitung unter dem Arm an mir vorbeimarschierte und mich anlächelte. Er wirkte so freundlich und nickte sogar grüßend, als würden wir uns gut kennen. Ein wenig verwundert lächelte ich zurück. Dann zuckte ich erschrocken zusammen, als gleich darauf eine Frau, etwa in meinem Alter, ganz in Gelb, dicht an mir vorbeirannte und »Heinz, warte!« rief. Ich beobachtete die beiden kurz – die gelbe Frau hatte Heinz einen Arm um die Schulter gelegt und redete jetzt leise auf ihn ein –, dann schob ich Mimis Rad im Slalom durch die Menschenmenge.

Am Kino bog ich links ein, nur um dann noch siebenmal um verschiedene Ecken zu biegen, bis ich endlich vor der Praxis stand. Ich schloss Mimis Fahrrad am Fahrradständer an, öffnete die Tür zur Praxis – und fühlte mich plötzlich, als wäre ich mitten in einem Bienenstock gelandet. Bestimmt fünfzehn Menschen saßen auf Plastikstühlen und hielten Handtücher auf dem Schoß, als wären diese die Eintrittskarte in die heiligen Räumlichkeiten, die sich hinter der Theke versteckten.

Dort saß eine kleine Frau und telefonierte lautstark mit einem Headset.

»Hallo«, sagte ich, doch sie funkelte mich nur an und deutete übertrieben auf das Mikro vor ihrem Mund. Also geduldete ich mich. Als die Dame endlich fertig war, blickte sie mich scharf an. »Luisa Haselnuss«, sagte ich zackig, und sie nickte ebenso zackig.

»Ach so. Ja. Mimis Nichte. Wir haben Sie in eine Lücke bei Tom geschoben, die ist nicht groß.«

»Prima, danke«, erwiderte ich, obwohl mir nicht klar war, was mir der letzte Satz sagen sollte. Besonders schnell schmerzfrei werden?

»Tom wird sowieso wieder überziehen, und dann ist hier die Hölle los«, erklärte die zackige Frau hinter dem Tresen. »Das tut er immer, und ich muss das dann ausbaden.«

»Hm«, brummte ich unverbindlich, und im nächsten Moment brüllte die Dame an mir vorbei: »Frau Hegendrot in die Sieben!« Frau Hegendrot rannte mit ihrem Handtuch im Arm los und verschwand um die Ecke.

»Ich habe übrigens kein Handtuch«, sagte ich.

»Müssen Sie haben.«

»Hab ich aber nicht.«

»Schlecht«, erwiderte sie knapp.

»Und nun?« Ich erwartete, dass sie mich wieder wegschickte, um auf die Schnelle irgendwo in den Shops ein Handtuch zu erstehen. Vielleicht mit einem Seehund drauf. Aber stattdessen griff sie unter den Tresen und schob mir ein fein säuberlich gerolltes Handtuch entgegen.

»Nicht mitnehmen«, sagte sie, dann lächelte sie kurz, bis wieder das Telefon klingelte.

Ich nahm das Handtuch und setzte mich auf einen der wenigen freien Stühle, während um mich herum Menschen nach gebrüllter Aufforderung aufsprangen und in ihr Behandlungszimmer rannten. Die, die wieder rauskamen, wirkten allerdings sehr entspannt und zufrieden. Das ließ mich hoffnungsfroh warten, während ich immer wieder die Sitzposition änderte, weil schon nach wenigen Sekunden der Druck im Rücken überhandnahm.

»Frau Haselnuss, Zimmer neun!«, brüllte der Feldwebel an der Rezeption. Ich erhob mich, so schnell der Schmerz es zuließ.

Zimmer neun bestach durch klinische Aufgeräumtheit und die Abwesenheit von Möbeln und Bildern. Nichts lenkte den Blick von der hellblauen Liege ab, die mitten im Raum stand. Ich stellte mich erst mal daneben und zuckte zusammen, als die Tür energisch aufgerissen wurde.

»So, so, da haben wir also noch eine Haselnuss«, sagte der große Mann, der sie aufgerissen hatte, lächelnd.

»Ja, hallo«, antwortete ich.

»Tom«, erklärte er und betrachtete mich interessiert, bis ich mich genötigt fühlte, irgendetwas zu tun.

Also sagte ich: »Ich bin Mimis Nichte, und ich habe Rückenschmerzen. Lendenwirbelsäule.«

Tom Bredenhof war wirklich sehr groß. Er sah aus, als wäre er gerade lässig von seinem Kiteboard geklettert, um hier nur einen kleinen Abstecher zu machen.

»Okay, dann zieh dich bitte mal aus«, erklärte er mir im nächsten Moment. »Wie heißt du?«

»Haselnuss«, erwiderte ich ein wenig irritiert und dachte dabei an meine Unterhose, die ihre besten Jahre vor Amelies Geburt gehabt hatte. Sie war lila mit gelben Streifen und an allen Gummibändern ausgeleiert, was ihre hervorragende Passform erklärte und der einzige Grund war, warum ich sie noch besaß. Und mein BH war vor langer Zeit einmal weiß gewesen. Jetzt war er grau mit einem Hauch Rot, weil ich ihn aus Versehen mit den roten Küchenhandtüchern gewaschen hatte. Von meinen Uraltsocken wollte ich gar nicht reden.

Tom wartete. Um Zeit zu gewinnen, trat ich von einem Fuß auf den anderen. Die Beine hatte ich mir zuletzt vor Monaten rasiert, vom Rest ganz zu schweigen. Und während ich so darüber nachdachte, machte es mich sogar richtig wütend, dass mir so etwas überhaupt wichtig war.

»Äh. Vorne?«, fragte der Osteopath mitten hinein in meine Gedanken.

»Vorne?«, fragte ich begriffsstutzig, aber dann fiel der Groschen. »Luisa.«

»Wir duzen uns hier«, erklärte er. »Also, Luisa, dann zieh dich bitte bis auf die Unterwäsche aus.«

»Nicht so gerne«, erklärte ich, was ihm eine hochgezogene Augenbraue entlockte.

»Wenn ich dir helfen soll, muss ich mir das Problem ansehen. Das ist mein Job.«

»Hm«, gab ich zurück. Auf der intellektuellen Ebene war mir das schon klar. Leider nur auf der. Doch dann dachte ich an die furchtbaren Schmerzen, die mich seit Wochen quälten, und zog langsam meinen Pullover aus. Tom schnappte sich derweilen das Handtuch und breitete es über der Liege aus. Ich knöpfte meine Jeans auf und zog auch die ganz langsam aus. Wie auch die Socken. Halb nackt mit Socken war noch schlimmer als ohne.

Tom Bredenhof wandte sich mir zu. »Du brauchst dich nicht zu zieren«, sagte er bei meinem Anblick. »Jetzt dreh dich bitte mal um.«

»Nein«, antwortete ich entsetzt, was wieder die Augenbraue in Bewegung brachte.

»Soll ich vielleicht lieber eine weibliche Kollegin holen?« Er klang sehr professionell und leider gar nicht so mitfühlend, wie seine Worte suggerierten.

Ich war schon so lange nur für mich gewesen, dass es sich fast ungehörig anfühlte, dieses gut behütete Ich so verletzlich, nämlich halb nackt, jemandem zu zeigen. Mit geschlossenen Augen und sehr langsam drehte ich mich um.

»Nicht erschrecken, ich fasse dich jetzt an«, sagte er schließlich und legte mir die Handflächen vorsichtig auf den Rücken, dann an die Hüften und an die Oberschenkel. Seine Hände waren ganz warm.

»Beug dich mal nach vorne«, sagte er, und ich beugte mich nach vorne. Was blieb mir auch anderes übrig? Tom ließ mich noch ein wenig herumturnen, dann deutete er mit einer beiläufigen Geste zur Liege, was wohl die Aufforderung darstellte, mich da draufzulegen.

Als ich das Gesicht in den Ring steckte und die Arme neben den Körper legte wie eine Robbe am Strand, entfuhr mir ein leises Stöhnen. Tom Bredenhof breitete eine leichte Decke über meine Beine. Jetzt war ich nur noch zu zwei Dritteln nackt.

»Hast du viel Stress?«, fragte er, und ich grunzte. Auf dem Bauch liegend zu sprechen war schwierig.

»Ich bin Hebamme, was denkst du?«, fragte ich angespannt zurück, weil ich mir sehr bewusst war, dass er mir gerade auf den halb nackten Hintern sah.

»Aha, Hebamme. Verstehe.« Was verstehst du, dachte ich, schwieg aber, denn jetzt taten seine Hände auf meinem Rücken etwas. Ich machte mich auf den Schmerz gefasst, von dem ich sicher war, dass er kommen würde, aber er kam nicht. Toms Handflächen übten nur ganz leichten Druck aus.

Dieser Mann wirkte so großspurig und selbstsicher, aber seine Hände sprachen eine ganz andere Sprache. Eine angenehme Wärme breitete sich in meinem Rücken aus. Was auch immer er dort tat, es machte etwas mit mir. Und mit dem Schmerz.

Meine Schultern fingen an zu prickeln, und plötzlich spürte ich, wie ich mich entspannte. Tief in mir. Es war nicht diese erzwungene Entspannung, diese hektisch herbeigeführte Atmung, die einem suggerierte, man wäre in der Lage, sich auf Knopfdruck zu beruhigen. Das hier war anders. Ich schluckte trocken und drückte das Gesicht fest in die Liege.

Tom begann mit den Fingern über meinen Rücken zu wandern. Wieder ohne Druck, wieder ganz sanft.

»Umdrehen. Bitte«, sagte er irgendwann. Vorsichtig rollte ich mich auf den Rücken und blinzelte. Auf dem Bauch war es so dunkel gewesen. Jetzt presste ich die Augen fest zusammen. Tom zog mir nacheinander an den Beinen, drehte und wendete sie in alle Richtungen, drückte mir in den Bauch und angelte sich dann mit dem Fuß einen Rollhocker, um sich daraufzusetzen und zum Kopfende der Liege zu rollen. Vorsichtig öffnete ich die Augen, streckte den Kopf und schielte kurz nach oben.

Mit konzentrierter Miene schob er mir die Handflächen unter den Hinterkopf und betrachtete mich aufmerksam. Das war mindestens so ungewohnt, wie berührt zu werden. Wieder musste ich angestrengt blinzeln.

Krampfhaft versuchte ich die Tränen wegzudrücken, was nicht gelang. Eine schaffte es, sich zu befreien, und rollte mir über die Wange. Das konnte Tom Bredenhof, der keine zehn Zentimeter von meinem Gesicht saß, eigentlich nicht entgangen sein, aber er sagte nichts. Seine Hände waren verdammt warm an meinem Kopf. Ihre Wärme breitete sich überall in meinem Körper aus. Noch nie hatte jemand so meinen Kopf gehalten. Es war ein gänzlich neues Gefühl. Ich fühlte mich seltsam und zugleich unendlich geborgen. Und das Verrückteste war: Mein Kopf hatte tatsächlich aufgehört zu denken.

# Kapitel 5

Tom hielt mir einen Zettel hin. »Dein nächster Termin«, erklärte er und hätte mich offensichtlich gerne direkt zur Tür rausgeschoben.

Ich zog mir schnell noch den Pulli über den Kopf und nahm den Zettel entgegen. Nächsten Montag, 16 Uhr. »Danke«, sagte ich und schob das Stück Papier in die Hosentasche. »Und was habe ich?«

Tom, der gerade die Liege desinfizierte, hielt inne und blickte kurz auf. »Was meinst du?«

»Wenn es ständig so wehtut, muss es doch irgendetwas sein«, erklärte ich.

Er zuckte die Schultern. »Woher soll ich das wissen?«

Ich warf ihm einen ungläubigen Blick zu. »Bekommt man das wieder hin?«

Tom zog die Nase kraus. »Weniger Stress wäre hilfreich.«

»Haha«, erwiderte ich trocken.

»Nicht haha.« Er ließ die Sprühflasche sinken. »Ich meine es ernst. Stress macht krank. Rückenschmerzen, Bluthochdruck, Tinnitus bis hin zum Herzinfarkt. Da kann ich dann auch nichts mehr machen. Keine Ahnung, was die Leute glauben. Sie hetzen durchs Leben und wundern sich am Ende, dass ihr Körper das nicht auf ewig mitmacht.« Ich versuchte ihn zu unterbrechen, aber das schien sein Lieblingsthema zu sein. »Die Leute missachten die Gesetze, denen unser Körper nun mal unterworfen ist, und dann kommen sie und wollen sich reparieren lassen. Der ganze Stress flutet den Menschen mit Adrenalin, das muss irgendwohin. Sonst richtet es Schaden an.« Dabei sah er mich böse an, als könnte ich was dafür, dass ich nicht wusste, wohin mit meinem Adrenalin.

Ich nickte. »Bis Montag«, sagte ich und verließ die Praxis. Bei meinem Rad angekommen, musste ich erst mal tief durchatmen. Die Entspannung, die ich eben noch gefühlt hatte, war verflogen. Alle Gedanken waren wieder da.

»Was für ein selbstgerechter Blödmann«, sagte ich, schloss mein Rad auf und schob es durch die Menschenmenge. Vor dem Buchladen überlegte ich kurz, Amelie ein Buch mitzubringen, verwarf diesen Gedanken aber, denn auf meinem Konto herrschte chronische Ebbe. Ich musste schnell wieder arbeitsfähig werden, alles andere konnte ich mir einfach nicht leisten.

Ich seufzte so tief, dass eine vorbeischlendernde Dame mit einem Eis in der Hand sich nach mir umdrehte und mich verwundert musterte. Vorsichtig kletterte ich auf den Sattel und fädelte mich in Richtung Deichweg ein. Oben angekommen, trat ich in die Pedale, und die Welt flog an mir vorbei. Links der Ort, Kiefern, leuchtend blühende Hundsrosen, rechts die Salzwiesen. Hinter den Pferdeweiden bog ich scharf links ab und rollte den Deich hinunter. Von hier waren es keine sieben Minuten mehr bis Mimis Hof, wo mich das schwarze Ungeheuer begrüßte wie eine lange verloren geglaubte Tochter.

»Geh weg!«, sagte ich und stieg vorsichtig vom Rad ab. »Bitte«, schob ich höflich hinterher, aber Frau Ahorn ging nicht weg, sondern bellte aus Leibeskräften. Sie sah aus, als wollte sie mich fressen. »Hau ab!«, sagte ich schließlich mit meiner besten Kreißsaal-Befehlsgewalt-Stimme, die immer dann zum Einsatz kam, wenn ich Ärzte daran erinnern musste, dass eine Geburt nicht zu beschleunigen war, oder ein Vater sich anschickte, ein geschäftliches Telefonat zu führen, während bei seiner Frau die Presswehen begannen. Und siehe da: Frau Ahorn hörte auf zu bellen. Doch statt mich in Ruhe zu lassen, folgte sie mir jetzt skeptisch. Ich schob das Rad in die Scheune, ging über den Hof und stieß die Haustür auf, die nie abgeschlossen war, Frau Ahorn immer noch dicht auf den Fersen. Sie wäre mir auch ins Haus gefolgt, hätte ich ihr nicht die Tür vor der Nase zugeschlagen.

»Lass Frau Ahorn rein!«, brüllte meine Tante sogleich aus der Küche. »Es ist Zeit für ihre Schilddrüsentabletten!«

»Schilddrüse, ja?«, fragte ich das schwarze Ungeheuer, nachdem ich die Tür erneut geöffnet hatte, doch Frau Ahorn schob sich nur stumm an mir vorbei.

»Sie hat mich fast angefallen«, erklärte ich meiner Tante, die in der Küche hantierte. Irgendetwas duftete köstlich.

»Mama!« Mein Kind kam von irgendwoher angeschossen und warf sich in meine Arme. Ungefähr so, als hätten wir uns die letzten fünf Jahre nicht gesehen. Ich atmete tief durch und drückte mein Gesicht in ihre Locken. Ihre Hände hielten mich fest umschlossen, doch der Frieden währte nur wenige Sekunden. Dann fing sie an zu hüpfen wie ein Flummi, und ich musste sie zwangsläufig loslassen, weil mir das einen scharfen Schmerz bescherte. »Ich habe alle Pferdeäpfel aus dem Paddock geräumt!«, schrie sie, und ich sah aus dem Augenwinkel, wie meine Tante zusammenzuckte. Und Frau Ahorn ebenfalls.

»Leiser«, murmelte ich ganz automatisch. »Leiser«, »Langsam« und die Frage »Hast du dir die Hände gewaschen?« waren so fest in meinen mütterlichen Sprachschatz integriert, dass ich mich ertappte, wie ich manchmal sogar zu meinen Kolleginnen »Leiser« und »Langsam« sagte. Zum Glück fragte ich sie nie, ob sie sich nach dem Klobesuch die Hände gewaschen hatten. Aber ich war mir sicher, dass auch das mir irgendwann noch rausrutschen würde.

»Und ich habe ein Pony geputzt und Kirschen gepflückt!«, rief mein Kind, ein halbes Dezibel leiser.

»Das ist ja alles wunderbar.« Ich zog sie wieder an mich, um mein Gesicht in ihre Locken zu drücken. Je lauter sie war, desto leiser wurde ich. Sie lehnte den Kopf gegen meine Brust. »Hat der Arzt dir geholfen?«

»Er ist Osteopath. Und ja, er hat mir sehr gut geholfen«, erwiderte ich.

Meine Tante ließ von ihren Töpfen ab. »Amelie, jetzt aber ab unter die Dusche«, verkündete sie energisch. »Du stinkst wie ein brunftiger Puma!« Womit sie recht hatte, mein Kind roch wirklich sehr streng. Aber auch nach Sonne und Salz und Stroh.

»Lass mich kurz verschnaufen, dann komme ich mit und helfe dir«, erklärte ich und steuerte einen Küchenstuhl an.

»Wobei willst du Amelie helfen?«, fragte meine Tante und stellte einen leeren Teller vor mich.

»Na, beim Duschen«, sagte ich und warf einen begehrlichen Blick zum Herd. Irgendetwas brutzelte dort vor sich hin und duftete köstlich.

Mimi räusperte sich. »Geh schon mal hoch, Amelie. Du weißt ja, wo alles ist.« Mein Kind ging, ohne Diskussion, ohne Gezeter, ohne »Ich will aber nicht!« zu schreien.

Kaum war sie durch die Tür, sah Mimi mich an. »Deine Tochter ist acht. Du willst ihr nicht wirklich beim Duschen helfen, oder?«

Ich schloss für einen Moment die Augen. Ich konnte jetzt keine Diskussion führen. »Mimi«, sagte ich deshalb ernst.

»Tante Mimi«, korrigierte mich meine Tante ebenso ernst.

»Tante Mimi.« Ich seufzte. »Wenn sie alleine duschen geht, kommt sie fast unverändert wieder raus. Nur nasser. Sie steht Stunden unter der Dusche. Duschgel ist ihr suspekt. Sie braucht jemanden, der ihr klare Anweisungen gibt. Sonst wird das nichts.«

Mimi zog die Augenbrauen zusammen. »Ich habe ihr gesagt, dass das heiße Wasser für sechs Minuten reicht. Und dass sie, falls sie hinterher so riecht wie vorher, kalt duschen muss. Und du glaubst, sie versteht das nicht?«

Ich schüttelte den Kopf. »Ich bin seit acht Jahren ihre Mutter.«

Mimi lachte. »Du hast es doch auch gelernt.« Sie sah mich an. »Willst du Abendessen? Amelie hat schon gegessen.«

Ich nickte. Es war zwar noch früh, aber ich hatte einen Bärenhunger. Was daran liegen mochte, dass ich seit dem Frühstück nichts mehr gegessen hatte.

Im nächsten Moment purzelten acht kross gebratene Fischstäbchen auf meinen Teller. Mir lief das Wasser im Mund zusammen. Gleich darauf landete nämlich ein Löffel von selbst gemachtem Apfelmus in der Mitte und verteilte sich quer über die Fischstäbchen.

Mimi ließ sich auf den Stuhl mir gegenüber fallen, goss uns beiden zwei Gläser ölig rollenden Rotwein ein und verschränkte die Arme. »Es ist nie zu früh für guten Rotwein«, erkläre sie und legte den Kopf schräg. Ich nahm meine Gabel. Mit Fischstäbchen und Apfelmus war ich aufgewachsen, das hatte es immer gegeben, wenn ich mies drauf gewesen war. Bei Liebeskummer, schlechten Noten oder Weltschmerz. Seit ich in München lebte, hatte ich die Existenz dieses Seelenessens komplett vergessen. Ich nahm den ersten Bissen und kaute genüsslich. Irgendwo im Haus erklang ein spitzer Schrei.

Ich legte die Gabel zur Seite und eilte die Treppe hinauf. Im Bad roch es unangenehm, nicht nach Duschgel. Amelie stand in der riesigen Duschwanne, weit entfernt vom prasselnden Wasserstrahl. Sie bibberte.

»Kalt«, ächzte sie.

Ich stellte das Wasser ab und reichte ihr ein Handtuch. Woher sollte sie denn bitte auch wissen, wie lang sechs Minuten waren? Zeit war für sie ein dehnbarer Begriff. Jetzt, in fünf Minuten, morgen, in einem Jahr …

»Wir stellen dir das nächste Mal eine Uhr, damit du weißt, wie viel Zeit du hast«, erklärte ich und rümpfte die Nase. Amelie roch wirklich furchtbar. Ich wickelte sie in ein Handtuch, und sie kletterte aus der Wanne. »Vorschlag: Du kuschelst dich in das Handtuch und wartest eine halbe Stunde. Dann gibt es wieder warmes Wasser, und wir versuchen es noch mal. Okay?«

Amelie nickte bibbernd. »Mama, es war so toll mit den Ponys. Können wir die ganzen Ferien hierbleiben?«, fragte sie. Ich nickte und drückte ihren ins Badetuch gehüllten Körper gegen meinen. Ich hätte sie gerne ins Bett getragen, doch stattdessen schob ich sie vor mir her ins Schlafzimmer. Sie kletterte auf ihre Seite des Bettes, ich knipste die Lampe an und reichte ihr den Stapel Bücher und Comics, der immer in, neben und unter ihrem Bett lag. »Ich komme gleich wieder, okay?«

Amelie grinste mich an und vertiefte sich in ihr Pferdebuch.

»Dein Essen ist jetzt kalt«, erklärte Mimi mit gespitzten Lippen, als ich in die Küche zurückkehrte.

»Sie kennt das nicht«, sagte ich und setzte mich wieder. »Gib ihr eine Chance, es zu lernen, ja?«

»Sie hat getrödelt. Sie hätte auch kalt duschen können.«

»Oh Mann«, brummte ich und schob mir ein Stück Fischstäbchen in den Mund, das ich mit Wein hinunterspülte. Tante Mimi und ich hatten in Bezug auf Kindererziehung keinen gemeinsamen Nenner. Und den würden wir auch nicht bekommen.

»Wie war es denn bei Tom?«, fragte Mimi.

Ich nahm noch einen Schluck Wein und bewegte probehalber die Hüften. »Meinem Rücken hat es geholfen. Und ich habe einen neuen Termin.«

Mimi verzog das Gesicht und ich aß weiter. »Gut aussehender Bengel. Die Frauen liegen ihm zu Füßen. Aber er hat auch sein Päckchen zu tragen.«

»Was meinst du?«, fragte ich kauend, doch Mimi winkte nur ab.

Man konnte diese Fischstäbchen auch kalt essen, stellte ich

fest. Doch meine Tante seufzte, nahm mir den immer noch fast vollen Teller weg, schob den letzten Klecks Apfelmus auf einen Unterteller und begab sich in den Abstellraum, wo es erst piepte und dann eine Minute rauschte. Schließlich kam der Teller zurück. Mit heißen Fischstäbchen.

Ich musste grinsen. »Du hast eine Mikrowelle?«

Mimi schenkte mir ein verkniffenes Lächeln. »Ich gehe mit der Zeit. Nicht alles ist schlecht.«

»Als wir uns das letzte Mal gesehen haben, hast du mir erklärt, dass eher die Hölle zufriert, bevor du dir so ein Teil zulegst.« Meine Tante reagierte nicht darauf, also sagte ich schließlich: »Danke«, was Mimi aber nur ein huldvolles Nicken entlockte. »Ich dachte, du kochst nicht mehr für mich«, fügte ich vorsichtig hinzu. Das hatte sie mir nicht nur gesagt, sie hatte es so laut gebrüllt, dass ihre Ziegen getürmt waren. Damals, bei meinem letzten Besuch mit Amelie.

Meine Tante zögerte einen Moment. Dann sagte sie: »Du warst schrecklich anstrengend. Nichts, was ich getan habe, war richtig.«

Ich ließ die Gabel sinken. Alles war damals furchtbar anstrengend gewesen. Mit einem Kloß im Hals vertilgte ich das letzte Fischstäbchen. Da kam Fiete hereingeweht, auf roten Socken, in seiner schwarzen Arbeitskluft und mit frischer Nordseeluft im Gepäck. Schweigend deckte Mimi ihm den Tisch, schweigend wusch er sich ausgiebig die Hände an der Spüle, und schweigend stellte Mimi ihm dann eine Flasche Bier neben seinen Teller. Lang erprobte Abläufe, jeder Handgriff saß. Wie ein altes Ehepaar. Er aß ein belegtes Brot – die Fischstäbchen hatte ja alle ich bekommen. Danach besprachen die beiden in knappen Worten den morgigen Tag, wer was tun würde, wer die Reitstunde gab, wer die Boxen mistete und so weiter. Schließlich stellte Fiete seinen Teller in die Spüle und verschwand so zügig, wie er aufgetaucht war. Mimi räumte den Tisch ab. Als ich ihr helfen wollte, deutete sie nach oben.

»Das Wasser ist wieder warm. Sechs Minuten. Treib deine Tochter zur Eile an, auf dass sie es irgendwann lernt.«

Unter lautstarkem Protest ließ sich Amelie wieder ins Bad scheuchen. Hier positionierte ich ihr mein Smartphone auf der Fensterbank und stellte den Timer auf sechs Minuten. Dann setzte ich mich auf den geschlossenen Toilettendeckel und beobachtete, was passierte. Es passierte das Übliche: Amelie stand summend und von einem Bein aufs andere wackelnd unter dem Wasser.

»Duschgel«, mahnte ich irgendwann, und das Kind verrieb einen Klecks davon in den Händen und von dort in homöopathischen Dosen auf dem Körper. So ein bisschen hier, ein bisschen da. Bei drei Minuten verdrehte ich die Augen. Bei zweieinhalb sprang ich auf, seifte sie höchstpersönlich ein und wusch ihr die Haare, was mein Kind mit einem lauten Jaulen quittierte. Aber ich blieb hart und arbeitete mich von oben nach unten vor, um dann in letzter Sekunde, kurz bevor der Wasserstrahl auf eiskalt umstellte, die Seifenreste in den Abfluss zu spülen.

Als ich kurz darauf zu ihr ins Bett schlüpfte, um ihr noch etwas vorzulesen, war sie schon eingeschlafen. Sie musste völlig erledigt gewesen sein. Instinktiv robbte sie nah an mich heran, so, wie sie es immer tat. Was hatte ich mit ihr geübt, in ihrem eigenen Bett zu schlafen. Unter Tränen und Dramen hatten wir uns abendelang diesem Thema gewidmet, doch irgendwann hatte ich aufgegeben. Amelie schlief bei mir. Meistens. Mich störte es nicht, und sie schien es zu brauchen. Ich bewunderte, wie andere Mütter sämtliche Trotzattacken, Nuckelentwöhnung, Kitaeingewöhnung, das Basteln von Schultüten und Hausaufgabenbetreuung mit links wuppten und sich nebenbei noch rosafarbenen Lippenstift auftrugen. Meine mütterlichen Fähigkeiten waren diesbezüglich eher unterentwickelt.

Ich ließ die kleine Nachttischlampe noch ein wenig brennen und genoss die Wärme, die meine Tochter mit mir teilte. Ihr Kopf lag auf meiner Schulter, und sie schnorchelte leise. Ich legte meine Wange an ihre Stirn und spürte unserem gemeinsamen Band nach. Auch darüber hatte ich nichts gewusst, bevor ich selbst Mutter geworden war. Mutterliebe war stark. Das konnte man sich in der Schwangerschaft zwar alles vorstellen, darüber wurde ja viel gesprochen, und ich hatte die Mütter begleitet, die im Wochenbett zum ersten Mal voller Staunen diese Liebe spürten. Wirklich gefühlt hatte ich sie jedoch erst, als Amelie in meinen Armen lag. Ich hatte sie angesehen und konnte plötzlich nicht mehr aufhören zu weinen. Weil ich dieses Geschöpf, dieses immer noch fremde Wesen, das mein Leben auf den Kopf gestellt hatte, sehr viel mehr liebte als mich selbst.

Es klopfte leise an der Tür, und bevor ich reagieren konnte, wurde sie aufgeschoben. Mimi blickte durch den Türspalt. »Ich habe dir noch einen Tee gekocht.«

Sie trat ein, stellte die dampfende Tasse auf den Nachtschrank und ging wieder.

Der Tee schmeckte nach Stroh und Heu und war unerwartet wohltuend. Doch kaum hatte ich das Licht gelöscht und mich zur Seite gerollt, tanzten schon wieder die Bilder vor meinem inneren Auge. Die weinende Mutter im Kreißsaal. Das Entsetzen im Gesicht des Vaters, als ich ihm das tote Kind in den Arm legen wollte und er stattdessen hinausgestürmt war. Der gehetzte Ausdruck in meinen eigenen Augen, als ich flüchtig in den Spiegel über dem Waschbecken geblickt hatte. Die verwaisten Eltern hätten mich gebraucht. Genau wie die beiden anderen Frauen, die dabei waren, ihre Kinder zu gebären. Ich war niemandem gerecht geworden.

# Kapitel 6

Der nächste Morgen begann wieder mit bohrenden Kopfschmerzen und einer unschönen Nachricht meiner Bank. Meist checkte ich meine Mails noch vor dem Aufstehen im Bett, weil ich sonst im Laufe des Tages nicht mehr dazu kam. Kaum hatte ich also die Augen geöffnet und mir den Schlaf herausgerieben, hatte ich schon das Handy vor der Nase und öffnete den Mail-Account. Danach hatte ich einen Knoten im Magen. Die monatliche Gebühr für Amelies Ballettstunden hatte nicht abgebucht werden können. Die achtzig Euro waren wieder zurückgegangen. Verdammt.

Ich kroch seitlich, das Handy fest umklammert, aus dem Bett. Amelie schnarchte noch leise vor sich hin, und draußen hatte der Tag gerade erst begonnen. Die Sonne schien schon, aber das Licht wirkte noch morgendlich zart.

Vorsichtig setzte ich die Füße auf die blanken Dielen und biss die Zähne zusammen. Um diese Zeit schmerzte mein Rücken immer besonders, aber heute gelang es mir recht zügig, mich in eine aufrechte Position zu hieven. Gebeugt humpelte ich zu dem Stuhl, der mir als Garderobenständer diente, und zog die Jeans vom Vortag an. Dann warf ich mir noch meine schwarze Fleecejacke über und ging langsam, mit dem Handy in der Hand, die Treppe hinunter, durch die leere Küche auf den Hof. Dort blieb ich stehen und atmete tief durch. Der Morgen duftete herrlich würzig. Ich wollte mich irgendwo in den Garten setzen und meinem Geldmangel widmen, aber dazu sollte ich dringend ein wach machendes Heißgetränk mitnehmen. Also machte ich kehrt und kochte mir einen Kaffee. Während ich wartete, dass die Maschine zischend fertig wurde, aß ich erst einen Keks und nahm eine Schmerztablette, dann öffnete ich todesmutig erneut meinen Mail-Account.

Die Nachricht der Bank war nur der Auftakt für mehrere kleine Bomben gewesen, die jetzt alle nacheinander detonierten. Amelies Grundschullehrerin hatte nämlich auch geschrieben. Mails von der Schule trieben mir grundsätzlich den Puls in die Höhe. Frau Droge (kein Spaß, sie hieß wirklich so) war seit der ersten Klasse Amelies Lehrerin, und sie war nicht so recht überzeugt von meiner Tochter. Weil Amelie all die Dinge, die sie können musste, nicht konnte. Sitzen, still sein, angemessen schnell lernen, Buchstaben schreiben und Zahlen verstehen. Amelie konnte Geschichten erzählen, war höflich und nett, liebte Tiere und hatte erstaunlicherweise die tiefe und tragende Stimme einer Soulsängerin, doch Frau Droge schrieb erst mehrere Absätze darüber, was meine Tochter alles nicht konnte, und regte dann an, die Zeit während meiner Krankschreibung und dann noch die Ferien gut zu nutzen und die beigefügten Arbeitsblätter nachzuarbeiten. Damit sie nicht den Anschluss verlöre.

Es waren zweiunddreißig Arbeitsblätter. Ich starrte entsetzt auf das Display und goss mir dann erst mal meine Kaffeetasse voll. Diese Lehrerin wusste sehr gut, dass ich Vollzeit arbeitete, alleinerziehend und aktuell krankgeschrieben war. Weswegen Amelie eigentlich die Hälfte der unendlich langen Sommerferien in einem Hort verbracht hätte. Der so exorbitant teuer war, dass ich dafür das Abo meiner geliebten Wochenzeitung storniert hatte. Das mütterliche schlechte Gewissen, sie fast die ganzen Ferien dort unterzubringen, gab es gratis dazu.

»Du hast sie ja nicht mehr alle«, stöhnte ich, woraufhin Frau Ahorn den Kopf durch die Küchentür steckte. Wir taxierten uns einen Moment.

»Ich habe sehr schlechte Laune«, erklärte ich der Hündin, und sie nieste. Wieder sah ich auf mein Handy. Die nächste Mail war von meinem Kfz-Mechaniker. Mein alter Mini war seit Tagen in der Werkstatt, und ich hatte schon mehrere Hiobsbotschaften verkraften müssen, aber nun stand fest: Der Zahnriemen musste auch noch getauscht werden. Und das kostete noch mal schlappe 620 Euro. Ich griff mir den Kaffee und stakste mit bloßen Füßen über das alte Kopfsteinpflaster bis zum Garten hinter dem Haus. Unter einem der großen Bäume stand eine Bank, und dort ging ich hin. Frau Ahorn folgte mir.

Kaum saß ich, öffnete ich mit klammem Herzen meine Online-Banking-App. Hannes, Amelies Erzeuger, hatte mal wieder keinen Unterhalt gezahlt. Die Zugfahrt hierher war teuer gewesen, und ich hatte einen großen Posten, Amelies neues Ballett-Trikot, in meiner Kalkulation vergessen. Außerdem waren aus den neuen Sommersandalen für Amelie aus Versehen noch ein neuer Badeanzug, ein Strandtuch und zwei Bücher geworden.

Mir wurde ganz flau im Bauch, und ich trank schnell noch einen Schluck Kaffee. Mein Herz wummerte in meiner Brust. Brachten wir es auf den Punkt: So wie es jetzt lief, konnte es nicht weitergehen. Ich lebte in der teuersten Stadt von ganz Deutschland, verdiente für meinen Knochenjob erheblich zu wenig Geld, und meine Tochter kostete mich mehr, als ich mir leisten konnte – vor allem, wenn ihr Vater nichts dazu beitrug. Ich musste irgendetwas ändern. Nur was?

Weil mir nichts Besseres einfiel, wählte ich kurz entschlossen Hannes' Nummer. Es war sieben. Eine Uhrzeit, zu der er vermutlich gerade erst ins Bett gegangen war. Aber vielleicht hielt er sich auch in einer anderen Zeitzone auf. Es spielte also keine Rolle, wann ich anrief. Es klingelte unendlich lange, und gerade als ich wieder auflegen wollte, ging Hannes ran.

»Ja?«, knirschte er ins Telefon.

»Luisa hier«, sagte ich knapp.

»Weißt du, wie spät es ist?«, knurrte er.

»Ja, es ist sieben«, bestätigte ich. »Du hast den Unterhalt nicht bezahlt.«

»Öh, warte mal kurz. Maybritt schläft noch. Ich muss mal kurz vor den Van.« Es raschelte, und ich hörte das tiefe Surren einer Schiebetür. Maybritt war Hannes' Freundin. Sie war zwanzig. Oder vielleicht dreiundzwanzig. Also gerade mal so volljährig.

»Hör mal«, sagte Hannes jetzt. »Tut mir leid. Echt. Aber für mich ist das zu viel Geld. Ich kann das nicht einfach so aufbringen.«

»Wir reden hier von 280 Euro«, erwiderte ich trocken.

»Ja, aber die Belastung ist wirklich zu hoch für mich«, sagte er.

Ich hörte im Hintergrund ein Meer rauschen. Vermutlich den Atlantik. Irgendwo, wo man gut surfen konnte. Ich atmete tief durch, und Frau Ahorn, die sich auf dem taunassen Rasen niedergelassen hatte, hob aufmerksam den Kopf.

»Ich ziehe unser Kind groß, arbeite Vollzeit und kümmere mich um alles. Was glaubst du, wie die Belastung für mich ist?«

»Ja«, sagte Hannes, klang aber plötzlich siegessicher. »Aber du hast eine feste Anstellung.«

»Du musst den Unterhalt zahlen«, brachte ich schließlich hervor, während mir das Herz bis zum Hals schlug. Denn wer wusste schon, wie lange ich noch eine feste Stelle hatte, ob ich jemals wieder als Hebamme arbeiten konnte? »Verkaufe irgendetwas. Frag deine Maybritt. Aber bitte überweise mir den Unterhalt. Den viel zu geringen Unterhalt. Den, den ich bisher nicht eingeklagt habe. Bitte. Es ist wichtig.«

»Einklagen? Willst du das echt machen?« Ich konnte das Entsetzen in seiner Stimme hören. Nein, wollte ich nicht. Weil auch das wieder Geld gekostet hätte.

»Bitte überweise das Geld innerhalb von vier Tagen.«

»Ich hab das Geld nicht!«, rief Hannes.

Ich legte auf.

»Ahhhhhh«, fauchte ich, schmiss das Handy neben mich auf die Bank und rieb mir den schmerzenden Kopf. Wie konnte es sein, dass ich ständig ein schlechtes Gewissen hatte, bei allem, was ich tat, während Hannes in Spanien am Strand hockte und surfen ging? Ich würde für mein Kind meine Seele verkaufen. Er schaffte es noch nicht mal, sich regelmäßig bei ihr zu melden. Vom Unterhalt ganz zu schweigen.

Frau Ahorn nieste einmal lautstark und schüttelte sich dann so heftig, dass ihre Ohren flogen, was sehr lustig aussah. Aber ich konnte nicht lachen. Ich fühlte mich einfach nur leer.

Irgendwann stand ich auf und stakste zurück ins Haus. Frau Ahorn folgte mir so dicht auf den Fersen, dass wir einen kleinen Zusammenstoß hatten, als ich einem Blumenkübel ausweichen musste. Zurück in der Küche traf ich auf meine Tante und Malte. Die beiden standen sehr eng beisammen an der Küchentheke und kicherten. Ja, sie kicherten. Wie zwei Dreizehnjährige. Als ich mit meinem finsteren Gesicht in die Küche kam, stoben sie auseinander.

»Ach, *du* hast die Kaffeemaschine angemacht«, sagte meine Tante.

»Wer denn sonst? Amelie wohl kaum«, erwiderte ich und stellte meine Tasse mit einem Knall auf die Küchentheke.

»Fietes altersschwache Maschine streikt manchmal. Dann kocht er sich hier einen Kaffee«, erklärte Mimi mir mit zusammengezogenen Augenbrauen. »Was kann einem morgens schon so Schlimmes passiert sein, dass man derartig miesepetrig aus der Wäsche guckt?«, fragte sie.

Ich suchte nach Worten und nahm schließlich die, die als Erstes griffbereit auf meiner Zunge hockten: »Mein Leben ist eine Katastrophe.«

»Oh«, sagten Mimi und Malte wie aus einem Mund.

Malte sah mich an und verschränkte die Arme. »Du strahlst auch eine echt heftige Anspannung aus.«

»Fahr zum Strand. Tob dich ein bisschen aus«, erklärte Mimi und nickte bekräftigend.

Ich räusperte mich. »Und was soll ich da machen?«

»Du bist früher immer brüllend über den Sand gerast. Erinnerst du dich nicht mehr?«, fragte meine Tante.

Ich schluckte. Ich war so laut gewesen früher, ständig hatte mir jemand »Leiser!« zugeraunt. Irgendwie hatte das Leben mich gebändigt. Vermutlich, weil Lautstärke mich auch nicht weitergebracht hatte.

»Sie ist mal, das war noch in Hamburg damals, von einem betrunkenen Typen angemacht worden«, erzählte Mimi Malte. »Und sie hat so laut gebrüllt, dass wir es fünf Häuserblocks weiter noch gehört haben. Der Kerl hatte hinterher einen Tinnitus, der hoffentlich bis heute anhält. Und in die Eier hat sie ihm auch getreten.« Sie rieb sich frohlockend die Hände.

»Mimi«, protestierte ich schwach.

»Tante Mimi«, korrigierte sie mich. Malte zog eine Augenbraue in die Höhe, und dort blieb sie hängen.

Ich holte mein Handy aus der Hosentasche und legte es auf die Küchentheke. »Hast du einen Drucker?«, fragte ich. Ich musste irgendwie weitermachen, konnte mich der Erschöpfung, die mich fest im Griff hatte, nicht hingeben.

»Nein«, antwortete meine Tante todernst. »Ich schnitze meine Rechnungen in Baumrinde und lasse sie von Frau Ahorn ausliefern.«

Ich verdrehte die Augen.

»Natürlich habe ich einen Drucker«, erklärte Mimi schließlich. »Warum? Was willst du drucken? Du bist hier zur Erholung.«

»Ich muss Arbeitsblätter ausdrucken. Für Amelie.«

Das Entsetzen im Raum war mit Händen zu greifen. »Es sind doch bald Ferien«, sagte Mimi.

Ich schwieg. Weil es sinnlos war, Menschen ohne Kinder im Grundschulalter erklären zu wollen, was da abging. Oder Menschen, deren Kinder durch die Schule fluppten wie gut geölte kleine Heringe.

In diesem Moment kam mein kleiner, schlecht geölter Hering die Treppe heruntergehüpft.

»Moin!«, brüllte sie fröhlich. Mir lag das »Leiser« wie immer auf der Zunge, doch dieses Mal schluckte ich es herunter. Weil Amelie so zauberhaft aussah in ihrem gepunkteten Schlafanzug, mit den wirren Locken und den noch müde zusammengekniffenen Augen. Sie wirkte so frohgemut und ausgelassen, wie sie da die Treppe hinunterhüpfte und weiter bis in meinen Arm. »Ich hab voll gut geschlafen«, sagte sie, dieses Mal, oh Wunder, wirklich leiser.

»Das ist großartig.« Ich gab ihr einen Kuss auf den Kopf.

»Frühstück?«, fragte Mimi und fing gleich darauf an, mit Tellern und Besteck zu hantieren. Und zu pfeifen. Lautstark. Ich hatte es fast vergessen. Mimi pfiff für ihr Leben gerne und trieb ihr Umfeld damit fast in den Wahnsinn.

»Ja.« Amelie grinste, drückte dann aber ihren Kopf gegen meine Schulter. »Alles gut, Mama?«, fragte sie.

»Alles prima«, erwiderte ich, doch das überzeugte sie nicht. Sie musterte mich. »Hast du mit Papa telefoniert?«

Mimis Pfeifen verstummte. Und Malte sah jetzt angestrengt aus dem Fenster. Ich musste ein sehr spezielles »Mama hat mit Papa gesprochen«-Gesicht haben. Amelie wusste immer, wenn es Knatsch gab.

»Ja, äh … Ist aber alles okay«, sagte ich schnell und schob sie zum Tisch.

Mimi gab ein verächtliches Prusten von sich, das sich auf Hannes bezog, und Malte war anzusehen, dass ihm das Thema unangenehm war.

Fiete rettete mich, indem er auf roten Socken in die Küche getrampelt kam. »Die Kinder sind da«, sagte er, nahm sich einen Kaffee, grüßte Amelie, aber nicht mich, und verschwand wieder.

»Ja, dann wollen wir mal.« Meine Tante klatschte in die Hände. »Hopp, Amelie. Essen und Zähneputzen, sonst flippt deine Mutter wieder aus, und dann los. Heute haben wir ein tagfüllendes Programm.«

»Äh«, rief ich noch, wurde aber ignoriert. Dafür schob Amelie sich ihren Toast quer in den Mund und rannte kauend nach oben. Noch während ich ihr nachsah, kam sie wieder herunter. Komplett angezogen, die Haare mit einem Haushaltsgummi am Kopf festgezurrt. Sie konnte schnell sein, wenn sie wollte.

»Du hast sicher keine Zähne …«, sagte ich, doch da war sie schon aus der Küchentür geflitzt. Malte grinste verschämt.

»Deine Tante ist wie eine Naturgewalt«, sagte er und zuckte gleichzeitig entschuldigend die Schultern.

»Ich bin bei ihr aufgewachsen«, erwiderte ich und seufzte. Bei meiner naturgewaltigen Tante und meiner Mutter, die mehr einem Seenebel geglichen hatte.

Malte betrachtete mich interessiert. »Dafür seid ihr aber sehr unterschiedlich. Mimi ist so laut, und ein bisschen verrückt.« Was war das für ein Funkeln in seinen Augen? Ungerührt fuhr er fort: »Und du bist sehr erwachsen und kontrolliert.«

Ich versuchte ein Lächeln. War das ein Kompliment gewesen? Oder das Gegenteil?

»Ja«, sagte ich. »Für eine alleinerziehende Mutter ist Sorglosigkeit nicht Trumpf.«

Malte schüttelte den Kopf. »Entschuldige.«

»Was ist denn jetzt da draußen los?«, fragte ich, um irgendwie von dieser unangenehmen Situation abzulenken, und deutete aus dem Fenster zum Hof, wo gerade zwei Minibusse parkten.

»Die Grundschulklasse kommt und kümmert sich um die Ziegen. Sie kommen alle vier Wochen und helfen auf dem Hof.« Das Wort »helfen« versah er mit den Fingern mit Gänsefüßchen. »Ist ein Schulprojekt. Gut, wenn die Hauptsaison noch nicht ganz angefangen hat. Zumal die Kinder dann hier auch Geburtstag feiern wollen. Mimi verdient ihr Geld tatsächlich mit den Dingen, die sie gerne macht. Kinder, Ziegen und Ponys.« Ich bildete mir seinen sonderbaren Tonfall und das Glitzern in seinen Augen nicht ein. Malte stand auf meine Tante. Fast tat er mir ein bisschen leid, denn meine Tante war gegen Beziehungen. Die vielfältigen Argumente hatte ich mir als junges Mädchen oft genug anhören müssen.

Draußen auf dem Hof tummelten sich jetzt zahlreiche Kinder. Und Amelie mittendrin. Meine Tante stand vor dem Stall und winkte die ganze Meute zu sich, während eine Frau, vermutlich die Lehrerin, noch schnell Jacken einsammelte und Taschentücher verteilte. Langsam ging ich mit meinem Kaffeebecher nach draußen und stellte mich ein wenig abseits, um das Geschehen zu beobachten.

»Nicht vergessen«, erklärte Mimi gerade mit ruhiger, aber fester Stimme. »Die Ziegen haben ihre eigene Sprache. Und da sie unsere nicht lernen können, ist es unsere Aufgabe, ihre Sprache zu lernen. Sie sprechen mit ihrem Körper. Genau wie Frau Ahorn und die Ponys. Wir sehen genau hin. Wir hören genau zu. Und wenn wir uns nicht sicher sind, fassen wir ein Tier nicht an.« Alle Kinder nickten und folgten ihr wie die Gänseküken in den Stall. Und sie waren dabei flüsterleise.

Eine Lehrerin ging mit in den Stall, die andere sank mit einem

Stöhnen auf die Bank neben dem Stalleingang und zog ein Buch aus der Tasche. Sie schien sich auf eine längere Wartezeit einzurichten.

Ich betrachtete sie aus dem Augenwinkel. Sie war offensichtlich schwanger. 32. Woche, würde ich sagen. Dann sah ich hinüber in den Stall, ein wenig unschlüssig, ob ich der Gruppe folgen oder lieber wieder ins Haus gehen sollte.

»Bist du Mimis Nichte? Die Hebamme?« Die schwangere Frau musterte mich neugierig.

Ich nickte. »Ich bin Luisa, hallo.«

»Setz dich doch zu mir«, sagte die Frau und rückte auf der Bank ein Stück zur Seite.

Ich setzte mich neben sie und hielt mich an meiner Kaffeetasse fest. War ich das noch? Eine Hebamme? Die Frage konnte ich mir selbst gerade nicht beantworten. Der Gedanke ließ den Kopfschmerz wieder aufflammen, und unauffällig rieb ich mir über die Schläfe. Meine neue Bekannte sah mich abwartend an. Der unangenehme Moment der Stille wurde zum Glück unterbrochen, weil eine Frau mit quietschenden Bremsen vor dem Hof hielt und ein kleines Mädchen von der Rückbank zerrte. Sie rannte mit dem Kind auf der Hüfte auf uns zu.

»Hallo. Ist Mimi da?«, rief sie uns mit tiefer Stimme zu, und weil sie so in Eile war, deuteten wir beide nur wortlos zum Stall. Keine Minute später kam sie ohne Kind wieder heraus. Sie war eine gelungene Mischung aus italienischer Witwe und eingeschworenem Metal-Fan, mit tiefschwarzen Haaren einschließlich pinker Strähnen und vielen Ringen im linken Ohr. Nur die sportlichen Klamotten passten nicht ganz ins Konzept. »Ich habe jetzt ein Vorstellungsgespräch. Drückt mir die Daumen! Zum Glück ist Mimi da!«, rief sie, sprang ins Auto und verschwand.

»Wer war das?«, fragte ich meine neue Bekanntschaft, doch die grinste nur und zuckte die Schultern. »Keine Ahnung. Ich bin übrigens Hannah. Du hast nicht zufällig vor, dich hier niederzulassen und eine Praxis zu eröffnen?« Sie lächelte mich an.

»Leider nicht«, entgegnete ich. »Schwerer Hebammenmangel hier in der Gegend?«

Hannah verdrehte die Augen. »Du hast keine Vorstellung. Es gibt nirgends eine Beleghebamme. Niemand macht das mehr. Wir müssen alle in die Klinik nach Heide oder Husum. Was ja noch besser ist als die Situation meiner Freundin, die auf Föhr lebt. Die zieht vier Wochen vor Stichtag aufs Festland. Das ist ein Spaß, mit kleinen Kindern.«

»Ja, ich weiß«, erwiderte ich und schluckte. Ich hatte eine sehr klare Vorstellung davon. »Die Geburten im Rettungswagen nehmen stetig zu, und mein Arbeitgeber, immerhin eine der größten Geburtskliniken in München, hat tatsächlich einen Kreißsaal schon mehrfach geschlossen, weil wir personell unterbesetzt waren. Ich mag gar nicht daran denken, was das für die werdenden Mütter bedeutet. Und in Berlin und Hamburg sieht es ähnlich aus.«

»Mach dich selbstständig«, sagte Hannah begeistert. Ich verstand sie aus vollstem Herzen und hätte sie gerne angelächelt, aber ich konnte nicht. Mein Gesicht war wie eingefroren.

»Die Versicherungen sind enorm hoch. Zu hoch. Von der Fallpauschale ganz zu schweigen. Eine Selbstständigkeit kann ich mir einfach nicht erlauben. Ich bin alleine mit meiner Tochter. Und dann die Rufbereitschaft. Das geht nicht, wenn ich niemanden habe, der dann auf mein Kind aufpassen kann.« Ich seufzte. Genau so hatte ich meinen Beruf damals angefangen. Es war ein großartiges Gefühl gewesen, nach einer durchwachten Nacht in die heranbrechende Morgendämmerung zu fahren und zu wissen, einem Kind gut auf die Welt geholfen zu haben. Eine Mutter bei einem der bedeutendsten Ereignisse ihres Lebens begleitet zu haben. So war ich damals angetreten, voller Enthusiasmus und Liebe für den Beruf.

Die Realität sah vollkommen anders aus.

»Ich wäre gewillt, dich zu bestechen.« Hannah klang plötzlich ernst, und als ich sie ansah, wurde mir klar, dass sie es tatsächlich ernst meinte.

# Kapitel 7

Wie sich herausstellte, war das Baby in ihrem Bauch ihr erstes Kind. Hannah war auch gar nicht die Lehrerin der Kinder, sondern Altenpflegerin. Ein Beruf, den sie schwanger nicht ausüben konnte, weswegen sie Zeit hatte, eine Freundin bei den Ausflügen der Grundschulklasse ihrer Tochter zu unterstützen.

»Mir geht bei dem Gedanken an die Geburt der Arsch auf Grundeis«, gestand sie mir gerade, nachdem ich uns einen schwangerschaftskompatiblen Tee geholt hatte. Die Kinder trugen im Stall Heu hin und her, putzten die Wasserbottiche und streichelten die Ziegen.

»Muss es nicht«, sagte ich. »Raus kommen sie immer.«

»Ich würde so gerne zu Hause entbinden. Oder doch wenigstens in einem Geburtshaus. Wo hast du dein Kind geboren?« Ich zögerte einen Moment, denn ich hatte Amelie in einem kleinen Geburtshaus zur Welt gebracht, im Beisein von zwei erfahrenen Kolleginnen. Obwohl die Geburt kräftezehrend gewesen war und lange gedauert hatte, war sie wunderbar gewesen. Vielen Schwangeren war solch eine Erfahrung jedoch nicht vergönnt.

»In einem kleinen Geburtshaus. Das leider auch inzwischen dichtgemacht hat«, sagte ich.

»Siehste! So möchte ich das auch. Aber ich habe keine Chance. Es sei denn, ich lebe in einer großen Stadt und melde mich fünf Jahre vor der Befruchtung an. Und habe dann noch die entsprechenden finanziellen Mittel. Wenn nicht, gehe ich in die Klinik. Und finde weder vorher noch hinterher eine Hebamme, die mich begleitet, weil die alle auf Jahrzehnte ausgebucht sind.« Sie verdrehte wieder die Augen. »Die Klinik ist nicht per se schlecht«, schob sie dann schnell nach, weil ihr wohl einfiel, dass ich ja genau in so einer Klinik arbeitete.

»Nein, es ist wunderbar, dass wir medizinisch so viele Möglichkeiten haben«, stimmte ich ihr zu. »Aber ich verstehe sehr genau, was du meinst.«

Nun strömten die Kinder lachend wieder auf den Hof. Fiete und Mimi, mit dem kleinen Mädchen auf der Hüfte, folgten ihnen.

»Dann karren wir sie mal zurück in die Schule, was Meike?«, rief Hannah der Lehrerin zu und erhob sich ein wenig schwerfällig von der Bank. Die Kinder verteilten sich auf die beiden VW-Busse, und kurze Zeit später war der Spuk vorbei.

Amelie blieb etwas bedröppelt zurück.

»Mama, das war super«, erklärte sie mir, und ich antwortete: »Ja, das war es.«

Mimi hatte das kleine Mädchen in eine Schubkarre gesetzt und noch einen Eimer Möhren dazugestellt. Damit schob sie jetzt quer über den Hof. »Nachher kommt ein Kindergeburtstag. Da müssen die Ponys bereit sein«, sagte sie zu mir. »Auf, Amelie, wir müssen Pferdeäpfel sammeln und den Ponys erklären, was sie heute tun müssen.«

Die drei verschwanden im nächsten Stall.

Ich blieb auf meiner Bank sitzen und starrte gedankenverloren vor mich hin. Bis auf das gelegentliche Meckern einer Ziege war es ganz still. Entfernt höre ich Amelie lachen. Sie klang glücklich. Und so, wie sie eben über den Hof gesprungen war, schien sie über Nacht zehn Zentimeter gewachsen zu sein.

Es ging so schnell. Ich war Amelies Mutter, für immer und ewig. Aber irgendwann würde sie mich nicht mehr brauchen. Der

Gedanke erschreckte mich mehr, als ich erwartet hatte. Denn wer war ich dann? Wer war ich überhaupt? Es gab nur zwei Lebensmodelle in meinem Leben. Ich war Mutter und Hebamme. Dann war ich noch Dauergegnerin von Hannes, aber auch nur, weil ich mein Kind irgendwie vor seiner laxen Lebenseinstellung beschützen musste. Und etwas von seinem Geld brauchte. Was war ich noch? Meine Freundschaften in München waren keine. Es waren Zweckgemeinschaften, deren Nutznießerin ich war. Weil Alexandra Amelie mit zum Ballettunterricht nahm. Was sie gerne tat, weil ihr meine Unfähigkeit immer wieder deutlich zeigte, wie großartig sie diese Mutter-Sache hinbekam. Ich war eine der wenigen Mütter in der Grundschule, die Vollzeit arbeiteten. Dabei hatte ich weder ein Au-Pair noch eine Kinderfrau wie andere Familien. Das wussten die Eltern in Amelies Klasse natürlich, und so wurde ich auch behandelt – nachsichtig (es war okay, gekauften Kuchen mit in die Schule zu geben), aber mit einer gewissen Schärfe (was sollte man auch sonst von mir erwarten?). Ihre Kritik verpackten sie stets in freundliche Worte. Wie auch Alexandra jetzt in einer WhatsApp-Nachricht, die mein Handy zum Bimmeln gebracht hatte:

*Liebe Luisa, es tut mir sehr leid, dass du immer noch solche Rückenschmerzen hast. Aber es ist schon schade, dass Amelie jetzt nicht an der Sommerbetreuung teilnehmen kann. Da hat sie sich doch so drauf gefreut. Ich bin ein bisschen besorgt, ob der Ortswechsel über einen so langen Zeitraum gut für sie ist. Hat sie denn auch Arbeitsblätter über die Ferien bekommen? Kiara-Magdalena zum Glück nicht.*

»Bäh«, machte ich und legte das Handy wieder weg. Alles hatte seinen Preis. Ich starrte blicklos auf das alte Kopfsteinpflaster. Gedanken irrten quer durch meinen Kopf. Immer wenn ich anfing, einen davon weiterzudenken, wurde mir ganz flau im Magen. Mir fiel ein, dass ich vergessen hatte, meine Nachbarin zu fragen, ob sie die Hausreinigung für mich übernehmen würde. Mein Vermieter war da immer sehr genau, das versprach Ärger. Und die Reste vom Salat standen noch im Kühlschrank. Ich hatte sie vor meiner überstürzten Abreise noch entsorgen wollen, und es dann vergessen.

Was würde passieren, wenn ich in fünf Wochen nicht wieder voll arbeitsfähig war? Aktuell jagte ja schon der Gedanke an Salat und eine Hausreinigung meinen Puls nach oben. Mit dem Krankengeld bekäme ich nur einen Bruchteil meines Gehaltes. Dann konnte ich die Wohnung nicht mehr bezahlen. Plötzlich lag mir ein Stein im Magen. Ich musste irgendetwas tun, um mich abzulenken. Ich eilte ins Haus, schlüpfte in meine leichte Sommerjacke und kletterte im Hof auf das Fahrrad.

»Ich fahre kurz ans Meer«, rief ich Malte zu, der gerade in die Scheune ging. »Habt ihr ein Auge auf Amelie?« Er nickte und lächelte.

Ich radelte los, dankbar, dass der kleine Elektromotor die Anhöhe zum Deich für mich übernahm. Oben angekommen, begrüßte mich eine steife Brise, die meine Jacke zum Flattern brachte. Der Wind nahm mir für einen Moment die Luft zum Atmen. Ich fuhr immer weiter, bis ich irgendwann den Südstrand hinter mir gelassen hatte. In der Ferne tauchte St. Peter-Ording Bad auf. Ich behielt mein flottes Tempo bei, bis ich schließlich auf dem Platz zwischen Gosch und dem großen Hotel vor der Dünentherme anhielt. Ich hatte die Wahl: weiterzuradeln bis zu dem Strand, wo immer das Drachenfestival stattfand, oder Mimis Rad hier irgendwo anzuschließen und quer über die Seebrücke zu laufen. Sie war eintausend Meter lang, mit Holzbohlen ausgelegt, auf Stelzen gebaut und führte über Salzwiesen und Priele. Diese einzigartige Natur gab es nur hier an der Nordsee.

Ich befestigte das Schloss am Rad und dem hölzernen Geländer, stellte fest, dass der Strandwächter nicht in seinem Häuschen hockte, und steckte Mimis Kur-Karte wieder ein. Stattdessen schob ich mir die Kopfhörer in die Ohren und startete meine Rammstein-Playlist. Mein Musikgeschmack war schon immer geächtet. Aber hier hörte ja keiner, mit was ich meine Ohren malträtierte. Manchmal musste es eben sehr laut sein, damit ich die vielen Gedanken übertönen konnte. Am Ende der Brücke schlüpfte ich aus meinen Sneakers und sprang barfuß in den Sand.

Ich marschierte los. Nach wenigen Metern zog ich die Kopfhörer aus den Ohren. Der Wind zerrte an mir. Kein Mensch weit und breit war zu sehen. Ich war für einen kurzen Moment nur Luisa. Das ewig schlechte Gewissen ebbte langsam ab.

Ich lief weiter, ohne zu wissen, wohin. Auf meinem Weg begleiteten mich die Wolkenberge und der Wind, der sich in meinen Haaren austobte. Am Anfang war das Laufen im Sand anstrengend, kostete mich Kraft und ließ meinen Rücken protestieren, doch nach einigen Minuten ging es besser. Meine Füße gewöhnten sich langsam an die tiefen Abdrücke, die sie im feuchten Sand hinterließen. Als ich mich umdrehte, konnte ich meine eigene Spur klar und deutlich im Sand erkennen. Ich sah den Weg, den ich zurückgelegt hatte. Wenn es doch nur im Leben auch so einfach wäre, seinen Weg zu erkennen. Wo man herkam, und wo es hinging. Mein Lebensweg war bisher wirr und verschlungen gewesen. Ich war mal in die eine, mal in die andere Richtung gelaufen, und definitiv hatte ich mich dabei in den letzten zehn Jahren mehrmals im Kreis gedreht.

Energisch lief ich weiter. Aus meinem staksigen, bemühten Vorankommen war plötzlich ein strenger Marsch geworden. Der Sand war hier fester, und ich stampfte auf und stieß mich kraftvoll wieder ab. Die salzige Luft füllte mich mit Sauerstoff. Weit entfernt sah ich ein Paar mit zwei kleinen Kindern. Der Papa warf eins der Kinder ein Stück in die Luft und fing es wieder auf, und der kleine Junge lachte dabei so laut, dass ich ihn trotz der Entfernung hören konnte. Alle vier sahen glücklich aus. Sie gehörten zusammen.

Ich wich nach links aus, wollte einen möglichst großen Abstand zwischen ihnen und mir lassen. So viel fremdes Glück ertrug ich jetzt nicht. Ich legte noch einen Zahn zu, den Blick zu Boden gesenkt. Als ich nach einer Weile wieder hochsah, tauchte einer der berühmten Pfahlbauten vor mir am Horizont auf, dahinter die Seebrücke. Verdutzt drehte ich mich um und warf einen Blick zurück. Ich war offenbar im Kreis gelaufen. Mit großen Schritten ging ich weiter. Mittlerweile hatte ich wieder eine Ansammlung von blau-weiß gestreiften Strandkörben erreicht, die aber kaum belegt waren. Unschlüssig blieb ich stehen, ließ den Blick wandern und entdeckte einen kleinen Spielplatz mit einer großen Doppelschaukel.

Vorsichtig setzte ich mich auf den rechten der beiden Schaukelsitze, den Blick hinaus aufs Meer gerichtet. Wann hatte ich zuletzt selbst geschaukelt, nicht nur Amelie angestoßen? Ich wusste es nicht. Probehalber gab ich mir mit den bloßen Füßen ein wenig Anschwung und klammerte mich an die Ketten. Die Schaukel schaukelte. Und mein Körper erinnerte sich. Wie man richtig Schwung holte, die Beine in der Bewegung anzog und streckte, wie man sich an den Eisenketten festhalten musste, um sich in der sanften Bewegung nach hinten zu lehnen. Ich ließ meine Sneakers einfach fallen und schaukelte.

Der Horizont tanzte vor meinen Augen, mein Magen tanzte mit. Mein Rücken tat weh, aber ich ignorierte es.

Und plötzlich weinte ich. Keine Ahnung, wo diese verdammten Tränen herkamen. Ich schaukelte weiter, und die Tränen flossen einfach aus mir heraus, als wäre ein Deich gebrochen. Unbeholfen wischte ich mir mit einer Hand über das Gesicht und musste zwangsläufig langsamer schaukeln, nicht mehr so wild, sonst wäre ich von der Schaukel gefallen. Aber ich ließ die Tränen laufen und lehnte mich bei jeder Vorwärtsbewegung weit nach hinten, um in den Himmel schauen zu können.

»Hallo, alles okay mit Ihnen?« Neben mir stand jemand. Ich stoppte die Schaukel so abrupt, dass ich es gerade so schaffte, nicht im Sand zu landen. Was ja noch peinlicher gewesen wäre, als laut schluchzend auf einer Schaukel zu hocken. Und das auch noch so laut, dass fremde Menschen mir zur Hilfe eilen wollten. Schnell rieb ich mir mit beiden Händen übers Gesicht.

»Ja«, krächzte ich. »Alles gut.«

Nichts war gut, aber irgendwie kam mir der Satz ganz automatisch über die Lippen. Die Frau betrachtete mich mit zusammengekniffenen Augen und verschränkten Armen. Sie hatte mit ihrer blonden Pixi-Frisur etwas von der jungen Meg Ryan.

»Falls etwas nicht gut sein sollte, und danach sieht es für mich persönlich aus, wir sitzen dort.« Sie deutete hinter sich, und zwei weitere Frauen lugten um die Ecke eines Strandkorbs. Vor dem Strandkorb stand eine geöffnete Kühltasche. Ich sah Sektgläser auf den kleinen Tischchen verteilt. »Wir haben Taschentücher, Feuchttücher und Alkohol.« Sie schenkte mir ein strahlendes Lächeln. »Falls etwas davon hilfreich ist, kommen Sie zu uns.« Es klang mehr nach einem Befehl als nach einer freundlichen Aufforderung. Daher nickte ich gehorsam, woraufhin sie sich umdrehte, barfuß zurückmarschierte und zu den beiden anderen unter eine dicke Decke kletterte. Mein Herz zuckte einmal schmerzhaft zusammen.

Früher hatte ich einen riesigen Freundeskreis gehabt. Wir waren ständig zusammen unterwegs gewesen und hatten uns jeden Freitag in unserer Lieblingskneipe, dem Höttendöx in Hamburg, getroffen. Das war ein beständiger Fixpunkt in meinem Leben gewesen.

Dann war Hannes gekommen, dann München und dann Amelie. Ich liebte mein Kind mit jeder Faser meines Herzens, aber seitdem ich Mutter war, hatte ich einfach keine Zeit mehr für Freunde. Was gut passte, denn Freunde hatte ich in München eh nicht. Wo hätte ich die auch hernehmen sollen? Und meine alte Hamburger Runde war mittlerweile im ganzen Land verstreut.

Ich schaukelte noch ein wenig hin und her, dann schielte ich erneut zum Strandkorb mit den drei Frauen hinüber. Sie erzählten, lachten und wirkten durch und durch entspannt. Und in mir war plötzlich ein tiefes Sehnen. Ich wollte mich auch dort hinsetzen, mit unter die Decke klettern und Sekt trinken. Wollte über das Leben reden und die Dinge, die mich bewegten. Als wenn das so einfach wäre. Trotzdem trieb mich etwas dazu, von der Schaukel zu klettern, dann blieb ich aber doch unentschlossen im Sand stehen.

Die Pixi-Frau nahm mir die Entscheidung ab, indem sie aus dem Strandkorb sprang und anfing, mit den Armen zu rudern, als wäre ich ein Flugzeug und sie das Bodenpersonal, das es auf die richtige Position dirigierte.

»Na los!«, rief sie energisch. »Kommen Sie schon!« Ich gab mir einen Ruck und kämpfte mich durch den tiefen Sand zwischen den leeren Strandkörben.

»Hallo«, sagte ich. Scham griff nach mir. Weil ich so hemmungslos geweint hatte, und die drei es gesehen hatten. Doch sehr weit kam ich mit diesem Gefühl nicht, denn während die Pixi-Frau anfing, in ihrer Handtasche zu wühlen, sprangen die anderen auf und drehten einen weiteren Strandkorb herum, sodass die beiden sich gegenüberstanden.

»Bitte.« Die durchtrainierte Blonde – lange Gliedmaße, lange Haare – strahlte mich an, und ich sank in das blau-weiß gestreifte Ungetüm, während sie sich kurzerhand neben mich fallen ließ.

»Ich bin Wibo. Wir duzen uns, okay?«, fragte sie, und ich nickte.

Die Pixi-Frau warf mir eine Packung Taschentücher herüber. »Hase«, erklärte sie. »Also eigentlich Sabine. Aber alle nennen mich Hase.«

Die Dritte im Bunde kannte ich schon. Sie war die Mutter, die heute Mittag mit quietschenden Reifen auf den Hof gefahren war und meiner Tante ihre kleine Tochter in den Arm gedrückt hatte. Jetzt hatte sie ihre tiefschwarzen Haare zu einem wirren Zopf aufgetürmt. Sie hatte Tätowierungen an beiden Armen und trug zu den komplett schwarzen Klamotten eine dunkle Sonnenbrille im Puck-Format.

»Ich bin Steffi. Wir haben uns schon mal gesehen, oder?« Und sie hatte eine Stimme, mit der sie Pornos synchronisieren könnte.

Ich räusperte mich. »Bei Mimi auf dem Hof«, erinnerte ich sie, und sie grinste. Dann zuppelte ich endlich ein Taschentuch aus der Packung und trocknete mir mein Gesicht ab. Ich hatte tatsächlich geheult wie ein Schlosshund. Sogar mein Pullover war nass. »Ich bin Luisa«, sagte ich dann und stopfte das durchnässte Taschentuch in meine Hosentasche. »Wie war denn dein Vorstellungsgespräch, Steffi?«, fragte ich.

Sie zog eine Augenbraue hoch. »Wunderbar. Ich habe den Job. Jetzt brauche ich nur noch jemanden für die Kinder.«

»Gratuliere«, erwiderte ich.

»Ah. Du bist auch eine Haselnuss?«, fragte meine Retterin, und ich nickte.

»Die alleinerziehende Hebamme aus München?«, mischte sich die blonde Athletin ein. Wieder nickte ich. Meine Tante hatte offenbar einen Aushang am Schwarzen Brett gemacht.

Und dann wurde mir ein Sekt gereicht.

# Kapitel 8

»Mensch, deine Tante hat über dich gesprochen, als ob du über das Wasser wandeln könntest!« Wibo lachte, und ich schüttelte erstaunt den Kopf. Meine Tante sprach so über mich? Das war mir neu. Laut Mimi hatte ich in meinem Leben sehr viel falsch gemacht, ganz vorneweg die Tatsache, ein Kind bekommen zu haben. Von diesem Idioten Hannes. Ihre Worte, nicht meine, wobei das leider der Realität entsprach.

»Kann ich nicht«, erklärte ich schließlich und trank einen Schluck Sekt. »Also, über Wasser wandeln.«

»Nein? Du bist doch eine Frau und Mutter. Wir können alles.« Steffi verzog das Gesicht und prostete mir zu. »Also, Luisa Haselnuss, was treibt dich hierher?«

»Rücken«, sagte ich. »Seit einigen Monaten habe ich Rückenschmerzen, die immer schlimmer wurden, und nun bin ich krankgeschrieben. Ich konnte Amelie, meine Tochter, früher aus der Schule nehmen, und wir bleiben die Ferien über hier. Und ihr?«, fragte ich, doch Wibo rief wie aus der Pistole geschossen: »Deine Tochter ist doch auch acht, wie Miike, meine Tochter. Die müssen wir verkuppeln.« Sie nickte zufrieden, doch ich war skeptisch. Kinder zu verkuppeln funktionierte aller Erfahrung nach eher selten. Also wiederholte ich meine Frage einfach noch einmal, ohne weiter auf Wibos Vorschlag einzugehen. »Und was macht ihr hier im schönen St. Peter-Ording?«

»Heute Abend?«, fragte Hase mich, also Sabine. »Heute Abend feiern wir uns. Einmal in der Woche treffen wir uns und feiern. Meistens freitags. Klopfen uns gegenseitig auf die Schultern. Loben uns. Trinken Alkohol. Essen lauter verbotenes Zeug aus dem Supermarkt.«

Steffi unterbrach sie: »Chips, Süßigkeiten, guten Schweizer Käse, Kohlehydrate, solche Sachen.«

»Das ist notwendig, weil uns sonst ja niemand feiert und wir vor einiger Zeit ausgestiegen sind«, erklärte mir Wibo.

Ich betrachtete die drei Frauen fragend. »Woraus ausgestiegen?«

»Aus dem Mommy-Universum«, antwortete Steffi. »Wir sind raus.« Sie winkte mit beiden Händen ab und verschüttete dabei Sekt auf der Decke, was niemanden zu stören schien. Ich musste lachen. Das war das erste Mal seit sehr langer Zeit, dass ich so lachen musste, und ich kippte mir dabei das halbe Sektglas über den Pulli.

»Und wie macht man das? Da auszusteigen?«, brachte ich schließlich prustend hervor.

Wibo zuckte mit den Schultern. »Man hört einfach auf, perfekt zu sein. Man hört auf, an alles zu denken. Mental Load? Sagt dir das was?«, fragte sie, und ich schüttelte den Kopf. »Das ist, wenn eine Person in der Familie an alles denkt«, fuhr Wibo fort. »So was verklebt einem das Gehirn. Das schafft man auf Dauer nicht. Wir wissen das. Viele andere noch nicht.« Die drei nickten.

»Oh ja«, brummte Hase. »Du denkst an die Impftermine für die Kinder, das Sportzeug, den rechtzeitigen Kauf neuer Schuhe – fünfmal versteht sich: für Sport, Sommer, Winter, Herbst und Frühling. Multipliziere das mit der Anzahl deiner Kinder, und du bekommst ein Bild.« Sie wartete einen Moment, bis ich mir das vorgestellt hatte. »Du wirst im Hausaufgabenheft der Schule angesprochen, es heißt intern nicht umsonst das Mami-Heft, kümmerst dich um den Kuchen für das Sommerfest – vegan, ohne Nüsse und zuckerfrei versteht sich – und die Hausaufgaben. Und das jeden verdammten Tag! Du denkst an den Geburtstag der Schwiegermutter, trägst die Verantwortung, dass immer die richtigen Nahrungsmittel und Medikamente im Haus sind und alle sich nachhaltig und klimaneutral verhalten, bist der Taxi-Dienst und die Waschfrau. Und erziehen tust du sie alle auch noch, einschließlich des Hundes, falls es einen gibt.«

»Es ist unfassbar anstrengend«, murmelte Wibo. »Wenn du zwischendurch das Gefühl hast, es wäre schön, sich einfach mal auf den Boden zu legen und auszuruhen, ist Gefahr im Verzug.« Ich zuckte zusammen.

»Um es auf den Punkt zu bringen«, Steffi beugte sich vor und goss mir noch mehr Sekt ein, »nur langweilige Frauen haben aufgeräumte Häuser. Wenn du zu hundert Prozent einen Job machst, zu hundert Prozent Mutter bist und dann auch noch zu hundert Prozent den Haushalt schmeißt, bist du am Arsch. Das sind dreihundert Prozent. Das kann nicht funktionieren. Bist ja nur hundert Prozent Mensch. Also Frau. Wann warst du das letzte Mal mit deinem Kind zusammen, ohne nebenbei an all die unerledigten Aufgaben auf deiner To-do-Liste zu denken?«, fragte sie mich, doch bevor ich antworten konnte, fuhr sie fort: »Ich habe jahrelang meine Kinder angetrieben und optimiert und war immer nur mit der halben Hirnhälfte bei ihnen. Meine Kinder haben aber das Recht auf ein vollständiges Mütter-Gehirn.«

Ich starrte die drei Frauen wortlos an, aber sie waren noch nicht fertig. »Alleine geht das nicht. Das mit der Kinderaufzucht. Man braucht ein Dorf, besser eine Stadt«, erklärte Steffi mit lauter Stimme.

Wibo räusperte sich und legte ihrer Freundin die Hand auf den Arm. »Lass mal«, sagte sie betont leise. »Sie kennt uns doch gar nicht. Wie bitte soll man das verstehen, wenn man uns nicht kennt? Sie wird denken, wir sind verrückt.«

»Sie lernt uns doch grade kennen, oder?« Steffi grinste mich entwaffnend an. »Wir sind eigentlich zu viert. Suse muss sich um ihren dementen Vater kümmern. Vorher hat sie ihre krebskranke Mutter gepflegt. Sie ist zwar kinderfrei, aber trotzdem ständig mit Fürsorge beschäftigt. Diese Fürsorgenummer ist eben Frauensache, und das ist ein Problem. Sie hat nämlich noch zwei Brüder, die leben aber alle mit ihren Familien in Süddeutschland. Sie ist hier und kann ihren Job um die Pflege herumbauen. Zumindest glauben das alle. Und heute Abend hat sie niemanden gefunden, der bei ihrem Vater bleiben konnte.«

Alle Frauen sahen mich erwartungsvoll an. Offenbar war nun eine Stellungnahme von mir gefragt. Stattdessen trank ich den Sekt auf ex, woraufhin der Hase mir verständnisvoll das Glas bis zum Rand füllte.

»Wow. Das ist viel«, sagte ich schließlich. Der Sekt war mir zu Kopf gestiegen. In meinem Hirn herrschte selige Stille. Keine Gedanken, Arbeitsaufträge, Punkte meiner To-do-Liste irrten dort umher. Vielleicht lag das aber auch einfach an der Anwesenheit dieser drei Frauen, die jetzt einträchtig nickten und mir eine Tüte Gummibärchen reichten.

»Fühl dich eingeladen, den Abend mit uns zu verbringen«, sagte Wibo und klang dabei derart feierlich, als hätte sie mich in einen Geheimbund aufgenommen.

»Ich möchte euch aber nicht stören«, setzte ich an, wurde jedoch direkt von ihr unterbrochen. »Wenn wir Frauen, egal ob mit oder ohne Kinder, nicht zusammenhalten, sind wir wirklich die Gelackmeierten. Männerbünde gibt es wie Sand am Meer, nur wir Frauen versuchen uns regelmäßig gegenseitig auszustechen. Wie schon gesagt, wir sind da raus.«

»Ah«, sagte ich. Und noch mal »Ah.« Steffi griff in die große Kühltasche und holte ein Stück Käse hervor, das sie auf einem Brettchen in Stücke schnitt. Dann reichte sie das Brettchen herum, und alle nahmen sich etwas. Ich auch. Genau wie von der Schokolade, die direkt danach die Runde machte. So komisch es war, ich fühlte mich wirklich eingeladen. Und verstanden. Ich hätte nicht gedacht, dass es auch andere Mütter gab, die sich an unpassenden Orten auf den Boden legen wollten, um kurz auszuruhen. Weil sie etwas hatten, das Mental Load hieß. Klang fast wie eine Krankheit.

»Und was machst du wegen deines Rückens?«, fragte Wibo mich irgendwann, während sie eine riesige Tüte Popcorn aufriss. Die Damen hatten wirklich alles dabei, was der Supermarkt in der Abteilung Spaß und ungesundes Essen zu bieten hatte.

»Ich war bei einem Osteopathen. Hier im Ort«, erklärte ich, den Mund voller Käse.

»Bei ihm?«, fragten mich alle drei gleichzeitig.

»Wem?«, fragte ich verunsichert und schluckte.

»Tom Bredenhof«, antworteten alle drei wieder unisono. Ich nickte. Alle drei schürzten die Lippen und gaben anerkennende Laute von sich.

»Was hast du für den Termin gemacht? Deine Seele verkauft?«, erkundigte sich Wibo mit einer Handvoll Weingummi im Mund.

»Äh, nein. Den hat meine Tante für mich gemacht.«

»Hätte ich mir denken können. Ist aber auch ein scharfer Kerl.« Hase kaute. »Echt was fürs Auge. Und er soll wirklich gut sein. Also in seinem Job.« Anzüglich hob sie eine Augenbraue, und Steffi gab ein dröhnendes Lachen von sich.

»Ja, er ist wirklich ansehnlich. Und er kann sehr charmant sein, aber wenn man ihn auf der Straße trifft, bekommt er die Zähne meist nicht auseinander«, erklärte Hase und zog sich behaglich brummend die Decke über die Beine.

Wibo lehnte sich ebenfalls zurück und schloss für einen Moment die Augen. »Erzähl doch ein wenig von dir, Luisa.«

Ich lächelte bemüht. Und überlegte krampfhaft, was ich ihnen erzählen konnte. »Wisst ihr«, sagte ich langsam. »Ich habe schon sehr lange nicht mehr über mich gesprochen. Es klingt vielleicht komisch, ich lebe schon seit acht Jahren in München, aber ich lerne niemanden kennen. Außer meinen Kolleginnen. Aber die haben alle Familie, und ich neben der Arbeit keine Zeit. Dann sind da noch die anderen Mütter aus dem Kindergarten und der Schule, und mit denen habe ich nicht viel gemeinsam, und die wenigsten dort sind alleinerziehend mit Job.« Alle nickten verständnisvoll.

»Ich bin einfach nicht in der Lage, meiner Tochter jeden Tag eine selbst gebackene Vollkornstulle mit Kresse und selbst geschleuderter Butter mit in die Schule zu geben. Aber irgendwie scheinen das alle zu erwarten. Mich stresst der Anspruch an uns Mütter.«

Steffi reichte mir einen Keks, den sie von irgendwo hergezaubert hatte.

Es fühlte sich seltsam an, das alles laut auszusprechen. Aber diese drei Frauen wirkten so furchtbar bodenständig.

»Das klingt, als würde ich mein Kind im Keller halten, es mit Dosen-Ravioli füttern und nur an hohen Festtagen rauslassen. Ich liebe meine …«, sagte ich schließlich, doch Steffi unterbrach mich.

»Natürlich liebst du deine Tochter«, sagte sie. »Ich liebe meine Kinder mehr als mich selbst. Aber das meinte ich vorhin mit Mommy-Universum. Es gibt Mütter und Frauen, die alles perfekt machen wollen. Für die ist gesunde Ernährung wie eine Religion.«

»Die Religion vom heiligen Brokkoli mit Chia-Samen«, sagte Wibo, und alle drei brachen in lautes Gelächter aus.

»Muttersein kann ziemlich einsam machen«, sagte Wibo dann unerwartet leise. »Du gehst arbeiten und kümmerst dich danach um die Kinder. Wenn sie schlafen, machst du den Haushalt. Und dann ist der Tag rum.«

»Und selbst ohne Job bist du durchgehend beschäftigt«, sagte

Steffi. »Ich habe jetzt eine klitzekleine Stelle in Aussicht. Wieder zu arbeiten wäre so wichtig für mich. Ich muss nur meine Arbeitszeiten noch ausklüngeln. Aber das mit der Kinderaufzucht geht eben nicht alleine. Das glauben wir nur. Bis wir merken, dass es schlichtweg unmöglich ist!« Sie rümpfte kurz die Nase.

»Darf ich fragen, wo der Erzeuger von Luisa abgeblieben ist?«, fragte Hase und beugte sich nach vorne.

Ich gab ein trockenes Lachen von mir. »Amelie war nicht geplant. Hannes fand es anfangs total spannend, dass ich schwanger war. Aber als Amelie dann da war und es anstrengend wurde, hat er das Interesse verloren. Ab dem Moment war Amelie mein Kind. Wir haben uns vor fünf Jahren getrennt, was nicht weiter auffiel, weil er eh ständig unterwegs war. Er hat keinen Beruf, gibt manchmal Surfstunden und lebt jetzt wieder in seinem Camper an den Stränden Europas.«

Hase betrachtete mich mit gerunzelter Stirn. »Kümmert er sich?«

»Wir hatten nach der Trennung eine Vereinbarung. Er wollte immer sonntags anrufen, um mit Amelie zu sprechen. Das hat fast nie funktioniert. Er rief zu den unmöglichsten Uhrzeiten an und war dann beleidigt, wenn sie schon schlief. Amelie war immer sehr traurig und hat gewartet. Das wenige Geld, das ich von ihm brauche, überweist er meist nicht, oder nicht pünktlich.« Meine Worte klangen verdammt bitter, das war mir selbst klar, aber es ließ sich nicht ändern.

»Was macht ihr anders?«, fragte ich, um das Thema zu wechseln.

»Wir haben die Sachlage genauestens eruiert«, erklärte mir Hase nüchtern. »Bei jeder Einzelnen von uns. Am Anfang dachten wir, es sind nicht änderbare Zustände und wir müssen einfach durchhalten. Dann hat Steffi eine Magenschleimhautentzündung nach der anderen bekommen, und ich habe erkannt, dass wir vermutlich alle eher sterben, bevor sich von allein was ändert.« In ihrer Stimme lag plötzlich eine schneidende Ernsthaftigkeit. »Wir haben also genau aufgeschrieben, wer was wann tut. Und ob das alles so überhaupt notwendig ist. Wir haben uns gefragt, *warum* etwas getan werden muss – nicht *ob* es getan werden muss. Oder wie. Sondern konkret gefragt: Ist diese Aufgabe überhaupt notwendig? Dann haben wir die übrig gebliebenen Aufgaben neu verteilt. An alle in der Familie. Wenn mein Mann jetzt vergisst, ein Geburtstagsgeschenk für seine Mutter zu besorgen, vergisst er es halt. Ich renne nicht noch schnell los, um das Problem zu lösen.«

»Aber Luisa hat keinen Mann, den sie mit einbeziehen kann. Es ist noch komplexer«, warf Steffi ein und reichte mir eine ganze Tafel Schokolade. Was meinem Problem vermutlich auch angemessen war.

»Jep.« Hase hob die Hand und deutete mit einem Finger in die Luft. »Ich werde darüber nachdenken.«

»Das wird sie«, erklärte Steffi. »Und sie wird Erfolg haben. Ich schwöre es dir.« Dann zog sie Hase die Decke weg und zupfte vorsichtig an deren Fleecejacke herum, was ihre Freundin mit stoischer Ruhe hinnahm. Sie zuppelte so lange, bis ich lesen konnte, was auf ihrem T-Shirt stand: *Brains are the new tits,* prangte dort in Schwarz auf gelbem Untergrund, und ich verschluckte mich spontan an meinem Sekt. Diese drei Frauen hier meinten es ernst. Das beeindruckte mich zutiefst. Die Erkenntnis ließ mir erneut die Tränen in die Augen steigen, doch dann brach aus dem Nichts ein Lachen aus mir heraus. Ich hatte immer gedacht, dass ich mich einfach nur noch mehr anstrengen müsste. Ich lachte heftig und laut und musste dann wieder weinen. Was nichts machte, weil mir sofort Taschentücher, noch mehr Schokolade und Sekt gereicht wurden.

Zwei Stunden später, nach noch einigen weiteren Gläschen Sekt, fuhr ich in Schlangenlinien langsam über den Deich zurück nach Hause. Wir hatten Telefonnummern ausgetauscht, denn Hase schien bereits einen umfassenden Aktionsplan für meine prekären Lebensverhältnisse zu entwickeln und wollte sich melden. Der Wind hatte etwas nachgelassen, und das E-Fahrrad trug mich mühelos Richtung Böhl. Ich beobachtete den Horizont und die wilden Wolkenberge am Himmel. Wie konnte es sein, dass ich den Begriff »Mental Load« noch nie gehört hatte? Dabei war er doch die Überschrift für mein Leben.

Mein Gehirn dachte immer so verdammt viel und laut, weil ich alleine an alles denken musste. Erstaunlich allerdings, dass es Frauen, die ja theoretisch noch ein weiteres Reservehirn in Form eines Partners hatten, auch so empfanden. Ich war also nicht komisch und funktionsunfähig, mein Leben war einfach nur zu voll.

In Böhl ließ ich das Rad langsam den Deichweg hinunter zur Straße rollen. An der Hauptstraße musste ich kurz warten, es war nämlich erstaunlich viel los hier.

Als sich endlich eine Lücke im Verkehr auftat, schob ich das schwere Rad auf die Straße und verzog das Gesicht. Der kleine Absatz des Bordsteines erschütterte meinen Rücken, und dieser Schmerz erinnerte mich an meinen Besuch bei Tom. Woraufhin ich rot wurde. Was daran lag, dass ich mich auch gleich noch an Toms Hände auf meinem Rücken erinnerte, an ihre Wärme und das Gefühl der Entspannung, das plötzlich von mir Besitz ergriffen hatte. Und an die Tatsache, wie sehr ich genau das genossen hatte.

Entrüstet schüttelte ich den Kopf und sah zu, dass ich nach Hause kam.

# Kapitel 9

Zurück auf dem Hof fand ich Mimi und Amelie in der Küche, wo sie gemeinsam Pizza belegten. Ein Fertigteig, gleich mit passender Soße. In Gedanken hörte ich Super-Alexandra aus München aufstöhnen und musste grinsen.

»Gibt in einer halben Stunde Essen«, informierte Mimi mich kurz und beobachtete dann, wie Amelie geriebenen Käse aus der Tüte auf die Pizza warf, als wäre es Konfetti. Aber Mimi sagte nichts. Sie ließ Amelie machen, ungewöhnlich für meine tatkräftige Tante, die gerne das Zepter in der Hand hielt. Amelie war ganz vertieft in ihre wichtige Aufgabe.

»Netten Nachmittag gehabt?«, fragte Mimi mich, ohne Amelie aus den Augen zu lassen. Ich nickte, setzte mich auf einen der Küchenstühle und sah den beiden zu. Jetzt schob Mimi geduldig den Käse, der sein Ziel verfehlt hatte, mit den Händen zusammen, lächelte meiner Tochter aufmunternd zu und verteilte ihn auf der Pizza. Konnte es vielleicht sein, dass sie uns vermisst hatte? Dass sie sich wirklich über unsere Anwesenheit freute? Trotz allem, was damals zwischen uns passiert war?

Ich blinzelte schnell, und Mimi sagte: »Geh raus zu Fiete. Der hockt bei Prinzessin Kartoffel und trinkt ein Bier. Leiste ihm ein bisschen Gesellschaft.«

»Ah«, erwiderte ich. Wer auch immer Prinzessin Kartoffel war, ich sollte definitiv kein Bier trinken.

»Soll ich euch was helfen?«, fragte ich, doch meine Tante verzog nur das Gesicht.

»Wir machen Pizza, keine Weihnachtsgans.« Vermutlich hatte sie Angst, dass auch ich anfangen könnte, mit Käse-Konfetti um mich zu werfen. Als ich mich gehorsam erhob, musste ich mich sofort wankend an der Wand festhalten. Ich war doch ernsthaft angeschickert. So würdevoll wie möglich balancierte ich zurück auf den Hof und weiter in den Garten, wo Fiete auf der Bank saß. Neben ihm stand ein Pony. Ein sehr dickes Pony, das ein wenig verdrießlich dreinschaute.

»Ich soll mich zu dir setzen«, sagte ich und setzte mich wie von Mimi befohlen. Fiete drehte leicht den Kopf und sah mich mit gerunzelter Stirn an. »Warum?«

Ich zuckte die Schultern. »Das Pony ist ganz schön dick.«

»Trächtig. Schlägt ihr allerdings aufs Gemüt.«

»Warum heißt das Tier Prinzessin Kartoffel?«

Jetzt zuckte Fiete die Schultern. »Hier haben doch alle seltsame Namen. Willst du ein Bier?«

Bei dem Gedanken musste ich aufstoßen. »Nein.«

Das Pony atmete tief ein und gab ein Schnauben von sich. Als es unwillig den Kopf schüttelte, brachte der Führstrick in Fietes Hand fast seine Bierflasche zum Kentern.

»Guck sie dir an«, sagte er schließlich, und ich musterte das Pony.

»Wonach soll ich denn gucken?«, fragte ich.

»Wann ist es so weit?«, fragte er und wies mit dem Kinn auf die trächtige Pferdedame.

»Äh. Woher soll ich das wissen?«

»Du bist doch Hebamme.«

»Für Frauen. Menschen.«

»Ist das nicht fast das Gleiche?« Fiete zog eine Augenbraue hoch.

Ich schüttelte den Kopf. »Rudimentär vielleicht. Aber mit Pferden kenne ich mich nicht aus. Eine Tierärztin wäre da vermutlich hilfreich.«

Fiete schnaubte. »Ist sie nicht. Die Kartoffel ist seit drei Tagen schlecht drauf. Die Tierärztin hat geguckt und gesagt, alles sei normal. Ist es aber nicht. Und ich bin der Meinung, dass sich das Gesäuge verändert hat.«

»Da ich nicht weiß, wie das sonst aussieht, kann ich dazu nichts sagen. Aber grundsätzlich kann man Geburten nicht beschleunigen. Es braucht alles seine Zeit«, sagte ich. »Hat sie denn schon mal ein Fohlen bekommen?«

»Sie ist Profi«, erklärte er mir. »Hat fünf Fohlen bekommen, bevor ich sie gekauft habe. Von so einer verdammten Reitbahn.«

Ich streckte die Beine von mir und atmete tief durch.

»Dann wird sie das schon hinbekommen.«

»Hm«, brummte Fiete und verfiel dann wieder in das typisch nordische Schweigen, mit dem ich irgendwie besser zurechtkam. Allerdings hatte er sein Mindestpensum an Worten offenbar noch nicht verbraucht, denn nach einer Weile sagte er: »Amelie hat sich heute ganz alleine um die Ziegen gekümmert. Ich musste gar nicht viel erklären.« Er warf mir einen Seitenblick zu. »Sie ist toll.«

»Danke«, erwiderte ich und lächelte.

Zum Pizzaessen tauchte auch Malte wieder auf. Er schien zum Inventar des Hofes zu gehören. Die Pizza war großartig, und nachdem Amelie unserer kleinen Gesellschaft mit großen Gesten ihre Erlebnisse des Tages geschildert hatte, gingen wir gemeinsam nach oben. Frisch geduscht und glücklich kroch sie kurze Zeit später neben mir ins Bett und kuschelte sich in meine Armbeuge. Ihre Haare waren noch nass, und so war mein T-Shirt in wenigen Sekunden ebenfalls durchweicht, aber ich war zu faul, sie wieder hochzuscheuchen. Die Haare würden trocknen und ich auch. »Mama. Sind die Ferien noch lange?«, murmelte sie schläfrig.

»Noch ganz lange«, antwortete ich leise. »Sie haben eigentlich noch gar nicht angefangen. Vermisst du München?«, fragte ich sanft. Immerhin hatte sie sich auf die Ferienbetreuung gefreut. Aber Amelie riss den Kopf hoch, was mich fast einen Schneidezahn gekostet hätte, und sah mich mit großen Augen an.

»Nein!«, rief sie dann entsetzt. »Ich habe gar nicht an München gedacht!«

»Das ist ja nicht schlimm«, setzte ich an, doch mein Kind schien ernsthaft erschüttert zu sein. »Ich wollte doch mit Kiara-Magdalena telefonieren!«, rief sie.

»Das kannst du morgen machen«, sagte ich fest und zog sie wieder zu mir. Erleichtert drückte sie sich erneut in meine Armbeuge, schloss die Augen – und schlief ein. Ihr kleiner Mund war ein wenig geöffnet, und in ihrem Mundwinkel zuckte es leicht, als wollte sie im Schlaf lächeln. Und weil schlafende Kinder eine sehr beruhigende Ausstrahlung haben, schloss auch ich die Augen und schickte meine Seele ins Land der Träume. Und trotzdem hörte ich Mimi, wie sie leise anklopfte, die Tür öffnete und mir eine Tasse Tee ans Bett brachte.

Als ich Montagnachmittag in der Küche mit Amelie zusammen einen Nachmittagssnack – Haferflocken mit Milch – löffelte, kamen Mimi und Fiete herein, ausgehfertig zurechtgemacht, wie ich feststellte.

»Hallo hallo«, sagte ich kauend. »Wo willst du denn hin, Mimi?«

»Tante Mimi, bitte schön.«

»Du musst auf Amelie aufpassen, schon vergessen? Ich hab meinen Termin bei Tom. Tom Bredenhof.« Ich schenkte ihr einen mahnenden Blick.

»Wir müssen nach Husum. Ach ja! Dein Termin. Den habe

ich ganz vergessen«, sagte meine Tante und ließ die große Tasche, die sie sich gerade über die Schulter hatte werfen wollen, wieder sinken. Dann tippte sie sich nachdenklich mit dem Finger an die Nase und wühlte in ihrer Tasche. »Ich rufe Suse an. Amelie kann bei ihr im Café bleiben«, verkündete sie.

Ich stand auf, stellte meine Müslischale in die Spüle und sagte: »Nein. Brauchst du nicht. Ich sage den Termin ab.«

Meine Tante blickte auf. »Wieso das denn? Du hast das Wochenende nur mit Schmerztabletten überstanden.«

»Mimi«, sagte ich energisch. »Ich kann meine Tochter nicht einfach über eine Stunde irgendwo parken. Ich kenne Suse nicht mal.«

»Suse hat das Café neben der Buchhandlung«, warf Fiete ein.

»Leute. Ich sage meinen Termin einfach ab.« Seufzend griff ich nach meinem Handy.

»Das ist doch Blödsinn.« Mimi stemmte die Fäuste in die Hüfte. »Nur weil wir nicht da sind, musst du doch deinen Termin nicht absagen.«

»Ich kann auch alleine hierbleiben«, rief Amelie mit vollem Mund, woraufhin Fiete die Schultern zuckte, als wäre das die Lösung des Problems.

Meine Tante ignorierte uns beide und griff nach ihrem Handy, um eine Nummer einzutippen. »Hallo Suse, Mimi hier«, sagte sie. »Du, meine Nichte hat bei Tom einen Termin. Kann ihre Tochter eine Stunde bei dir im Café warten? Ja? Prima. Danke.« Sie drückte das Gespräch weg und lächelte mich an. »Problem gelöst.«

Ich atmete tief durch und wollte gerade einen Streit vom Zaun brechen, da erhob sich Amelie, stellte ihre Schüssel ebenfalls in die Spüle und rief: »Mama. Geht klar. Los.«

Kaum hatte Mimi uns im Ort abgesetzt, marschierte Amelie mit meiner großen Strandtasche über der Schulter voraus. In der befanden sich ihr Teddy, ein paar Malsachen und ein Buch. Mit gewichtiger Mine schob sie die Glastür zu Suses Café auf. Hier konnte man, wenn man den Plakaten neben dem Eingang Glauben schenken durfte, nicht nur Kaffee trinken, sondern auch Ferienwohnungen mieten, Strandsegeln lernen, einen Kochkurs machen und ein Seminar mit dem Titel »Kuhkuscheln« buchen. Oh, und einen Reitkurs bei meiner Tante konnte man ebenfalls käuflich erwerben. Auf einem Plakat grinste mir nämlich Mimis Konterfei entgegen. »Auf dem Pferderücken ab ins Glück!«, war ihr Slogan, und Prinzessin Kartoffel grinste ebenfalls in die Kamera. Offenbar war sie da noch nicht trächtig und dementsprechend weit weniger missmutig gewesen.

Ich stolperte beinah über Amelie, die, so schien mir, ganz plötzlich ihren Mut verloren hatte und einfach mitten im Weg stehen geblieben war. Das Café war hübsch. Shabby Chic. Der kleine Gastraum war gut besucht. Ein angenehmes Murmeln lag in der Luft, während im Hintergrund ein altes Lied von Norah Jones lief. Die Decken und Balken waren weiß getüncht, die Möbel in einem zarten Mintgrün gestrichen, und der einzige Farbklecks war die Frau, die gerade mit einem voll beladenen Tablett an uns vorbeisteuerte. Sie trug Gelb von Kopf bis Fuß.

»Bin gleich bei euch!«, rief sie und servierte derartig energisch Kaffee, Tee und Kuchen, dass es mich wunderte, dass niemand etwas auf den Schoß bekam. Am Tisch neben dem Eingang saß ein älterer Herr und las Zeitung. Das blütenweiße schüttere Haar hatte er sorgsam über die kahl werdenden Stellen gekämmt, und auf seiner Nasenspitze klemmte eine runde Lesebrille. Jetzt sah er auf und schenkte mir ein strahlendes Lächeln.

»Hallo«, sagte er zu uns, und wir grüßten höflich zurück. Nun erinnerte ich mich auch an ihn. Er hatte mich schon einmal so freundlich begrüßt, letzte Woche, auf dem Weg zu meinem ersten Termin bei Tom. Und die Dame in Gelb hatte ihn verfolgt. Und wieder eingefangen. Das war also Heinz, Suses dementer Vater.

»Du bist Amelie?«, rief Suse meiner Tochter zu, als sie jetzt mit leerem Tablett, aber nicht minder energischem Schritt zurückeilte.

»Ja!«, rief Amelie, und die Frau rief in gleicher Lautstärke: »Ich bin Suse. Hab einen Tisch für dich reserviert!« Sie deutete auf den einzigen freien Tisch vor dem Tresen, auf dem tatsächlich ein »Reserviert«-Schild stand. Mein Kind machte einen Hüpfer und nahm direkt Platz.

»Ich bin Luisa.« Ich winkte Suse zu. »Ist das wirklich okay? Es ist sehr voll.« Zweifelnd betrachtete ich die vielen Menschen, doch Suse lächelte mich bloß an und winkte ab, obwohl sie eine geöffnete Limonadenflasche in der Hand hielt.

»Das ist noch leer«, sagte sie und trocknete den Limonadensee auf der Theke ungerührt mit einem Zipfel ihres gelben T-Shirts ab. »Zwei Freundinnen kommen gleich noch mit ihren Kindern, die setzen sich dazu. Dann hat Amelie Gesellschaft. Erst mal einen Kinder-Cappuccino für dich?«, fragte sie an meine Tochter gewandt.

Amelie nickte und sah mich an, während sie ihre Sachen auspackte und großzügig auf der Tischplatte verteilte. »Tschüss, Mama!«, sagte sie dann nachdrücklich, und ich eilte von dannen. Und das war verdammt noch mal eine enorme mütterliche Leistung.

# Kapitel 10

Knapp vier Minuten später wurde ich an der Rezeption von Tom Bredenhofs Praxis wieder ausgebremst und auf einen Stuhl verfrachtet.

»Frau Haselnuss. Setzen. Handtuch mit?«, fragte die Dame hinter dem Tresen, während sie ungerührt ein Telefonat per Headset weiterführte, ein paar Unterlagen sortierte und die Tastatur ihres Computers sauber wischte. Hätte ich eine Praxis, ich hätte sie vermutlich auch eingestellt.

Ich sank auf einen der freien Stühle und platzierte mein Handtuch auf dem Schoß. Wie auch das letzte Mal herrschte um mich herum die rege Betriebsamkeit eines Bienenstocks, und die Frau hinter dem Tresen war zweifelsohne die Königin. Sie dirigierte, rügte und organisierte. Alles gleichzeitig. Ich atmete tief durch, lehnte den Kopf gegen die Wand hinter mir und schloss die Augen. Amelie saß keine hundert Meter von mir entfernt in einem Café und genoss es, wie eine Große einen Tisch reserviert bekommen zu haben. Es ging ihr gut. Ich musste aufhören, mir ständig so viele Gedanken zu machen. Jetzt ging es mal um mich.

»Haselnuss!«, rief die kleine Frau jetzt. »Heute Zimmer sieben!«

Ich stand auf, nahm mein Handtuch und stiefelte an der Rezeption vorbei, um kurz danach eine Vollbremsung hinzulegen. »Wie heißen Sie?«, fragte ich. Die Bienenkönigin hob verdutzt eine Augenbraue.

»Wollen Sie sich beschweren?«, fragte sie, und ihre Gesichtszüge verdüsterten sich.

»Öh. Nein«, erwiderte ich. »Ich, äh, will einfach nur wissen, wie Sie heißen.«

»Maria.« Ein leichtes Grinsen hob ihre Mundwinkel, verschwand aber sofort wieder. »Ihre Zeit läuft. Ab in die Sieben!«

Heute war Tom Bredenhof schon da und erwartete mich leicht nach vorne gebeugt auf dem kleinen Rollhocker. Ich grüßte und warf mein Handtuch über die Liege. »Muss ich mich wieder ausziehen?«

Tom lächelte mich an, was mich ein wenig aus dem Konzept brachte, weil es sich unerwartet warm anfühlte.

»Nein.« Er kam auf die Beine. »Wie geht's dem Rücken?«, fragte er.

Ich räusperte mich und zog meine Chucks aus, um mich dann an den Rand der Liege zu setzen. »Geht so«, sagte ich und fügte dann hinzu: »Das Wochenende war nur mit Schmerztabletten auszuhalten.« Aber wenn ich es recht bedachte, war es zumindest schon besser gewesen als letzte Woche, als ich vor Schmerzen weinend auf dem geschlossenen Toilettendeckel der Personaltoilette in der Klinik gehockt hatte, unfähig, mehr zu bewegen als meine Augenlider.

Tom brummte und deutete mit einer Handbewegung an, dass ich mich auf den Rücken legen sollte. Einen Moment lang betrachtete er mich wieder nur. Ich sah ihm eine Weile dabei zu, dann schloss ich einfach die Augen. Als er seine Fingerspitzen auf mein linkes Knie legte, zuckte ich ein wenig zusammen. Und weil ich zuckte, zuckte er auch. Ich öffnete die Augen wieder.

»Alles okay?«, fragte er und stand jetzt mit erhobenen Händen vor mir.

»Alles super«, sagte ich und versuchte mich an einem Lächeln. Ich war nur einfach so lange nicht mehr angefasst worden, zumindest nicht von einem erwachsenen Menschen, der nicht zufällig gerade ein Kind gebar, dass mein Körper auf diese Form der Berührung äußerst empfindlich reagierte. »Mach weiter«, sagte ich, doch das tat er nicht. Er sah mich nur an. »Mach weiter«, sagte ich deshalb noch einmal.

Er schien noch einen Moment darüber nachdenken zu müssen, dann berührte er erneut mein linkes Knie. Dann meine Füße, und dann zog er meine Beine in alle Richtungen und drehte mich auf die linke und rechte Seite. All das machte aus meinem Körper einen willenlosen Pudding. Selbst dann, wenn es wehtat, weil er irgendwo mit den Fingerspitzen hineindrückte, wo menschliche Finger nicht hineindrücken sollten. Ich hörte meinen eigenen Atem durch meine Lungen rauschen, während meine gesamte Nackenmuskulatur kribbelte.

»Du bist furchtbar angespannt.« Tom hatte seine Hände auf meine Rippenbögen gelegt und ließ sie dort Dinge tun. Wohltuende Dinge.

»Meine Tochter ist alleine in einem Café.«

»Was hat das damit zu tun?«

Ich klappte die Augen auf und sah ihn an. »Sie ist acht«, erklärte ich.

»Ist das Café in Hamburg?«, erkundigte sich Tom.

»Nein, hier in St. Peter-Ording«, erwiderte ich.

»Bei Suse?«

»Hm«, stimmte ich zu.

Er lachte. »Bist du immer so besorgt?«

Was sollte ich sagen? Ja, wäre die einzig richtige Antwort gewesen. Ja, war ich.

»Hast du Kinder?«, fragte ich, und Tom hielt für einen Moment inne, während seine Handflächen über meinen Rippen schwebten. Ein sonderbarer Ausdruck stahl sich in seine Augen, verschwand aber im nächsten Atemzug wieder.

»Nein.« Das Wort klang unerwartet schroff, und er trat einen Schritt zurück, setzte sich auf den Rollhocker und manövrierte diesen mit geübten Bewegungen an das Kopfende der Liege.

Ich schielte erstaunt über meinen Kopf, was kompliziert war, denn Tom befand sich jetzt direkt hinter mir. Aber er hatte sich schon wieder den Mantel der Selbstsicherheit übergeworfen, den er schon bei meinem ersten Besuch getragen hatte.

Tom räusperte sich und schob dann seine Handflächen unter meinen Kopf. Vorsichtig hob er ihn ein paar Millimeter von der Liege an, sodass mein ganzes Gewicht nur in seinen Handflächen ruhte. Er atmete tief durch. Und ich tat es ihm gleich. Seine Fingerspitzen begannen in klitzekleinen Bewegungen die Rückseite meines Kopfes zu bearbeiten. Hier ein kleiner Zug, dort ein minimaler Druck. Wie ein Stein, den man in einen stillen Teich warf, zogen seine winzigen Bewegungen immer größere Wellen. Seine Hände berührten nicht nur meinen Körper, sie strichen auch über meine Seele und wärmten sie auf, als hätte ich sie die letzten Jahre nur im tiefgefrorenen Zustand mit mir herumgetragen. Tränen sammelten sich hinter meinen geschlossenen Augenlidern und quollen schließlich hervor, egal, wie fest ich die Augen zusammenpresste. Etwas verkrampft holte ich erneut Luft. Als ich schließlich vorsichtig die Augen öffnete, sah Tom mich direkt von oben an. Seine Augen waren blau. Nicht nordseeblau, azurblau. Ich räusperte mich, aber die Tränen wollten nicht aufhören zu laufen. Sie tropften links und rechts von meinen Wangen auf Toms Handgelenke.

»Ist nicht schlimm«, sagte er und klang sachlich, fast nüchtern. Was gut war, denn jedes tröstende Wort hätte vermutlich einen Tränen-Tsunami ausgelöst, den ich nicht mehr hätte aufhalten können.

»Ich weiß nicht, wo das jetzt herkommt«, sagte ich mit belegter Stimme. Dabei wusste ich das natürlich sehr genau.

Er zuckte die Schultern und machte weiter, ohne sich von meinen Tränen aus dem Konzept bringen zu lassen, berührte meinen Körper und meine Seele auf diese magische Art, die ich bei meinem ersten Besuch zwar erahnt hatte, aber erst jetzt in ihrer Gänze spürte.

Tom Bredenhof überzog unseren Termin. Vielleicht war ihm mein Gefühlsausbruch unangenehm, und er wollte sicher sein, dass ich aufgehört hatte zu weinen, bevor er nicht mehr nur hinter mir saß, sondern vor mir stand. Vielleicht spürte er aber auch, dass dies eine spezielle Verhärtung war und eine längere Behandlung benötigte.

Irgendwann klopfte es laut an die Tür, und Marie rief: »Du bist fünfzehn Minuten drüber! Die Patienten stapeln sich!« Tom und ich zuckten zusammen.

»'tschuldigung.« Er ließ meinen Kopf vorsichtig wieder auf die Liege sinken. »Sie soll das machen. Sonst muss ich bis Mitternacht arbeiten.« Er stand auf und hielt mir eine Kleenex-Box entgegen. Ich griff mir ein paar Tücher und trocknete mein Gesicht.

»Tut mir leid. Ich bin eigentlich nicht der Typ, der einfach so rumheult.« Ich knüllte das feuchte Papier in den Händen, während ich von der Liege kletterte.

»Vielleicht ist genau das ein Teil des Problems«, erwiderte Tom so leise, dass ich mir nicht sicher war, ob er überhaupt mit mir gesprochen hatte. Ich schlüpfte in meine Schuhe, während er sich abwandte und die Liege desinfizierte. »Marie gibt dir einen neuen Termin«, sagte er, ohne mich anzusehen.

Als ich ins Café zurückkehrte, saß Amelie ganz entspannt am Tisch und zockte hochkonzentriert, die Zunge zwischen den Schneidezähnen, auf einem Nintendo, gemeinsam mit einem Mädchen in ihrem Alter, das lilagrüne Haare hatte. Man konnte nur auf eine Perücke hoffen. Neben den beiden saßen meine Strandkorbbekanntschaften Wibo und Steffi und aßen Torte, jede von ihnen hatte gleich zwei Teller vor sich stehen.

»Ah, Luisa!« Steffi sah mich zuerst und hob grüßend ihre Kaffeetasse. »Du hast Mascara unter den Augen.« Sie kramte in ihrer Handtasche und reichte mir ein Feuchttuch. Danke, Tom Bredenhof. Für nichts. Hatte er nicht gesehen, dass ich wie ein Uhu herumlief?

Dankbar nahm ich das Tuch entgegen und rieb mir damit energisch unter den Augen entlang. Die Menschen hier lernten eine völlig andere Luisa Haselnuss kennen. Eine, die mit der tatkräftigen Hebamme aus München nichts zu tun hatte. Kommentarlos zog Wibo mir einen Stuhl heran, und ich setzte mich.

»Das ist Miike«, erklärte sie und deutete auf das Kind mit der verwirrenden Haarpracht, das mit angezogenen Beinen neben Amelie saß und mit ihr gemeinsam auf den kleinen Bildschirm starrte. »Sie spielen Pokémon. Hast du ein Problem mit Pokémon?«

Ich hob eine Augenbraue. »Bitte?«, fragte ich vorsichtig.

»Dein Kind hatte noch nie einen Nintendo gesehen, geschweige denn ein Pokémon.« Nach dem eben Erlebten fühlte ich mich nicht gewappnet, eine Diskussion über Mediennutzung von achtjährigen Grundschulkindern zu führen. Es gab also doch keine entspannten Mütter. Auch diese Strandkorbfrauen waren nicht anders als alle anderen. »Du dementsprechend auch nicht. Du hast keine Ahnung, was dir entgangen ist.« Wibo zückte ihr Handy und hielt es mir vor die Nase. »Man kann Pokémons fangen. Beim Spaziergehen!«

Steffi seufzte tief. »Seit sie diese App auf dem Handy hat, benimmt sie sich, als hätte sie eine bahnbrechende Entdeckung gemacht. Eine nebenwirkungsfreie und hundertprozentig sichere Verhütungsmethode oder so.« Sie zwinkerte mir zu.

»Verstehst du? Man geht mit den Kindern raus und fängt kleine

Monster. Guck!« Ich sah auf den Bildschirm, und direkt vor mir hockte ein gelbes Etwas auf dem Tisch. »Ich halte das tatsächlich für die Entdeckung des Jahrhunderts«, erklärte Wibo erfreut.

»Das Spiel ist schon wieder out, aber wenn du es magst.« Steffi rührte in ihrem Kaffee und grinste mich schief an. »Ich fürchte, wir haben deine zauberhafte Tochter jetzt angefixt. Das tut mir mal stellvertretend leid, weil ich es nicht war, die ihr den Nintendo in die Hand gedrückt hat.«

»Ah, okay«, erwiderte ich, erleichtert, dass wir kein Medienkompetenzgefecht führen mussten. Von irgendwoher schwebte eine Kaffeetasse in mein Gesichtsfeld und landete auf dem Tisch. Suse, die Frau in Gelb, stellte gleich noch ungefragt eine Kanne Leitungswasser und ein Glas daneben.

»Amelie ist ganz zauberhaft. Willst du auch Torte?«, rief sie noch über die Schulter, während sie schon wieder in die andere Richtung eilte. »Nein, danke«, rief ich ihr hinterher, aber das hatte sie vermutlich schon gar nicht mehr gehört.

»Wenn wir bei Suse sind, können wir nicht von der Karte bestellen. Das ist den Gästen vorbehalten. Wir bekommen das, was sie grad griffbereit hat oder was sie erst noch ausprobieren will, bevor sie es zahlungskräftigerer Kundschaft anbieten möchte«, erklärte mir Steffi die plötzlich auftauchende Kaffeetasse. Sie lugte kurz hinein und schob sie dann zu mir. »Aber das scheint nur Kaffee zu sein. Letzte Woche hatten wir eine Waldmeisterlimonade, die uns fast hat erblinden lassen.« Sie verzog angewidert das Gesicht und schüttelte sich. Ich kippte mir Zucker in den Kaffee, rührte um und trank einen Schluck, dabei blieb mein Blick wieder an den Haaren von Miike, Wibos Tochter, hängen. Was Wibo, die gerade ihr Handy zurück in die Tasche steckte, nicht entging.

»Ein Unfall mit einer Dose antikem Holzlack«, erklärte sie mir trocken. »Über das weitere Vorgehen sind wir uneins. Ich würde ihr eine Glatze scheren, wie bei einem Deichschaf.«

Miike blickte düster vom Nintendo auf und sagte: »Mensch, Mama.«

»Mein Mann googelt seit Stunden, mit welchen Mitteln man das wieder rausbekommt. Aber ob noch mehr Chemie die Lösung ist? Warum fallen Kindern immer so beknackte Dinge ein? Da sichert man jede Steckdose, bis man ein Ingenieursdiplom braucht, um auch nur einen Föhn anzuschließen, bewahrt alle Putzmittel in Schränken auf, die so weit oben sind, dass man für jedes Kloputzen vorher den Kilimandscharo besteigen muss, und dann finden sie im Schuppen eine Lackdose, auf der noch der Preis in D-Mark klebt, und besprühen sich die Haare.« Hilflos zuckte sie die Achseln.

Amelie hob den Kopf. »Ich finde es cool«, erklärte sie ernst und in fast normaler Lautstärke. Miike grinste und zeigte ihr ein Peace-Zeichen, und dann vertieften die beiden sich wieder in ihre Pokémon-Welt.

»Ich glaube, unsere Kinder sind kein guter Umgang für deine Tochter. Miike hat sogar schon ein Handy. Dabei ist das zu früh, finden mein Mann und ich. Sie hat trotzdem schon eins.« Wibo warf einen Blick auf ihre Armbanduhr. »Ich muss jetzt nach Hause, ins Homeoffice. Die Kundschaft schickt im Sekundentakt Nachrichten. Und mein Lieblingskunde glaubt, er hätte seine Homepage gelöscht.«

»Was machst du beruflich?«, fragte ich, dabei fragte man eine Frau in Eile nicht noch Fragen. Man nickte knapp und zeigte damit vollstes Verständnis für die Eile. Ich kannte keine Frau, die nicht ständig auf dem Sprung war. Nur Wibo nicht, denn die lehnte sich plötzlich wieder entspannt zurück. »Webdesign. Ich baue Homepages, erstelle Logos und betreue Kunden bei ihrem Social-Media-Auftritt, hauptsächlich kleine Unternehmen oder Mittelstand.«

»Oh, spannend!«, sagte ich.

Wibo nahm sich in aller Seelenruhe ihre Tasse und trank den

letzten Rest Kaffee. »Ja, ist es. Aber von so kurzer Dauer. Ich erstelle tolle Bilder, sie werden gepostet, und das war's. Alles ist so kurzlebig, es bleibt nichts übrig. Anders als in deinem Job.« Sie sah mich erwartungsvoll an.

»Bei mir ist es eigentlich auch so. Als Klinikhebamme fehlt mir ein wichtiger Teil in meinem Beruf. Es ist gewissermaßen ganz genauso wie bei dir«, sagte ich und drehte nachdenklich meine Kaffeetasse zwischen den Fingern. »Mein Beruf ist ja, Frauen vom Schwangerschaftstest bis zum Wochenbett und auch danach noch zu begleiten«, sagte ich langsam. »Ich erlebe zwar diesen besonderen Moment der Geburt, wo Mutter und Kind sich das erste Mal berühren, aber dann verschwinden sie aus meinem Leben. Mir entgeht einfach alles, was danach kommt. Wie sich das Band zwischen Mutter und Kind knüpft. Alle sprechen von der Geburt, dabei geht es doch danach erst los.« Ich trank einen Schluck Kaffee. »Ich würde gerne besonders die Zeit vor und nach der Geburt wieder mehr begleiten. Diese Metamorphose, die jede Frau während der Schwangerschaft durchläuft und in der es so viele Zweifel gibt. Alle erwarten von einer schwangeren Frau, dass sie glücklich ist. Aber sehr viele Frauen empfinden nicht nur dieses Glück, sondern noch viel mehr: Unsicherheit, Angst, Trauer um das, was vorbei ist. Und nicht jede Frau entbrennt gleich in Liebe zu ihrem Kind. Das braucht Zeit. Deswegen ist das Wochenbett auch so wichtig, aber es verschwindet immer mehr.« Meine Stimme hatte ganz von alleine an Lautstärke zugenommen, aber ich konnte nichts dagegen tun. Die Worte sprudelten aus mir heraus. »Frauen sollen bitte gleich nach der Geburt wieder in ihre Klamotten passen und da weitermachen, wo sie vorher aufgehört haben – und zusätzlich noch eine perfekte Mutter sein, versteht sich.«

Steffi und Wibo nickten bestätigend. »Und eine Sache muss ich noch sagen«, fügte ich hinzu. »Dabei vergisst man einfach, was für eine Leistung wir da vollbringen. Unser Körper lässt, aus dem Nichts, ein Extraorgan wachsen, wir nähren ein Baby, erst in uns und dann an uns. Geburten sind so unfassbar kraftvoll, aber die meisten Frauen sind so leise, lassen so viel mit sich machen. Manchmal habe ich das Gefühl, dass Geburten schambesetzt sind. Dabei machen sie uns zu Superheldinnen. Egal, wie unsere Kinder zur Welt kommen, wir gebären sie.«

Ich musste nach diesen Worten tief Luft holen. Mein Herz wummerte mit voller Kraft. Und da es jetzt auch egal war, setzte ich gleich noch einen obendrauf: »Ich hasse es übrigens, dass wirklich ernsthaft darüber diskutiert wird, ob Hebammen bei einer Geburt überhaupt dabei sein müssen. Der Status von Hebammen in Deutschland ist eine Katastrophe. Jede von uns begleitet im Schnitt hundert Geburten im Jahr. In Norwegen sind es nur dreißig. Dabei ist es doch gerade unsere Aufgabe, Frauen zu schützen. Sie nicht zu behandeln, als wären sie krank, sondern ihnen beizustehen. Bei allem, was so eine Geburt bedeutet.« Ich hieb mit der Faust auf den Tisch, denn mir war nur zu deutlich bewusst, dass ich in genau diesem Punkt versagt hatte.

Mein Gefühlsausbruch hatte das Geschirr auf dem Tisch zum Hüpfen gebracht. Es herrschte Schweigen. Selbst die Mädchen sahen mich an.

»Deine Mutter ist voll krass«, sagte Miike schließlich.

»Weiß ich«, erwiderte Amelie, nicht ohne leicht verschämt die Nase kraus zu ziehen.

»Gut gebrüllt, Löwin«, sagte Steffi in die Stille hinein. »Sollte ich jemals wieder schwanger werden, was ich hoffentlich zu verhindern weiß, wirst du dieses Kind mit mir zur Welt bringen. Und ich werde mich direkt nach der Geburt drei Monate ins Wochenbett begeben und nicht aufstehen. Ich werde keinen Besuch empfangen, also nur euch, und keiner Schwiegermutter einen Kuchen backen. Ha!«

»Ich schließe mich da vollumfänglich an«, erklärte Wibo, allerdings wesentlich leiser als Steffi. »Es wäre gut gewesen, wenn mir das damals, nach der Geburt meines ersten Kindes, auch jemand so deutlich gesagt hätte.«

Steffi sah ihre Freundin mitfühlend an. »Ich wusste es leider auch noch nicht«, sagte sie sanft. »Sonst hätte ich es dir gesagt.«

Wibo grinste, trotzdem sah ich einen Schatten in ihren Augen. »Ja, jetzt ist es so weit. Jetzt werden wir langsam alt und weise«, erwiderte sie.

# Kapitel 11

Als wir uns kurz danach verabschiedeten, hatte ich einen Knoten im Magen. Und als Amelie mir auf dem Weg zur Bushaltestelle verkündete: »Miike ist jetzt meine Freundin«, verstand ich auch warum.

Mir fehlte eine Freundin. Eine, mit der ich reden konnte, wie ich reden wollte, ohne ständig besorgt zu sein, dass ich negativ auffiel. Eine Freundin, die verstand, wie schwer es war, ein Kind alleine aufzuziehen. Aber für eine Freundin brauchte man Zeit, und wenn ich etwas nicht hatte, dann war es Zeit.

»Das ist schön«, sagte ich und drückte ihre Hand, die sie in meine geschoben hatte.

»Ich will mich bald mit Miike verabreden«, erklärte Amelie, gerade als der Bus an uns vorbeifuhr. Amelie winkte, und der Busfahrer winkte im Rückspiegel zurück, hielt aber nicht an.

Na toll.

Während wir dem Bus hinterherstarrten, klingelte mein Handy. Ich zog es aus der Tasche. Eine unbekannte Nummer.

»Fiete hier. Bist du schon zurück auf dem Hof?«

»Äh. Nein. Wir stehen an der Bushaltestelle, aber der Bus ist grad an uns vorbeigefahren. Wieso? Seid ihr auch noch unterwegs? Wo seid ihr überhaupt?«

»Hmpf«, sagte Fiete.

»Was heißt das? Wo seid ihr?«, fragte ich noch einmal.

»Hmpf«, brummte er erneut. »Ich habe ein ungutes Gefühl mit Prinzessin Kartoffel. Ich rufe mal die Tierärztin an. Wenn ihr zurück seid, sieh bitte nach ihr, ja?«

»Mach ich«, sagte ich, doch da hatte er schon aufgelegt.

»Mama, hier kommt kein Bus mehr«, erklärte meine Tochter, die den ausgehängten Fahrplan studierte.

»Lass mich mal gucken«, sagte ich, doch Amelie hatte recht. Das war der letzte Bus für heute gewesen. Und zu Fuß war es bis zu Mimis Hof sicherlich über eine Stunde.

»Ich kann nicht laufen«, erklärte Amelie und ließ ihre große Strandtasche auf den Boden fallen. »Ich bin total fertig.«

»Das Leben ist kein Ponyhof«, antwortete ich. Mir stand der Sinn jetzt auch nicht nach einem Fußmarsch. Gab es hier Taxis?

Ich zückte erneut mein Handy, um Frau Google zu befragen, als ein ziemlich lautes Auto an uns vorbeidonnerte und wenige Meter vor uns mit quietschenden Bremsen hielt. Tom Bredenhof in einer echten Angeberkarre. Ich setzte vorsorglich ein Lächeln auf, als er dann auch noch zurücksetzte und das Fenster der Beifahrerseite herunterließ. »Soll ich euch mitnehmen?«, fragte er.

»Nein, danke«, antwortete ich und lächelte verkrampft. Immerhin hatte ich noch vor einigen Stunden heulend auf seiner Liege gelegen, was mir noch immer peinlich war. Und ich ließ Amelie nie irgendwo mitfahren, wo es keine Sitzerhöhung im Auto gab. Dann passte der Gurt nicht richtig. Das war gefährlich.

»Ja, super!«, brüllte Amelie allerdings im nächsten Moment.

»Na, dann steigst du ein und deine Mutter geht zu Fuß«, sagte Tom Bredenhof und lachte.

»Amelie, ich habe dir zeit deines Lebens beigebracht, dass du nicht bei fremden Menschen mitfahren darfst!«, zischte ich.

Amelie machte große Augen. »Hä? Das gilt doch nicht, wenn du dabei bist.«

»Wollt ihr jetzt mitfahren oder nicht?«, fragte Tom noch einmal.

»Ja!«, rief Amelie.

»Ich habe auch eine Sitzerhöhung hinten drin«, sagte Tom, als hätte er meine Gedanken gelesen.

Ich rang mir ein »Ja, danke« ab, und wir kletterten in sein Auto.

Tom fuhr los. »Ich bin Tom«, sagte er und lächelte meiner Tochter im Rückspiegel freundlich zu. »War es schön bei Suse?«

»Hallo Tom. War toll«, rief sie vom Rücksitz. »Miike ist jetzt meine Freundin, und sie hat Farbe zum Türenstreichen in den Haaren. Blaue Farbe, die hat sie im Schuppen gefunden. Und wir haben Pokémon gespielt.«

»Ja, Miike hat ein Händchen für Farbunfälle. Letztes Jahr hat sie sich beim Renovieren einen kompletten Eimer mit Wandfarbe über den Kopf gekippt. Da war es rot.«

»Kennst du Miike?«, fragte Amelie verwundert. Als Großstadtkind war sie so etwas gar nicht gewohnt.

»Klar«, antwortete Tom. »Meine Nichte Bella und sie gehen zusammen in eine Klasse.«

»Oh«, rief mein Kind und fügte leise hinzu »Oh!« Und wenn mich nicht alles täuschte, hörte ich eine klitzekleine Sehnsucht in diesem »Oh«. In ihrem Umfeld in München gab es weder Pokémons noch Kinder, die so cool waren wie Miike.

Wir befanden uns gerade auf der Zufahrt zu Mimis Hof, als mein Handy erneut klingelte.

»Bist du jetzt da?«, fragte Fiete gehetzt.

»Fiete, gleich. Was soll ich denn machen, wenn ich da bin?«, fragte ich zurück.

»Nach der Kartoffel gucken!«

»Ja doch. Mache ich«, sagte ich. Fiete schnaubte und legte auf. »Welch Quell der sprudelnden Kommunikation«, murmelte ich.

»Was ist?«, fragte Tom und bog schwungvoll auf den Hof ein.

»Prinzessin Kartoffel soll bald ihr Fohlen bekommen, und Fiete macht sich Sorgen. Er ist noch unterwegs, weswegen er mich gebeten hat, nach ihr zu sehen. Danke noch mal, dass du uns gefahren hast.«

»Kartoffel bekommt ihr Fohlen?«, brüllte Amelie von hinten und riss am Türgriff, aber nichts passierte.

»Kindersicherung.« Tom warf mir einen Blick zu. »Soll ich lieber mitkommen?«

Vielleicht konnte er hilfreich sein. Ich nickte, ließ Amelie aus dem Auto und bläute ihr ein, ganz leise und vorsichtig zu sein. »Du auch«, sagte ich zu Tom, der nur eine Augenbraue hob.

Vorsichtig liefen wir zum Stall, wo Kartoffel in einer großen Box stand. Wir guckten über die hölzerne Trennwand, und ich erkannte mit einem Blick, dass diese Stute schon sehr bald ihr Fohlen bekommen würde. Prinzessin Kartoffels Blick war in sich gekehrt, und ihr Schweif schlug immer wieder hektisch nach links und rechts. Dabei atmete sie schwer und tief.

»Das sieht nach einem Nachtlager aus«, bemerkte Tom.

»Geht es ihr gut?«, flüsterte Amelie.

»Ja«, flüsterte ich zurück. »Aber das Fohlen kommt bestimmt bald.«

»Meistens zum Abend oder in der Nacht.« Tom legte die Arme auf die Boxenwand und bettete das Kinn darauf. Als er meinen Blick bemerkte, sagte er: »So war es zumindest bei den Fohlengeburten auf dem Hof meiner Schwester.«

»Dann bist du eine Pferdehebamme«, flüsterte Amelie, schon etwas lauter. Tom grinste und schüttelte den Kopf.

»Die Stuten machen das alleine. Man muss nur aufpassen und darf den Punkt nicht verpassen, wenn sie wirklich Hilfe brauchen.«

»Und das erkennst du?«, fragte ich und beobachtete weiter, wie die Stute jetzt immer wieder das linke Hinterbein hob. Vermutlich, um ihren Rücken zu entlasten. Ich konnte nicht zu ihr gehen und ihr Mut zusprechen. Dafür kannte ich das Pony nicht gut genug und hatte zu großen Respekt. Prinzessin Kartoffel würde ihr Fohlen ganz alleine zur Welt bringen. Ich durfte diesem Wunder nur beiwohnen. Kein CTG, kein Abtasten des Muttermundes, keine Schmerzmittel.

»Ich rufe Fiete an.« Leise lief ich hinaus. Gänzlich unbegleitete Geburten ließen mein Herz dann doch in einen höheren Gang schalten.

Fiete ging nach dem ersten Klingeln ran. »Also, die Prinzessin ist bereit«, sagte ich. »Tom Bredenhof ist auch hier, der hat die Geburt eines Fohlens wohl wenigstens schon mal gesehen. Was ist mit der Tierärztin?«

»Die hängt noch irgendwo bei einem Kalb fest«, erklärte Fiete besorgt. Ich hörte meine Tante im Hintergrund sagen, dass er sich mal entspannen sollte.

»Wo seid ihr denn?«

»Im Stau«, rief meine Tante, vermutlich vom Fahrersitz aus. Es klang, als wollte sie noch etwas sagen, aber Fiete schnitt ihr das Wort ab. Was bei meiner Tante eine reife Leistung darstellte.

»Bleibt bitte bei ihr«, drängte er.

»Na klar«, erwiderte ich. »Wir passen auf sie auf.«

Als ich zurück in den Stall kam, waren Tom und Amelie verschwunden. Ich fand sie in der Box nebenan, wo sie es sich auf einem Strohballen gemütlich gemacht hatten. Begeistert deutete Amelie auf ein fehlendes Brett in der Boxenwand, wodurch man die Stute ungehindert im Blick behalten konnte.

Vorsichtig ließ ich mich neben Tom nieder, der die Arme auf die Knie gestützt hatte. Und so saßen wir. Und warteten.

Irgendwann flüsterte Tom: »Deine Tochter ist eingeschlafen.« Er deutete nach links, wo Amelie auf dem Strohballen gegen ihn gesunken war und mit offen stehendem Mund vor sich hin schnorchelte. »Soll ich sie ins Stroh legen?«

Ich nickte. Ganz sanft hob er sie vom Ballen und legte sie hin. Dann deckte er sie mit seiner Jacke zu und setzte sich wieder neben mich.

Wir schwiegen und lauschten der Stille im Stall. Das Licht hinter den Fenstern veränderte sich. Mein Kind schlief friedlich, und in der Box vor uns würde gleich ein neues Leben beginnen. Und ich hockte neben Tom Bredenhof auf einem Strohballen. Zwischen uns nur zehn Zentimeter Platz. Es war ein gutes Gefühl, nicht alleine zu sein.

Prinzessin Kartoffel stand in den Wehen. Ich konnte die Kontraktionen ihres mächtigen Leibs sehen. Nervös schnaubte sie immer wieder, sah sich um und legte sich schließlich hin. Nun wurde mir doch mulmig.

»Sie legen sich meistens irgendwann hin«, raunte Tom, der offenbar meine Unruhe gespürt hatte.

»Sie ist aber umgefallen!«, flüsterte ich, doch er schüttelte den Kopf.

»Sie hat sich ganz normal hingelegt.« Dann hielt er mir sein Handy vor die Nase. *»Ein Fohlen wird geboren«* stand dort auf dem Display.

»Dein Wissen schöpft sich aus einer Internetseite?«, flüsterte ich empört, nahm ihm das Handy aus der Hand und las die Seite eines großen Gestüts durch. Dort stand haarklein, wie eine Fohlengeburt üblicherweise ablief, und tatsächlich konnte ich bis jetzt kein Problem erkennen.

»Warum nicht? Das ist Phase eins«, sagte Tom und steckte das Handy wieder ein.

Die Prinzessin tat mir leid. Ob sie wusste, was mit ihr geschah? Ob sie sich an die anderen Geburten erinnerte? Immer wieder zog sich ihr Bauch zusammen, und sie streckte die Beine in dem Versuch, die Wehe auszuhalten. Insgeheim beschwor ich sie durchzuhalten.

»Was ist das? Fruchtwasser?« Ich beugte mich näher zu dem fehlenden Brett, um eine bessere Sicht zu bekommen. Tom beugte sich ebenfalls nach vorne, womit unsere Köpfe fast kollidierten. Zwischen Prinzessin Kartoffels Hinterbeinen plätscherte ein stetiger Strom.

»Was ist jetzt mit ›Ich war schon mal dabei‹?«, zischte ich. »Davon steht zumindest nichts auf der Internetseite. Aber es kann nur Fruchtwasser sein.«

»Warte.« Tom hatte wieder sein Handy gezückt und las irgendetwas. Vielleicht sah er sich ein Youtube-Video an. Taten Männer ja gerne. Erst mal ein Tutorial gucken. »Fruchtwasser«, sagte er schließlich und reichte mir sein Handy.

Auf der Seite des Gestüts las ich, dass man die Nabelschnur bei Stute und Fohlen keinesfalls durchtrennte, das geschah ganz automatisch. Und dass man darauf achten musste, dass die Eihülle nach der Geburt geöffnet war. Oft biss die Stute sie auf, wenn das jedoch nicht der Fall war, musste man eingreifen. Klang alles ungewohnt, aber es fühlte sich richtig an.

»Besorg mir mal einen sauberen Eimer«, sagte ich zu Tom und drückte ihm sein Handy in die Hand.

»Wozu?«, fragte er.

»Für die Nachgeburt«, erklärte ich, ohne die Prinzessin aus den Augen zu lassen. Tom stand wortlos auf und kam wenige Minuten später mit einem blitzblank sauberen Eimer zurück. Er hatte ihn offenbar sogar ausgewaschen.

»Da kommt die Nachgeburt rein, damit man kontrollieren kann, ob sie vollständig ist. Wenn etwas im Körper bleibt, kann das gefährlich werden.« Tom verzog das Gesicht, und ich sagte: »Du bist ja wirklich ein erfahrener Pferde-Geburtsbegleiter.«

Bevor ich weiter über ihn lästern konnte, erhob sich die Prinzessin und drehte mit schräg gestelltem Schweif eine langsame und scheinbar konzentrierte Runde durch die Box, um sich dann direkt vor uns wieder hinzulegen. Jetzt waren wir quasi mittendrin statt nur dabei.

»Phase zwei«, flüsterte Tom und nahm völlig unerwartet meine

Hand. Mein Herz holperte in meiner Brust. Da war plötzlich eine verzückte Vorfreude, ein Raunen, das in der Luft lag. Ich drückte seine Finger.

Prinzessin Kartoffel lag flach auf der Seite und atmete hektisch. Sie schwitzte, und ihr Bauch zog sich immer wieder zusammen. Das waren die entscheidenden Wehen.

»Gut, mein Mädchen«, sagte ich leise und mit tiefer Stimme. Tom hielt meine Hand ganz fest. »Du machst das wunderbar«, sagte ich und beugte mich nach vorne. »Dein Kind hat sich auf den Weg gemacht, und es ist kein langer Weg mehr.« Das Pony hielt inne. Seine Ohren drehten sich zu mir. »Du machst das einfach großartig! Du bist eine Superheldin!«

Die Prinzessin atmete tief durch, ihr Körper spannte sich, und im nächsten Herzschlag schwuppte ihr Fohlen auf die Welt und landete mit einem Rascheln im Stroh.

# Kapitel 12

In meinen Händen zuckte es. Ich wollte mit aller Macht zu diesem neugeborenen Wesen und es berühren, es sanft in dieser Welt willkommen heißen, doch die Prinzessin kam mir zuvor. Ganz genau so, wie es richtig war. Sie drehte sich zu ihrem Fohlen, beide Ohren gespitzt, die Augen weit aufgerissen. Ich sah denselben leicht fassungslosen Blick, wie ich ihn von Frauen kannte, wenn sie das erste Mal ihr Kind erblickten, völlig erledigt nach den Strapazen, wenn sich nach den unfassbaren Schmerzen schlagartig die Seele klärte. Es war eine Mischung aus Erstaunen, tiefer Ehrfurcht und dem Verständnis, dass in diesen Sekunden etwas Neues begann. Der Lauf der Welt hatte sich verändert.

Das Fohlen streckte sofort seine Nase durch die Eihülle, und die Prinzessin begann, den Hals ihres Babys abzulecken. Das kleine Pferd zappelte und war äußerst agil, dafür, dass es noch bis vor einer Minute im Geburtskanal gesteckt hatte.

Ich hatte Toms Hand losgelassen, jetzt drehte ich mich zu ihm herum. In seinen Augen lag ein tiefes Staunen, und als er mich ansah, lächelte er.

»Hätten wir deine Tochter nicht wecken sollen?«, fragte er.

Ich hatte Amelie völlig vergessen. Verdammt. Ganz leise kletterte ich durch das kniehohe Stroh zu ihr und schüttelte leicht an ihren Schultern. Vorsorglich zischte ich »Psssst«. Sie klappte die Augen auf und sah mich fragend an.

»Das Fohlen ist da. Es ging ganz schnell.« Eilig krabbelte sie zu dem fehlenden Brett in der Box und betrachtete mit großen Augen das Fohlen, das bereits Anstalten machte aufzustehen. Amelie sah mich an, dann wieder das Fohlen. Ihre Augen waren riesig groß, und in ihnen glitzerte kindliches Staunen. Und dann schmiss sie sich mir in den Arm.

»Das ist wie Magie! Vorhin war es nur ein Pferd. Jetzt sind es zwei. So hast du mich auch zur Welt gebracht«, flüsterte sie. »Das ist so schön.«

»Nur ohne Stroh«, sagte ich leise, zupfte ihr ein bisschen davon aus dem Haar und drückte sie an mich.

Die Prinzessin gab ein tiefes Grummeln von sich. Sie begrüßte ihr Kind, und in mir rückte etwas an den richtigen Platz. Die vielen ersten Berührungen, die ich im Laufe meiner Tätigkeit als Hebamme hatte miterleben dürfen, gingen mir durch den Kopf. Die vielen kleinen Augen, die sich zum ersten Mal geöffnet und geblendet in die helle Welt geblinzelt hatten. Wie viele neugeborene Menschen hatte ich schon liebevoll begrüßt? Ich wusste es nicht. Ich wusste nur, dass sich nun auch ein kleines Pony in die Liste eingereiht hatte.

Zärtlich drückte ich mein Gesicht in Amelies Haare, und mit einem Mal fühlte ich mich so unglaublich lebendig. Die drückende Müdigkeit der vergangenen Wochen und Monate war in weite Ferne gerückt.

»Du weinst, Mama«, sagte Amelie und rieb mir ein paar Tränen von der Wange.

»Vielleicht ein bisschen«, sagte ich und lächelte, aber meine Tochter war in Gedanken schon wieder bei Prinzessins Fohlen.

»Kann ich ein Foto für Papa machen?«, fragte sie aufgeregt, und ich zog mein Handy aus der Hosentasche. An solch intensiven Momenten wollte sie ihn teilhaben lassen. Hannes hatte so eine wunderbare Tochter gar nicht verdient. Amelie knipste ein paar

Fotos und gab mir dann das Telefon zurück. Ich schickte die Bilder kommentarlos an Hannes.

Tom hatte uns beobachtet. Als ich zu ihm blickte, sah er weg, als hätte ich ihn bei etwas ertappt.

»Nachgeburt.« Er wies mit dem Kinn auf die Nachbarbox.

»Ist das schlimm?«, wisperte Amelie, und ich schüttelte den Kopf.

»Nein. Das sind die Fruchtblase und der Mutterkuchen, der das Fohlen elf Monate lang ernährt hat. Der muss auch raus. Bei Frauen ist das genauso.« Ich erhob mich und erstarrte für eine Sekunde. Ich hatte meinen Rücken die ganze Zeit über vergessen, doch jetzt meldete er sich mit Wucht zurück. Ein wenig staksig lief ich mit dem leeren Eimer in die Boxengasse und öffnete vorsichtig die Tür.

»Hallo Prinzessin«, sagte ich leise. »Ich bin gleich wieder weg.« Langsam trat ich in die Ecke, wo die Nachgeburt lag. Die Kartoffel ließ sich von mir nicht stören und beschnüffelte weiter ausgiebig ihr Fohlen, das mittlerweile mit etwas verdutztem Blick neben ihr stand. Ich bückte mich und unterdrückte dabei einen Schmerzlaut, dann griff ich mit bloßen Händen die warme Nachgeburt und ließ sie sanft in den Eimer gleiten.

Kaum war ich aus der Box getreten, fuhr Mimis Geländewagen auf den Hof. Ungefähr zwei Herzschläge später eilte Fiete mir entgegen.

»Herzlichen Glückwunsch«, sagte ich. »Es ist eine Stute.« Fiete strahlte mich derart glücklich an, dass mir ganz warm ums Herz wurde. Die Prinzessin wieherte ihm entgegen, ganz tief und dumpf, und aus irgendeinem Grund trieb mir das erneut die Tränen in die Augen. Leise ging ich zurück in die Nachbarbox und hockte mich wieder auf den Strohballen. Amelie kam, umarmte mich und setzte sich neben mich. Fest drückte sie ihren Kopf gegen meine Schulter, und ich legte den Arm um sie.

Nebenan hörte ich Fiete mit seiner Prinzessin reden. In seinen Worten lag so viel Zuneigung und Wärme, wie ich es nie für möglich gehalten hatte. Und dann spürte ich plötzlich Toms Hand auf meinem Rücken.

»Ach, Mädels«, sagte er ein wenig unbeholfen, und ich musste lächeln, während er sich zu uns setzte.

Mimi stapfte in den Stall. Nach einem Blick über die Boxenwand sagte sie: »Wir sollten die beiden jetzt alleine lassen. Also raus mit euch und rüber in die Küche. Ich mache einen Sekt auf.«

Gehorsam erhoben wir uns und trotteten aus dem Stall.

»Ich muss los«, sagte Tom auf dem Hof.

»Keinen Sekt?«, fragte Mimi, doch er schüttelte den Kopf.

»Es ist schon spät.« Mimi verabschiedete sich mit einem Nicken von ihm und ging mit Amelie ins Haus. Fiete stapfte ebenfalls an uns vorbei, das Handy am Ohr. Vermutlich telefonierte er mit der Tierärztin.

»Danke«, sagte ich zu Tom, der gerade den Autoschlüssel aus seiner Jackentasche gezogen hatte.

Er sah mich an. »Wofür? Ich hab dir ja nur irgendwas auf dem Handy vorgelesen«, erklärte er mit einem schiefen Grinsen.

»Danke«, wiederholte ich, lächelte ihn an, und ganz unerwartet legte er mir eine Hand auf den Arm.

»Es war mir eine Ehre«, sagte er leise, ließ mich los und ging zu seinem Wagen.

Kaum war er vom Hof gefahren, kam schon das nächste Auto angebrettert, aus dem die Tierärztin stieg und mir freundlich zunickte. Fiete eilte ihr entgegen.

»Die Plazenta ist im Eimer!«, rief ich, doch da waren sie schon im Stall verschwunden, während meine Tante mit einem Sektglas auftauchte.

Das drückte sie mir in die Hand, und ich folgte ihr zurück in die Küche, wo Amelie auf einem Stuhl hockte und Müsli in sich hineinschaufelte. Dabei hätte sie dringend etwas Richtiges zu Essen gebraucht. Meine Tante hatte mein Minenspiel entschlüsselt, denn sie sagte: »Müsli ist richtiges Essen.« Sie setzte sich neben Amelie und schüttete sich ebenfalls Müsli in eine Schüssel. »Willst du auch?«, fragte sie mich und goss fast einen halben Liter Milch hinterher. Ich schüttelte den Kopf. Dabei hatte ich durchaus Hunger. Nur nicht auf Müsli. Vorsichtig und rückenschonend setzte ich mich auf einen Stuhl. Mimi und meine Tochter aßen schweigend, bis Fiete hereinkam. Mit roten Wangen und strahlenden Augen.

»Es geht ihr gut«, erklärte er und ließ sich neben Amelie auf die Bank fallen. »Und dem Fohlen auch. Jetzt braucht es nur noch einen Namen.«

»Wie ist der Anfangsbuchstabe vom Hengst?«, fragte Mimi und erklärte an Amelie gewandt: »Meistens fangen die Namen der Fohlen mit den Anfangsbuchstaben des Hengstes an. Nur bei den Oldenburgern und Vollblütern nicht. Da bekommt ein Stutfohlen meist den Anfangsbuchstaben der Mutter.«

»I, wie blöder Idiot«, sagte Fiete mit Nachdruck und schnaubte.

»Fiete, wenn dich das so«, ich suchte nach einer freundlichen Formulierung, »aufregt, warum hast du sie dann decken lassen?«

Er sah mich kurz an. »Es war ein Unfall. Sie stand im Herbst kurz mit auf dem Islandhof, weil die Weiden hier zu nass waren. Und die haben ihren Hengst auf der Weide vergessen. Zack. Passiert.«

»Kann das Fohlen Eule heißen?«, rief Amelie und stellte ihre leer gegessene Schüssel in die Spüle.

»Eule?«, fragte Fiete und runzelte die Stirn. »Wieso Eule?«

»Weil das so schön klingt«, erklärte Amelie ernst.

Fiete nickte. »Einverstanden«, sagte er dann. »Eule.« Er hob sein Glas, das Mimi ihm hingeschoben hatte, und kippte es in einem Zug runter.

»Amelie, ab ins Bett«, sagte ich. Es war mittlerweile kurz nach elf. Wir hatten Stunden im Stall verbracht, und meine Tochter hatte trotz ihres kleinen Nickerchens im Stroh klitzekleine rote Augen. Sie blinzelte mich an, dann umarmte sie mich stürmisch. Dann Mimi, dann erstaunlicherweise auch Fiete, bevor sie die Treppe hoch ins Obergeschoss trampelte.

Ich blieb sitzen, wohlig erschöpft. So wie damals, als ich noch im Geburtshaus gearbeitet hatte. Die tiefe körperliche Müdigkeit, gepaart mit einem hellwachen Geist. Alles war überstanden. Die Mutter hatte ihr Kind geboren. Und ich hatte sie dabei begleiten dürfen. Was für ein Privileg. Nach all den Anstrengungen, all den Emotionen legte sich ein sanfter Mantel von Geborgenheit über das ganze Haus. Es wurde still, als würde die Zeit langsamer verlaufen, als würde man in einer Blase aus Glück und Neuanfang schweben. Neues Leben war in die Welt gekommen. Und alles, einfach alles war gut. Wie oft war ich nach einer Geburt glückselig mit dem Rad nach Hause geradelt, summend in den beginnenden Tag hinein.

»Ich werde mir einen Schlafsack nehmen und im Stall schlafen«, erklärte Fiete, blieb aber sitzen. Auch er wirkte erschöpft.

»Wo wart ihr denn überhaupt?« Ich erhob mich ganz vorsichtig und lehnte mich an die Arbeitsplatte der Küche. Der Brotkasten stand so direkt vor mir, und ich fand ein Stück nicht allzu trockenen Butterkuchen darin. Auch nicht schlechter als Müsli, entschied ich und biss herzhaft hinein.

Meine Tante kniff die Lippen zusammen. »Beim TÜV.«

Ich machte ein fragendes Gesicht und kaute weiter.

»Mimi hat vor vier Jahren einen Knoten in ihrer Brust ertastet. Es war nur ein Fibrom, aber es muss regelmäßig untersucht werden. Wir waren beim MRT«, erklärte Fiete.

Mir blieben ein paar Krümel im Hals stecken. Meine Mutter war an Brustkrebs gestorben. Zumindest lautete so die offizielle Diagnose. Gestorben war sie an ganz anderen Dingen. Über die ich nicht nachdachte. Prinzipiell nicht.

»Fiete!«, schnauzte meine Tante ihn an, doch er zuckte nur die Schultern.

»Warum sagst du es ihr nicht?«, fragte er ungerührt.

»Fiete!«, mahnte sie erneut, aber mit weniger Nachdruck.

»Was?«, mischte ich mich ein. Ich wusste nicht, worüber ich erschütterter sein sollte: über Fietes fachkundige Kenntnis von Mimis Gesundheitszustand oder über die Tatsache, dass Mimi mir ganz offenbar nichts davon erzählen wollte. Ich schluckte die restlichen Krümel hinunter. »Ist denn alles okay?«

Meine Tante verzog das Gesicht. »Natürlich ist alles okay.«

Fiete seufzte und sah mich an. Mit den Augen sagte er: *»Was soll man machen? Ich passe schon auf, dass sie regelmäßig zu diesen Untersuchungen geht. Lieber wäre mir allerdings, du würdest dich auch mal kümmern. Ist ja deine Tante.«*

Ich sah ihn ebenfalls an. Und fragte auf die gleiche Weise: *»Warum erzählt ihr mir das erst jetzt? Und seit wann gehst du hier ein und aus? Wann seid ihr solche Freunde geworden?«*

Fiete zuckte die Schultern, stand auf und verließ die Küche.

Ich sah Mimi an. Meine alte Tante Mimi hätte jetzt garantiert gesagt, ich sollte mich da nicht einmischen. Mich um meinen Kram kümmern. Aber irgendetwas war passiert, denn die offenbar neue Mimi sagte: »Ich wollte dich nicht ängstigen.« Und statt mich wütend anzugucken, stand sie auf und strich mir im Vorbeigehen mit der Hand über den Rücken, bevor sie die Küche verließ.

Der nächste Morgen begann mit einem Hund vor meinem Bett. Frau Ahorn sah mich erwartungsfroh an und ließ ihren keimverseuchten Gummiknochen auf die Bettkante fallen, von wo ich ihn mit einem Fingerschnippen auf den Boden beförderte.

Dann griff ich mir, stöhnend vor Rückenschmerzen, mein Handy. Es war kurz vor acht. Man konnte also durchaus schon aufstehen.

Hannes hatte geschrieben.

*»Toll! Ein Baby-Fohlen!«*

Dazu hatte er vier lustige Emoticons getippt. Einen Apfel, eine Birne, einen Stern und … äh, einen Hundehaufen. Er brauchte dringend eine Brille.

Im nächsten Moment sah ich, dass Hannes erneut schrieb. Ich wartete. Und wartete. Und dann kam noch eine Nachricht.

*Liebe Amelie. Wie wunderbar! Was für ein tolles Ereignis! Ich hatte früher auch ein Pony. Es hieß Ziege, was lustig ist, weil es ja ein Pony war. Liebe Grüße von Maybritt.*

Ich runzelte die Stirn. Amelie hatte Maybritt bisher noch gar nicht kennengelernt, genauso wenig wie ich, dabei waren sie und Hannes wohl schon seit einiger Zeit zusammen. Persönlich hatten wir von ihr zumindest noch nichts gehört. Oder gelesen. Offenbar änderte sich das jetzt.

Die nächste Nachricht kam von einer mir unbekannten Nummer.

*Hallo Luisa, Steffi hier! Hast du Lust und Zeit, dich am Freitag mit uns am Strand zu treffen? Gleicher Strandkorb, gleiche Zeit. Amelie kann zu Miike gehen. Graf Cornelius gibt eine Pizza-Party für die Kinder. Grüße vom Club der entspannten Frauen*

Wer bitte war Graf Cornelius?

Ich ließ das Handy sinken und grinste. Ich hatte eine Verabredung. Das war wunderbar. Leise stand ich auf und schlich aus dem Zimmer.

# Kapitel 13

Das ganze Haus war still. Die restlichen Hofbewohner schliefen noch. Ich kochte mir einen Kaffee und ging mit Frau Ahorn im Schlepptau raus in den Garten. Die Ziegen standen auf ihrer Wiese, daneben die Ponys. Eins der Hühner wanderte gemächlichen Trippelschrittes durch die Blumenbeete und verschwand dann unter der halben Tonne, die den Hühnern als Rückzugsort und Sicherheitsbunker vor Greifvogelangriffen diente.

Der Phlox blühte in Pink und Weiß, und direkt daneben stand die alte Duftrose in voller Blüte. Sie hatte einen sehr klangvollen und adeligen Namen, den ich mir nie merken konnte. Meine Mutter hatte diese Rose geliebt.

Vorsichtig beugte ich mich vor, wartete kurz, bis eine dicke, laute Hummel ihre Arbeit im Inneren der Rosenblüte abgeschlossen hatte, und steckte dann die Nase hinein, um tief einzuatmen. Vanillige Süße, ein leichter Zitronenduft und ganz am Ende schmeckte ich förmlich einen reifen Pfirsich auf der Zungenspitze.

»Mmh«, machte ich und atmete erneut ein. Frau Ahorn warf mir, unbeeindruckt von meinem olfaktorischen Erlebnis, den Gummiknochen auf die Füße und sah mich erwartungsvoll an. »Ich sollte meiner Mutter eine Rosenblüte bringen«, sagte ich leise zu ihr, und sie legte den Kopf schräg. »Heute ist Sonntag.« Ich nickte nachdrücklich. »Ja, das mache ich nachher. Ich gehe zum Friedhof.«

Kaum war dieser Gedanke gefasst und laut ausgesprochen, pochte mein Herz schneller. Ich war bisher nur zweimal am Grab meiner Mutter gewesen. Amelie hatte es noch nie gesehen. Die Umstände waren einfach so schwierig gewesen.

Mein Handy vibrierte in meiner Hosentasche.

*»Montag hat jemand abgesagt. Um halb vier. Willst du den Termin? Tom.«*

Ich tickerte sofort zurück: *»Gerne. Danke.«* Dann ging ich zur Bank, setzte mich hin und nippte an meinem Kaffee.

Amelie kam mit bloßen Füßen in ihrem gepunkteten Schlafanzug über den Rasen zu mir getapst. Ihre Haare standen wirr zu Berge, und sie sah zerknautscht und zerknittert aus. Ich musste lächeln.

Frau Ahorn sah sie ebenfalls und schoss los. Ich wollte schon rufen, um Amelie zu warnen, doch da hatte sie wie selbstverständlich den Gummiknochen gegriffen und den Zeigefinger erhoben. Frau Ahorn setzte sich augenblicklich auf ihren Hintern. Amelie warf das Ding durch die Luft und schickte die Hündin schließlich mit einer energischen Handbewegung hinterher. Als sie neben mir auf die Bank kletterte und sich an mich schmiegte, schenkte ich ihr einen beeindruckten Blick.

»Wollen wir für deine Oma eine Rose abschneiden und sie ihr zum Friedhof bringen?«, fragte ich. Amelie schien einen Moment darüber nachdenken zu müssen.

»Ja«, sagte sie schließlich. »Aber wirst du weinen?«

Ich überlegte. »Ich glaube nicht.«

»Aber Oma ist ja deine Mama. Ich müsste ganz doll weinen, wenn du sterben würdest. Ich würde nie wieder aufhören.« Sie erschauderte in meinem Arm. »Wo müsste ich dann wohnen, wenn du sterben würdest?«

»Oh, äh, ich …«, sagte ich. Eine gute Frage. Zwei Personen waren zu wenig. Es fehlte die dritte. Oder die vierte. Wir brauchten mehr Menschen um uns herum. Zwei waren zu wenig. Verdammt.

»Ich sterbe nicht einfach so«, sagte ich mit fester Stimme und biss mir auf die Lippen, als ich an die unausgefüllte Vorsorgevollmacht dachte, die in München unter einem Stapel Zeitungen lag.

»Könnte ich dann bei Mimi und Fiete wohnen?«, fragte sie.

Ich gab ihr einen Kuss auf den Kopf. »Ja«, murmelte ich in ihre Haare hinein. »Ja. Das könntest du bestimmt.«

»Dann ist gut.«

Irgendwann erwachte der restliche Hof. Wir versammelten uns erneut im Stall, um Prinzessins Fohlen Eule zu bestaunen, das aussah, als wäre es schon sehr viel länger auf der Welt als nur eine Nacht. Es konnte stehen, laufen, trinken und sogar schon ein klitzekleinwenig hüpfen.

Nach dem Frühstück hüpfte dann auch mein Kind mit mir und einer frisch geschnittenen Rose gemeinsam über den Deichweg von Böhl ins Dorf. Hüpfend war das ein langer Weg. Wir brauchten fast eine ganze Stunde, und als wir ankamen, war mir furchtbar heiß.

Der Friedhof im Dorf war ein idyllischer und friedvoller Ort. Eingebettet zwischen alten Häusern lag er in einer kleinen Seitengasse neben der gut besuchten Dorfstraße. Während dort Eis gegessen, Kaffee getrunken und Blumen und allerlei Gedöns gekauft wurde, war es hier, nur wenige Meter weiter, still und ruhig. Man musste ein paar Stufen erklimmen, und dann erhob sich vor einem mächtig und schön die rote Backsteinkirche. Gleich neben ihr ragte der hölzerne Glockenturm auf.

Amelie legte ihre Hand in meine.

Das Grab meiner Mutter befand sich ganz hinten an der Hecke. Der Stein war klein, und es standen nur zwei Worte darauf: IN LIEBE. Und dann der Name meiner Mutter. Klara Haselnuss. Mehr nicht.

»Was muss man jetzt machen?«, flüsterte Amelie und hielt meine Hand ganz fest.

»Nichts«, sagte ich. »Wir legen ihr die Rose auf den Stein. Und wir könnten ihr etwas erzählen.« Meine Tochter war nicht religiös aufgewachsen. Sie kannte das, was sie in der Schule lernte, aber jegliche religiösen Rituale waren ihr vollkommen fremd.

Vorsichtig nahm Amelie die Rose und legte sie auf den Stein. »Klar«, sagte sie und deutete auf das zugewachsene Grab. »Hier ist ja auch gar kein Platz.« Ganz offensichtlich pflegte Mimi das Grab ihrer Schwester mit Hingabe. Eine kleine weiße Rose wuchs neben buschigem Lavendel, und gelbe und orangene Ringelblumen streckten sich in die Höhe und tanzten mit den Blütenköpfen der leuchtenden Schmuckkörbchen im sanften Wind. Neben dem Stein stand eine tiefrote Stockrose, der jemand mithilfe eines Astes eine Stütze gebaut hatte, damit sie nicht umknickte.

»Hallo Oma«, sagte Amelie mit getragener Stimme. Und dann noch einmal: »Hallo Oma. Wir besuchen Tante Mimi, und gestern Nacht wurde ein Fohlen geboren. Es heißt Eule. Ich durfte ihm diesen Namen geben«, erzählte sie und sah mich dabei aus dem Augenwinkel an. Ich nickte ihr aufmunternd zu. »Mama hat dolle Rückenschmerzen. Und es ist sehr schön hier. Ich habe schon eine Freundin. Miike. Hier ist es eigentlich schöner als in München.« Erstaunt hob ich die Augenbrauen, schwieg aber. »Dein Grab ist auch voll schön!«, beendete Amelie ihre kleine Ansprache. Ich blinzelte angestrengt in den blauen Himmel. Meine Mutter war keine fürsorgliche Mutter gewesen, sondern abwesend und oft überfordert mit ihrem Leben. Aber sie war nun mal meine Mutter gewesen. Jemand, der einfach so zu mir gehört hatte. Amelie schob wieder ihre Hand in meine, und ich umschloss sie fest.

*»Ich vermisse dich«*, sagte ich in Gedanken zu meiner Mutter. Und zu Amelie gewandt: »Wollen wir noch eine Kerze anzünden und dann ein Eis essen?«

Gemeinsam folgten wir dem Kiesweg, der um die Kirche herumführte. Es knirschte unter unseren Schuhen, und als wir durch das Portal der Kirche traten, legte sich die Kühle wie eine schützende Decke über mich. Am liebsten hätte ich mir die Schuhe von den Füßen gestreift, nur um den blanken Steinboden unter den Sohlen spüren zu können. Wir liefen zu den kleinen weißen Kerzen, die man für wenige Cent kaufen konnte, um sie im Gedenken an einen Verstorbenen zu entzünden. Gemeinsam stellten wir die brennende Kerze in das Gestell, und während Amelie einen kleinen Streifzug durch die leere Kirche unternahm, blieb ich stehen und beobachtete die tanzende Flamme.

»Mama, guck mal!«, rief mein Kind. »Da kann man den toten Menschen Briefe schreiben!« Sie sagte es so laut, dass ich automatisch »Psst!« zischte. Meine Tochter war vor einem Tischchen mit einem aufgeschlagenen Buch stehen geblieben, neben dem ein bunter Strauß Blumen stand. Ich schlenderte zu ihr hinüber.

»Nein, das ist eher ein Gästebuch. Jeder, der hier war, kann dort etwas reinschreiben.«

»Nee, guck. Hier. Das ist ein Brief.« Amelie deutete auf eine Seite, die mit schwungvoller Handschrift gefüllt war.

»Stimmt«, sagte ich und begann mit gesenkter Stimme vorzulesen:

*Liebe Jackie, der Sommer ist verdammt heiß dieses Jahr. Viel zu tun. Lori hat endlich durchgeschlafen. Wir hatten die Hoffnung schon aufgegeben und uns darauf eingestellt, dass sie auch mit 18 noch jede Nacht jemanden braucht, der ihr Geschichten erzählt. Bella kann tatsächlich bis hundert rechnen, wir haben es ausprobiert. Und Matti kann Fahrrad fahren.*
*Grüße von deinen Lieben*
*N.*

*PS: Hab eine Frau getroffen.*
*PPS: Sie wird sich vermutlich nicht für mich interessieren. Aber ich dachte, das solltest du wissen.*
*PPPS: Ich bin immer noch wütend. Es wird vielleicht nie aufhören.*

»Oh.« Amelie hatte die Lippen gespitzt. »Ob Jackie die Mama der Kinder ist? Warum ist sie gestorben?«

Ich zog die Schultern hoch. »Keine Ahnung«, murmelte ich und sah, dass der Eintrag von heute war. Der wütende N. hatte ein Datum ans Ende gesetzt.

»Bella heißt doch auch die Freundin von Miike«, fügte Amelie hinzu und blätterte weiter in dem Gästebuch herum. Bella hieß auch die Nichte von Tom, fiel mir ein. Aber Bella war auch ein sehr beliebter Name.

Wir verließen die Kirche just in dem Moment, als der Glockenturm anfing zu läuten. Der Ton ging mir durch und durch, und Amelie ließ mich los, um sich die Ohren zuzuhalten. Wir liefen nebeneinanderher zwischen den Gräbern entlang. Als wir an zwei sehr kleinen Gräbern vorbeikamen, sah ich automatisch zur anderen Seite. Seit ich ein Kind hatte, ertrug ich die Tatsache, dass auch Kinder sterben konnten, kaum noch.

Amelie schob wieder ihre Hand in meine. Wir verließen den Friedhof und gingen in den Ort. Dort aßen wir unser Eis, und ich konnte meinem Rücken eine Pause gönnen. Dann schlenderten wir noch ein wenig weiter, bevor wir uns auf den Heimweg machten.

Mein Körper dachte bestimmt, ich würde für einen Marathon trainieren. So viele Kilometer, wie ich hier bisher gelaufen war, bekam ich in München das ganze Jahr über nicht zusammen. Zumindest nicht an der frischen Luft.

Kaum waren wir wieder auf dem Hof, klingelte mein Handy.

Als ich aufs Display sah, erschien dort die Festnetznummer von Super-Alexandra. Während Amelie ins Haus rannte, um Mimi ihr neu erstandenes Buch zu zeigen, erwog ich kurz, einfach nicht ranzugehen, tat es dann aber doch.

»Hallo Luisa. Bist du mit im Komitee? Ich habe dich mal mit eingeplant. Amelie hat ja auch sehr von Frau Droges engagierter Art profitiert«, quatschte Alexandra gleich drauflos. Das tat sie immer, und meistens brauchte ich ein paar Minuten, bis ich verstand, worum es ging.

»Hä?«, fragte ich auch diesmal und ließ mich ermattet in den Strandkorb vor dem Haus fallen.

»Na, weil sie doch weggeht!«

»Wo geht sie denn hin?«, fragte ich verdutzt.

»Liest du deine Mails nicht? Sie geht nach Frankreich. Ihr Mann hat dort einen Job in einem großen Automobilkonzern bekommen. Sehr verantwortungsvolle Position.«

»Ah.« Klar. Ich konnte mir zwar grad nicht vorstellen, was verantwortungsvoller sein könnte, als achtundzwanzig Kindern die Basics der Schulbildung beizubringen, aber okay.

»Also, wir wollen da schon was auf die Beine stellen und das gleich damit verbinden, die neue Lehrerin einzuführen. Hast du wenigstens diese Mail gelesen?«

»Äh, nein.«

»Mensch, Luisa. Das ist schon sehr wichtig.«

Ja, Alexandra. Ich bin übrigens krankgeschrieben. Wäre es nicht auch wichtig, mich mal zu fragen, wie es mir geht?

»Diese neue Lehrerin wird der entscheidende Faktor für die kommenden zwei Schuljahre und dann für den Übergang sein. Davor graut uns ja allen.« Der Übergang in die weiterführende Schule. In Bayern war das ein derartig angstbesetztes Event, dass Mütter schon Jahre vorher einen Therapeuten aufsuchten, um dem Druck standhalten zu können. Das war leider kein Witz.

»Also, wir wollen nach den Ferien im Park ein Picknick machen«, fuhr Alexandra ungerührt fort. »Rot-weiß karierte Decken auf dem Rasen. Lampions in den Bäumen. Ein Buffet vom Feinsten. Acht Mütter erstellen schon den Essensplan. Ich schreibe die Rede. Die Kinder üben ein Lied. Und einen Tanz. Lass mich kurz gucken.« Es raschelte im Hintergrund. »Ach ja, alle Mütter halten eine kurze Rede. Sagen, was sie an Frau Droge so mochten und solche Dinge. Kurz und knapp.«

»Und die Kinder?«, warf ich ein.

»Nee, die Kinder singen und tanzen. Das reicht. Und ich möchte dich bitten, dich um die Tische für das Buffet zu kümmern. Weiße Tischdecken versteht sich. Und Blumenschmuck.« Ich ließ den Kopf hängen und lockerte meinen zusammengebissenen Kiefer. »Wir müssen da alle zusammen ran, weil es so wichtig ist. Vielleicht kannst du dir ja freinehmen.«

»Ich bin bis zum Ende der Ferien krankgeschrieben. Außerdem kann ich nicht so lange krank sein und mir dann direkt freinehmen«, warf ich ein, zog die Schultern hoch und ließ sie wieder sinken. Verdammt, meine Nackenmuskulatur dachte wohl, ich wäre eine Schildkröte.

»Hm«, erwiderte Alexandra indigniert. »Du bekommst das schon hin. Lies deine Mails! Bis dann!« Sie legte auf, und ich kniff die Augen zusammen. In meinem Rücken drückte es mörderisch. Vorsichtig legte ich mir eine Hand auf die schmerzende Stelle.

# Kapitel 14

Es war Montag und in der Praxis von Tom wie üblich sehr viel los. »Sie haben keinen Termin«, begrüßte mich Maria mit schneidender Stimme, während sie telefonierte und Formulare ausfüllte.

»Doch. Herr Bredenhof hat mir eine Nachricht geschickt, dass ein Termin ausfällt und ich den haben kann.«

Maria sah mich scharf an.

»So, so«, sagte sie und kniff die Augen zusammen. »Hat der Chef gemacht. So, so.«

»Ja, äh, so, so«, sagte ich.

Sie deutete auf den letzten freien Platz im Wartezimmer, neben einer älteren Frau mit Pudellocken. Ich setzte mich, nickte grüßend in die Runde und hielt mein Handtuch auf dem Schoß.

Meine Nachbarin musterte mich von der Seite. »Sie sind die Hebamme.«

»Ja. Luisa Haselnuss.« Ich lächelte sie an, doch sie betrachtete mich nur eindringlich. »Machen Sie hier eine Praxis auf?«, fragte sie schließlich.

»Ich arbeite in einer Klinik in München«, erwiderte ich.

»Wir brauchen dringend mehr freie Hebammen«, sagte sie ernst. »So geht das nicht weiter. Mein Enkelsohn wurde im Rettungswagen in Berlin geboren. Meine Tochter wurde an jedem Kreißsaal abgewiesen.« Es klang, als wäre ich persönlich dafür verantwortlich.

»Es gibt immer mehr Geburten im RTW. Ich weiß«, erwiderte ich.

»Ich bin übrigens Lisbeth Kautmayer«, sie nickte mir zu und schlug einen freundlicheren Ton an. »Ich bin pensionierte Grundschullehrerin und mache gerade eine Weiterbildung zur Demenzbegleiterin. Wer rastet, der rostet, sage ich immer. Aber jetzt erklären Sie mir doch mal, wie hier Frauen entspannt schwanger werden sollen? Die wenigen Hebammen im Umkreis, die die Vor- und Nachsorge übernehmen, sind ständig ausgebucht. Man sollte hier in der Gegend kein Kind zeugen, wenn es zu Ostern oder Weihnachten zur Welt kommt.«

Bevor ich darauf reagieren konnte, tauchte Tom wie aus dem Erdboden gewachsen vor mir auf. »Luisa?« Ich blickte zu ihm hoch. »Wir sind heute in der Drei.«

»Ich muss gehen«, sagte ich zu der energischen Dame, stand auf und folgte Tom ins Behandlungszimmer.

»Hier ist immer so viel los«, sagte ich, als ich in der Drei ankam. Die sah übrigens genauso aus wie die Neun. Und die Sieben.

»Ja, anstrengend.« Tom lächelte mich an. »Wie geht es dem Fohlen?«

»Äh, gut«, stotterte ich und spürte, wie mir ganz heiß wurde. Tom sah aber auch einfach blendend aus heute. Er hatte ein so markantes Gesicht und sich heute Morgen nicht rasiert. Und volle Lippen hatte er auch. War mir vorher irgendwie nicht so aufgefallen.

»Ja, äh.« Er senkte den Blick. Erkannte ich da etwa Verlegenheit? Vielleicht waren ihm meine knallroten Wangen nicht entgangen. »Leg dich hin. Bitte.«

Ich kletterte auf die Liege, und Tom tat das, was er immer tat: mit sanften Bewegungen an mir ziehen, herumdrücken und mir die Hände auflegen.

»Ich weine heute auch nicht«, versprach ich, weil unser Schweigen so schwer im Raum hing.

Tom war gerade mit meiner linken Schulter befasst und arbeitete weiter, ohne auf meine lapidare Äußerung einzugehen, schließlich sagte er: »Kannst du ruhig.« Seine Handflächen strichen in einer sanften Bewegung über mein linkes Schlüsselbein, und er fügte hinzu: »Passiert oft. Manchmal bin ich der Einzige, der einen Menschen nach langer Zeit wieder einmal berührt.«

Prompt traten mir die Tränen in die Augen. Ich wollte mich empört aufsetzen und ihm erklären, dass das für mich nicht gelte, aber das stimmte nicht. Gäbe es nicht Amelie, würde mein Körper durch diese Welt schreiten, ohne jemals bewusst berührt zu werden und mit einem anderen Körper in Kontakt zu kommen.

Tom machte sich jetzt an meiner Halswirbelsäule zu schaffen und hielt meinen Kopf in seinen Händen. Ich fühlte mich wie ein Stück Butter in der Augustsonne. Tief durchatmend presste ich die Augenlider zusammen. Tom Bredenhof duftete nach Duschgel. Und seine Hände waren warm und sanft. Mein Körper entspannte sich immer mehr.

Irgendwann legte Tom meinen Kopf vorsichtig zurück auf die Liege und ließ mich los. Immerhin hatte ich nicht geweint. Zumindest nicht offensichtlich. Zufrieden richtete ich mich auf, tat das aber so schwungvoll, dass mir schwindelig wurde.

»Du hast sehr viel Wut im Körper. Das wollte ich dir schon das letzte Mal sagen«, erklärte Tom fast beiläufig.

»Wut im Körper«, wiederholte ich, während ich wegen des Schwindels die Liege umklammert hielt.

»Ja. Du bist sehr angespannt. Ein hoher Muskeltonus.«

Ich sah zu Tom, doch der blickte zur Decke. »Du stehst unter Strom«, fügte er noch hinzu, dabei hatte ich ihn schon beim ersten Mal verstanden. In meinen Ohren rauschte es, was nicht am plötzlichen Schwindelgefühl lag. Seine Worte hatten mich ganz unerwartet wütend gemacht. Plötzlich spürte ich die Wut in meinem Rücken. Und im Magen. Überall. Tom hatte mit seinen Worten den Finger mittenrein gelegt. Jetzt endlich sah er mich an. »Lass das bitte!«, sagte ich.

Er hob eine Augenbraue. »Was soll ich lassen?«

»Solche Psychodeutungen.«

Er betrachtete mich intensiv, während ich von der Liege rutschte.

»Das ist keine Psychodeutung. Das ist Adrenalin. Das habe ich dir schon mal erklärt«, erwiderte er und schmiss das gebrauchte Handtuch in die Wäschebox. Was mich aus irgendeinem Grund noch wütender machte.

»Vielleicht versuchst du es mal mit Kickboxen?«, fragte er und drehte sich zu mir. Er grinste bei seinen Worten versöhnlich.

»Und wann soll ich das noch machen? Zwischen Mitternacht und vor dem Aufstehen«, fuhr ich ihn an und erschrak vor meinem eigenen Tonfall. Tom schien davon allerdings unbeeindruckt.

»Ich habe es verstanden«, sagte er freundlich. »Du hast keine Zeit, dich um dich selbst zu kümmern. Dann leb damit.«

Er verrieb sich Desinfektionsmittel auf den Handflächen und ging zur Tür. Dort angekommen, blieb er abrupt stehen und drehte sich noch einmal zu mir herum. »Du bist nicht der einzige Mensch, der wütend ist. Diese Welt ist ungerecht, und das macht viele Menschen wütend. Mich auch. Und ich habe auch noch keine Lösung dafür gefunden.« Für den Bruchteil einer Sekunde sah ich hinter seinen Worten eine Verlorenheit, doch dann fing er sich wieder. »Freitag um halb elf?«

Ich zögerte einen Moment. »Freitag um halb elf«, bestätigte ich, jetzt sehr leise. Noch während ich meine Chucks unter der Liege hervorangelte, war er schon aus dem Zimmer verschwunden.

Ich blieb noch ein paar Minuten in Nummer Drei. Mir steckten die Behandlung und Toms Worte einfach zu tief in den Knochen.

Wut. Ja, ich war wütend. Und je länger ich darüber nachdachte, desto größer wurde die Wut. Aber warum? Worauf war ich wütend?

Als ich draußen war, wieder mitten im Getümmel der Einkaufsstraße, blieb ich vor einem Schaufenster stehen. Wenn man es recht bedachte, hatte ich wirklich sehr viele Gründe, um wütend zu sein.

Ich war wütend auf Hannes, weil der nach Amelies Geburt einfach sein Leben weitergelebt hatte. Seins. Denn tatsächlich hatte es nie wirklich ein gemeinsames Leben gegeben. Ich war wütend, weil er mich nicht unterstützte. Wütend auf die Schule, weil sie so viel von uns Eltern verlangte, was ich alleine kaum leisten konnte. Wütend auf die Klinik, in der ich arbeitete, wo die Kürzungen und der Personalmangel den Druck auf uns Hebammen immer weiter erhöhten. Wütend, dass ich zwei Menschen in ihrer schlimmsten Stunde nicht hatte beistehen können. Und ja, ich war auch wütend auf Mimi. Seit diesem furchtbaren Tag. Dieser Gedanke erschreckte mich derart, dass ich mich schnell wieder in Bewegung setzte und prompt einen Mann mit einer riesigen Eiswaffel in der Hand umrannte.

»Pass doch auf!«, fauchte ich so wütend, dass der arme Kerl eilig das Weite suchte.

Und dann stand plötzlich Miike, Wibos Tochter, vor mir. Ihre Haare leuchteten blau in der hellen Juli-Sonne. Sie funkelte mich an, die Hände in den Taschen ihrer Jeans vergraben. Sie sah ebenfalls wütend aus.

»Hallo Miike«, sagte ich.

»Hallo«, erwiderte sie knapp.

»Schlecht drauf?«

Sie nickte. »Ich muss auf Papa warten. Der kauft irgendwas im Laden. Hab keinen Bock. Und ein Junge in meiner Klasse hat gesagt, meine Haare sehen scheiße aus.«

»Das ist eine Unverfrorenheit!«, erwiderte ich, froh, meiner eigenen Wut zu entkommen.

»Hab ihn verhauen«, vertraute Miike mir an. »Kam nicht gut an. Aber meine Haare gehen nur mich was an. Und Papa, der sie abschneiden wird. Aber nur, weil es so juckt auf dem Kopf.«

Ich verkniff mir ein Grinsen. Das war doch grundsätzlich eine gute Einstellung. »Ich bin auch schlecht drauf«, sagte ich. »Irgendwie bin ich heute sehr wütend.«

»Auf wen?«

»Ach, irgendwie … auf alle?«, versuchte ich mich an einer Erklärung. Miike nickte wissend. Und dann kam ein Mann um die Ecke geschlendert. Sehr elegant in hellblauem Hemd, Cordhose und modischen Sneakers. Er trug eine runde Brille wie Harry Potter und mehrere Einkaufstüten. »Mensch, Miike. Du solltest doch vor dem Laden warten und nicht in der Gegend rumlaufen. Hallo«, sagte er zu mir und ließ die Tüten sinken.

»Ich bin Luisa«, erklärte ich.

»Die Mama von Amelie, ich weiß.« Das also war Wibos Mann. Graf Cornelius. »Ich wollte mich eh melden und fragen, ob die Mädchen sich vielleicht mal verabreden können.«

»Ja, klar, das wäre toll.«

»Wibo gibt mir deine Nummer.« Er wuschelte seiner Tochter durchs Haar. »Und jetzt muss ich das Farbproblem lösen. Ich werde sie scheren wie ein Schaf, so der Plan.« Miike wich dem Gewuschel ihres Vaters genervt aus, winkte mir zu und folgte ihm ergeben, als er sich in Bewegung setzte. Nach ein paar Schritten drehte sich Graf Cornelius noch einmal um, wobei ihn die Last der Einkaufstüten merklich beugte: »Ach, und zum heiligen Freitagstermin kommt Amelie ja auch, oder? Ich mache für alle Kinder Pizza.«

»Ja«, erwiderte ich. »Der heilige Freitagstermin.« Ich musste lachen, als ich ihnen nachsah. Dann atmete ich tief durch und schloss einen kleinen Moment die Augen. Als ich sie wieder öffnete, marschierte Heinz an mir vorbei. Er lächelte mich breit an, lief aber weiter.

»Heinz, warte!«, rief ich ihm hinterher, doch er wartete keineswegs. Ich lief los und erreichte ihn gerade, als er um die Ecke der Eisdiele verschwinden wollte.

»Hallo Heinz«, sagte ich und legte ihm vorsichtig einen Arm um die Schulter, wie ich es bei Suse gesehen hatte. Heinz blieb stehen und lächelte mich an. »Wollen wir bei Suse im Café ein Eis essen?«, fragte ich ihn, und Heinz fragte: »Wer sind Sie noch mal?«

»Eine Freundin Ihrer Tochter.«

Langsam drehte er sich zu mir um. »Ein Eis. Ja.« Er nickte bedächtig. »Ich habe drei Kinder, wussten Sie das?«

»Nein, das wusste ich nicht. Wohnen Ihre anderen Kinder auch hier in St. Peter-Ording?«

Er ließ sich von mir zurückführen. Aus der Ferne sah ich Suse über den Platz laufen. Ich winkte ihr zu. Sie blieb stehen, formte mit den Händen ein Herz vor ihrem gelben Shirt und ging dann langsamer wieder zurück ins Café. Heinz und ich folgten ihr. Und dann aßen wir beide in Suses Café vier Kugeln. Mit zweimal Sahne. Das hatten wir uns verdient.

Auf dem Weg zurück zum Hof blubberte das viele Eis noch immer in meinem Bauch. Meine Wut war verraucht. Aber ich war mir sicher, dass sie wiederkommen würde. Tom Bredenhof hatte vielleicht recht.

Der Wind hatte ordentlich aufgefrischt, und ich war dankbar für den Elektroantrieb an Mimis Rad. Trotz des Wetters bog ich in Böhl zum Strand ab. Ich brauchte noch mehr frische Salzluft. Im wilden Wind radelte ich in Richtung der weit entfernten Wasserkante. Am Himmel türmten sich monumentale Wolkenberge.

Der Wind pustete mir kalt ins Gesicht. Ich blinzelte und genoss dieses Gefühl, dass er alle meine Gedanken mitnahm. Langsam kletterte ich am Strand vom Rad und versank für ein paar Sekunden in der schieren Unendlichkeit. Das Wasser schien Kilometer entfernt, vor mir war nur der Strand, ein paar verirrte Möwen, die tollkühn im Wind segelten, und die Wolken. Ich schob Mimis Rad weiter, aber dafür war es zu schwer und mein Rücken noch nicht wieder fit genug, deshalb lehnte ich es an eine der Holzbalustraden neben den parkenden Autos. Ich beugte mich vor und schlüpfte ungelenk aus meinen Schuhen. Weit entfernt am Horizont tobte die Nordsee. Ich sah die weiße Gischt auf den Wellen tanzen.

Ich lief noch ein Stück weiter und drehte mich dann um. Die Salzwiesen wiegten sich im Wind, als duckten sie sich vor den Mächten der Natur. Plötzlich entdeckte ich Tom Bredenhofs riesigen Geländewagen neben einem Wohnmobil. Während alle anderen Autos leer waren, saß in Toms Auto jemand. Was dann nur Tom sein konnte. Offenbar hatte er schon Feierabend. Ich machte ein paar Schritte in seine Richtung, allerdings nur so lange, bis ich begriff, was ich sah. Dann ging ich hinter dem Wohnmobil in Deckung.

Tom Bredenhof weinte. Er hatte die Hände vor das Gesicht gelegt, und ich sah, wie seine mächtigen Schultern zuckten. Es war ein unerwarteter und schmerzvoller Anblick.

Mein erster Impuls war, zu ihm zu laufen, irgendwie zu helfen, doch der zweite Impuls war mächtiger, und ich blieb stehen. Denn ich war mir ziemlich sicher, dass es Tom nicht recht gewesen wäre, wenn ich plötzlich neben ihm auftauchen würde. Niemand fuhr alleine zu einem verlassenen Strandabschnitt, wenn ihm nach Gesellschaft war. Schon gar nicht, wenn man so bitterlich weinte. Ob etwas Schlimmes passiert war? Unentschlossen lief ich hinter dem Wohnmobil auf und ab. Es lag nicht in meiner Natur, mich einfach durch die parkenden Autos zu schlängeln und heimlich zu verschwinden. Vielleicht brauchte er Hilfe.

»Oh, wie bescheuert«, fluchte ich leise und spähte erneut um die Ecke. Tom hatte die Hände heruntergenommen und rieb sich die Augen. Ich machte jetzt doch einen Schritt nach vorne, um ihm wenigstens meine Hilfe anzubieten, so peinlich ihm das vielleicht auch sein würde, als ich sah, wie er zu seinem Handy griff. Offensichtlich nahm er einen Anruf entgegen. Und mit einem Mal war alles vorbei. Er wirkte gefasst und ruhig, so wie der Tom Bredenhof, den ich bisher kennengelernt hatte.

Ein wenig aufgewühlt drehte ich noch eine kurze Runde am Strand und wartete, bis Tom davongefahren war. Dann holte ich mein Fahrrad und radelte zurück zu Mimis Hof. Das Wetter wurde zunehmend schlechter, und kaum hatte ich das Hoftor passiert, fing es an zu regnen. Fröstelnd zog ich die Schultern hoch, sprang vom Fahrrad – und dann samt Drahtesel eilig zur Seite, denn Mimis Geländewagen schoss über den Hof und hielt direkt neben mir, ungefähr zehn Zentimeter entfernt von meinen Füßen. Entsetzt starrte ich in den Wagen, doch Mimi sah nur ungerührt durch das Fenster zurück. Sie kletterte aus dem Auto und schnauzte: »Schietwetter!«

»Bist du irre?«, rief ich ihr über das Wagendach zu. »Ich stehe hier. Wolltest du mich umfahren?«

»Hä?«

»Ich stehe hier!«, wiederholte ich, doch Mimi zuckte nur die Schultern.

»Seh ich«, erwiderte sie. »Aber du bist ja nicht blind und hast mich kommen sehen.«

Ich schüttelte leicht den Kopf. Vermutlich war das wieder so ein Mimi-Ding – jeder trug für sich selbst die Verantwortung und das ganze Blablabla.

»Wo ist Amelie?«, rief ich über die Schulter, während ich das Rad in die Scheune brachte.

»Guckt mit Fiete Peter Lustig.« Sie hievte eine Einkaufstüte aus dem Wagen, die innerhalb von Sekunden durchnässt war. »Sie kannte keinen Peter Lustig«, schnaufte sie und warf mir einen argwöhnischen Blick zu. »Wie kann dein Kind *Löwenzahn* nicht kennen? Bei Fiete ist das klar, der hatte keine Kindheit, aber Amelie?«

»Sie darf *Die Sendung mit der Maus* gucken, und das reicht an Fernsehkonsum.«

»Ich finde, du bist da ein wenig verbissen …«, setzte Mimi an, doch ich unterbrach sie harsch.

»Nein, ich bin nicht verbissen. Ich habe Verantwortung. Das ist ein Unterschied.«

»Sag ich doch. Verbissen. Lass mal locker.«

Es zuckte in mir. Und kribbelte in meinem Magen. Und das lag nicht nur an der Überdosis Eiscreme.

»Ich bin diejenige, die allein für alles zuständig ist. Ich kann nicht einfach lockerlassen.«

Mimi schwieg, zog aber eine Augenbraue hoch.

»Und du? Lässt du auch locker?«, fragte ich, und jetzt bebte meine Stimme. Mimi hob das Gesicht zum Regen, blinzelte und schwieg. Und da war es wieder, dieses riesige Monster, das es sich seit Amelies Geburt und Mamas Tod zwischen uns gemütlich gemacht hatte. Das uns jedes Mal bitterböse anknurrte, wenn wir uns ihm näherten. Es bleckte die Zähne, und Mimi und ich schreckten zurück und trabten gehorsam in unsere Ecken.

Es war besser so. Besser, nicht darüber zu reden, was damals geschehen war. Sicherer. Denn Amelie war hier so unglaublich glücklich, und das machte mich glücklich. Es war meine Aufgabe, dieses Glück zu bewachen und es nicht leichtfertig aufs Spiel zu setzen, indem ich anfing, alles wieder aufzurollen. Das war einfach vorbei. Punkt.

»Du hast doch selbst entschieden, das alles alleine zu machen.« Mimi sprach jetzt fast vorsichtig, aber das nahm ihren Worten keinesfalls die bittere Schärfe.

Ich drehte mich halb zu ihr um. »Was hätte ich deiner fachkundigen Meinung nach denn tun sollen?«

Sie straffte die Schultern, klappte sich den Kragen ihrer Jacke gegen den Regen hoch und kniff die Lippen zusammen.

»Ach, ich weiß schon«, erklärte ich wütend. »Ich hätte München damals verlassen sollen, um hier Eisverkäuferin zu werden. Meine finanzielle Sicherheit aufgeben sollen. Alles ganz locker und entspannt angehen. Aber ich hatte hier gar keinen Platz, Mimi. Den hast du für dich alleine beansprucht. Du hast dich um Mama gekümmert, du hast gesagt, ich brauche nicht zu kommen. Du hast das im Griff, hast alles alleine entschieden, mich nicht mit einbezogen. Und dann ist Mama gestorben.«

Mimi schluckte und sah mich durch den mittlerweile strömenden Regen hindurch an.

»Damit konnte ich nicht rechnen. Ich habe mich gut um sie gekümmert. Es ging ihr gut«, sagte sie leise, und das machte mich noch wütender.

»Du hast mich ausgeschlossen. Du bist schuld, dass ich sie nicht noch einmal habe sehen können«, brüllte ich.

Fiete kam auf Socken aus dem Haus gelaufen. »Hört auf!«, rief er gegen das Prasseln des Regens an und stemmte die Hände in die Hüften. »Man kann euch bis ins Wohnzimmer hören!« Wortlos griff Mimi sich ihre Einkäufe und marschierte ins Haus.

»Deine Tante ist ein guter Mensch«, fauchte Fiete mich an, sobald die Tür hinter ihr ins Schloss gefallen war.

»Du weißt nicht, was sie getan hat«, setzte ich an, doch er unterbrach mich.

»Ich weiß alles. Es vergeht kein Tag, an dem Mimi nicht darüber nachdenkt. Du bist hier diejenige, die keine Ahnung hat. Ohne sie würde ich heute nicht mehr leben. Ohne Mimi wäre diese Welt eine andere. Du verstehst gar nichts. Also komm nicht her und maße dir an, einfach über sie zu urteilen.« Und mit diesen Worten drehte er sich um und marschierte zurück ins Haus. Auf roten Socken.

# Kapitel 15

Am nächsten Morgen saß ich im Schlafanzug mit meinem Kaffee in der Box neben Prinzessin Kartoffel. Es regnete immer noch. Der Regen kam von oben, von der Seite oder tobte gemeinschaftlich mit fetten Windböen durch die Bäume und rüttelte an ihnen, sodass sie ächzend ihre grünen Blätter fliegen ließen. Hin und wieder tauchte plötzlich ein Sonnenstrahl auf, der aber umgehend wieder weggeweht wurde. Tom war mir die ganze Nacht nicht aus dem Kopf gegangen. Wie er bitterlich weinend im Auto gesessen und dann plötzlich wieder so gefasst gewirkt hatte, als er ans Telefon gegangen war. Das erinnerte mich an mich selbst. Ich konnte das über lange Zeit auch. Perfekt funktionieren, wenn es darauf ankam. Doch diese Fähigkeit hatte Risse bekommen.

Im Stall war es gemütlich warm, und die Prinzessin und Eule ließen sich von dem Spektakel draußen nicht stören.

Eule trat an das fehlende Brett und streckte interessiert die Nase durch die Öffnung zu mir herüber, doch die Prinzessin legte augenblicklich die Ohren an, und Eule zog eilig ihre Nase zurück.

»Helikopter-Mutter«, schalt ich verächtlich, doch die Prinzessin schnaubte nur.

Mimi und Malte traten in den Stall. »Ich würde mir da jetzt nicht so viele Sorgen machen. Ich kontrolliere den neuen Beschlag jede Woche. Das dürfte das Problem beheben, da bin ich mir sicher.« Ah. Ein Huf-Beschlags-Problem. Nicht mein Metier. Ich wollte schon etwas sagen, auf mich aufmerksam machen, aber da hörte ich ein seltsames Geräusch und klappte reflexartig den Mund wieder zu.

»Ihr müsst darüber reden«, sagte Malte jetzt, und ich zog den Kopf ein. Das Geräusch kam von Mimi. Es klang, als würde sie weinen. Was nahezu ausgeschlossen war. Meine Tante weinte nicht. Vorher fror die Hölle zu.

»Deine Nichte ist eine starke Persönlichkeit. Aber auch sehr empfindsam. Mit genauen Vorstellungen, wie das Leben zu laufen hat«, sagte Malte jetzt.

Ich schnappte nach Luft. Na, hört mal!

»Ihr müsst darüber reden, was damals beim Tod deiner Schwester passiert ist. Wenn ihr nicht darüber redet, wird es immer zwischen euch stehen. Immer mittenrein ins Drama. Da wo es wehtut, ist es richtig.«

Ich biss die Zähne zusammen. Was fiel diesem Schmied denn bitte ein? Und warum widersprach Mimi ihm nicht? Geräuschlos lehnte ich mich zur Seite und schielte durch das fehlende Brett in Prinzessins Box. Ihre Tür zur Stallgasse war nicht geschlossen, sondern nur mit drei Seilen abgesperrt. Die Eule sollte ein bisschen was vom Leben sehen. Nun sah ich durch diese Lücke, wie Malte, der küchentischpsychologisch versierte Schmied, meine Tante im Arm hielt. Er küsste sie auf die Stirn. Und meine Tante lehnte sich doch tatsächlich an ihn und hielt ihn fest in ihren Armen.

»Dann wollen wir uns mal der weiteren Hufpflege widmen«, murmelte Malte in Mimis wirren Locken. Nach wenigen Augenblicken lösten die beiden ihre Umarmung und verschwanden durch das hintere Tor in der Scheune.

»Hast du das gesehen?«, fragte ich erschüttert die Prinzessin, die mich durch das Loch in der Boxenwand misstrauisch beäugte.

Doch die Stute hatte wenig Verständnis für meinen Gemütszustand. Sie trat ungeduldig von einem Hinterbein aufs andere und schnaubte missmutig.

Plötzlich hörte ich, wie jemand meinen Namen rief. Ich zuckte zusammen, denn an diesen Jemand hatte ich gerade wieder gedacht, und erhob mich vorsichtig von meinem Strohballen. Tom stand in der Stalltür.

»Ich wollte … äh … dir deinen neuen Termin … äh …« Er wedelte mit einem Zettel in der Hand herum.

»Wo kommst du denn her?«

»Aus der Praxis.« Er deutete auf meinen Kopf. »Du hast Stroh im Haar.«

Ich fuhr mir mit den Händen durch meine ungekämmten Zotteln und bekam mehrere gelbe Stängel zu fassen. Dann blickte ich an mir hinunter und stellte fest, dass ich zwar landliebemäßige Gummistiefel trug, aber leider auch noch meine Schlafanzughose. Die in Pink mit den grünen Blumen drauf. Um genau zu sein, sah ich aus wie ein Waldschrat.

»Du bist gekommen, um mir einen Zettel zu bringen, auf dem mein neuer Termin steht?«, fragte ich verwirrt und in Gedanken noch immer bei dem Gespräch, das ich gerade mit angehört hatte. Und bei der Tatsache, dass ich ganz unerwartet Zeugin seines gestrigen Gefühlsausbruchs gewesen war.

»Ja.«

»Du hättest eine Nachricht schreiben können.«

»Hätte ich.« Er schien einen Moment nachdenken zu müssen. Dann fügte er ein »Äh« hinzu und erstarrte mitten in der Bewegung. »Okay«, sagte er wie zu sich selbst und ohne mich anzusehen. »Ich möchte dich noch etwas fragen.« Er zögerte. »Möchtest du mal einen Kaffee mit mir trinken? Oder was essen gehen?«

Ich starrte ihn mit großen Augen an.

»Vielleicht am Strand?« Er atmete aus, und ich atmete tief ein.

Tom Bredenhof hatte mich nach einem Date gefragt. Mich. Und dabei wirkte er geradezu schüchtern. Unsicher. War das der Weiberheld, von dem Mimi gesprochen hatte? Ich hatte wohl zu lange geschwiegen, denn nun sagte er: »Aber wenn du das nicht willst, ist das okay. Dann gehe ich wieder, ja?«

Hastig sagte ich: »Okay« und war selbst überrascht von mir.

Tom sah mich an. »Okay?«, versicherte er sich, und ich nickte. »Wann?«, schob er direkt hinterher.

»Donnerstagabend?« Himmel. Was tat ich denn hier?

»Donnerstagabend«, wiederholte Tom und nickte einmal. Dann drehte er sich eilig um und verschwand, als wäre er besorgt, dass ich es mir noch anders überlegen könnte.

Am Donnerstagnachmittag klarte das Wetter freundlicherweise auf, und es wurde sogar wieder warm. Tom und ich hatten uns um halb acht in der Strandbar in Ording verabredet. Da ich Dates hasste, bei denen man im Notfall nicht das Weite suchen konnte, nahm ich das Auto.

Mit Mimis Geländewagen fuhr ich also pünktlich um halb acht über den Strand zum Restaurant. Früher hatte es hier nur das Meer, den weißen, feinen Sand, ein paar Touristen in kleinen Autos und die Strandbude gegeben. Heute gab es sehr viele Markierungen, zwei weitere Holzstege, die zum Wasser führten, und sehr viele Menschen und Fahrzeuge. Vorzugsweise Camper in allen Variationen, die, obwohl verboten, gerne auch mal über Nacht blieben. Ich quetschte den Geländewagen zwischen einen alten VW-Bus, der mit Scooby Do bemalt war, und ein Luxusgefährt mit aufgestellter Satelliten-Antenne. Warum auch immer man am schönsten Strand der Welt fernsehen musste.

Ich lief ein gutes Stück über den festen Sand und lehnte mich dann an das Geländer des Stegs, der zu dem Haus auf Pfählen führte. Der Wind ließ meine Locken tanzen, und ich band sie schnell mit einem Haushaltsgummi fest, das ich in meiner Hosentasche gefunden hatte – wie auch eine Büroklammer, einen Tampon und ein mir unbekanntes Ultraschallbild.

Ich sah auf die Uhr. Es war fünf nach halb acht. Ich blickte mich um. Weit und breit niemand, der aussah wie Tom.

Ächzend und ein wenig steif hockte ich mich auf den Rand des Holzstegs. Die Minuten wurden zu Therabändern und dehnten sich unendlich aus. Ich begann daran zu zweifeln, ob es eine gute Entscheidung gewesen war. Was versprach ich mir von diesem Date? »Lass mal locker«, hörte ich im Geiste Mimis Stimme.

Mittlerweile war es Viertel vor acht. Das war in meinem Leben zu spät. Und für ein Date schon dreimal.

Lockerlassen war nicht meine Paradedisziplin.

Mit langsamen, kontrollierten Bewegungen, um meinen Rücken nicht zu ärgern, erhob ich mich und blieb unschlüssig stehen. Ich sollte gehen. Meine Füße gingen schon los, während mein Kopf noch das Für und Wider abwägte. Die Füße gewannen.

»Ich bin da«, brüllte es da plötzlich hinter mir, und Tom kam in einem derartigen Tempo über den Sand gerannt, dass er eine Staubwolke hinter sich herzog. Er war fit, das musste man ihm lassen. Vor mir bremste er ab und legte die Hände auf die Knie, um nach Luft zu japsen.

»Du bist zu spät«, sagte ich.

»Ja, sorry.«

Ich runzelte die Stirn. Ja, sorry?

»Jetzt bin ich da.« Tom versuchte sich an einem Lächeln, das ihm so gut gelang, dass ich doch zum Restaurant deutete und nicht einfach abhaute. Tom verbeugte sich leicht und ließ mir mit einer weitausholenden Armbewegung den Vortritt. Ich stieg die Treppe nach oben. »Ist es überhaupt erlaubt, mit einer Patientin essen zu gehen?«

»Also ich habe nicht vor, dich am offenen Herzen zu operieren«, erklärte er, während er mir folgte. Ich musste grinsen und legte, oben angekommen, eine Hand auf die Türklinke. »Das wüsste ich auch zu verhindern.« Mein offenes Herz bekam niemand mehr zu sehen. Da konnte er unbesorgt sein.

Tom schob sich vor mich, um mir die Holztür ins Lokal aufzuhalten. »Eigentlich geht der Mann vor. Damit er, falls eine wüste Schlägerei im Saloon stattfinden sollte, die Frau retten kann.«

Ich rang mir ein Lächeln ab, und einen Moment lang schwiegen wir.

»Wollen wir auf die Terrasse gehen?« Er marschierte los, ich folgte ihm etwas langsamer. Wir befanden uns mehrere Meter über dem Meer. Das Holzhaus thronte auf mächtigen Stelzen, und während ich mir einen Weg durch die nette Inneneinrichtung bahnte, kam die Nordsee in Sicht. Wir waren nicht nur dicht dran, wir hockten ihr quasi direkt auf der Pelle.

»Ist das schön«, hauchte ich, als ich die riesige Terrasse betrat. Vor mir lag das glitzernde Meer. Es gab zahlreiche Sitzgruppen mit Bänken, aber auch einige Strandkörbe. Einen davon steuerte Tom jetzt an, und ich folgte ihm.

Strandkörbe waren für ein erstes Date nur bedingt geeignet. Man war sich zu nah. Ich schielte zu Tom, der direkt neben mir saß, und beobachtete ihn einen Moment aus dem Augenwinkel, während er auf den Horizont blickte. Das hier war kein Weiberheld. Da musste ein Irrtum vorliegen. Er war derartig aufgeregt, dass er rote Flecken auf den Wangen hatte. War er wirklich meinetwegen so aufgeregt? Ungläubig schüttelte ich den Kopf.

Nicht nur Toms offensichtliche Aufregung irritierte mich, auch die Tatsache, dass seine Nähe mein eigenes Nervensystem in Aufruhr versetzte. Mein Herz klopfte plötzlich wie verrückt. Als Tom beim Griff zur Speisekarte aus Versehen meine Schulter berührte, ahnte ich, dass auch ich dunkelrot anlief.

Aber noch bevor ich mich damit befassen konnte, schoss ein

Kellner heran. »Moin, ihr zwei! Was darf ich euch bringen?« Er strahlte uns an und sagte dann: »Ach, Tom, hi!«

»Ja, hallo. Äh. Die Süßkartoffel-Pommes sind richtig gut«, sagte Tom schnell zu mir.

»Die besten hier oben an der Nordsee«, verkündete der gut gelaunte Kellner siegessicher.

»Dann die bitte«, erwiderte ich. »Und einen Tee. Pfefferminz«, schob ich noch hinterher.

»Zweimal Pommes. Und ich nehme auch einen Tee«, sagte Tom, und dann waren wir wieder alleine. Verstohlen betrachtete ich ihn von der Seite. Er sah echt zum Anbeißen aus. Dazu war er offenbar tatsächlich Single. Das sollte mir zu denken geben. Aber er war unpünktlich. Wenigstens war er unpünktlich gewesen.

# Kapitel 16

*»Kann ich mal mit Amelie telefonieren?«*

Diese Nachricht von Hannes begrüßte mich am nächsten Morgen auf meinem Handy. Schnell legte ich es auf die Bank neben mich, um an meinem Kaffee zu nippen. Ich hatte andere Dinge zu bedenken. Verwirrende Dinge.

Der gestrige Abend war wunderschön gewesen. Lustig, entspannt und tatsächlich auch ein kleines bisschen romantisch. Allein bei dem Gedanken fing mein Herz an zu klopfen. Beruhigend legte ich mir eine Hand auf die Brust. Tom Bredenhof kam mir außerordentlich ungelegen. Ich hatte für einen Mann in meinem Leben nun wirklich gar keine Kapazitäten. Und jetzt kam auch noch diese Nachricht von Hannes und erinnerte mich daran, warum ich mich sowieso ganz grundsätzlich von Männern fernhalten sollte.

Hannes meldete sich nur sehr selten bei Amelie. In der Vergangenheit musste ich ihn sogar an die vereinbarten Telefontermine mit seiner Tochter erinnern. Sonst vergaß er sie einfach, und Amelie hockte stundenlang malend neben meinem Handy und wartete auf seinen Anruf. Erreichen konnte man ihn auch nur bedingt, oft stand sein Camper im Funkloch oder er surfte. Deswegen diktierte Amelie mir meistens, was ich ihm über mein Handy schreiben sollte. Sie hatten so wenig Kontakt, dass sie oft vergaß, dass es ihn überhaupt gab. Zumindest tat sie so. Dass Väter in anderen Familien durchaus eine Rolle spielten, wusste sie natürlich.

Aber wir hatten halt nun mal keinen. Sie schien das so hinzunehmen. Aber tief in mir saß die Angst, dass diese Rolle in ihrem Leben doch sehr fehlen würde.

Und nun wollte ihr Vater also mit ihr telefonieren. Von sich aus. Einfach so. Ich kratzte mich am Kopf. Was wohl dahintersteckte?

Frau Ahorn seufzte im Schlaf. Wie jeden Morgen lag sie dicht neben meinen Füßen auf der Wiese.

»Der führt doch irgendwas im Schilde«, murmelte ich in die morgendliche Stille hinein. Die Hündin hob den Kopf und sah mich zweifelnd an.

Ich wischte die Nachricht energisch vom Display, schob mein Handy zurück in die Hosentasche und streckte die Beine von mir, um in den blauen Himmel zu blicken. Hannes' Nachricht hatte mich verwirrt, aber davon wollte ich mir den Tag nicht verderben lassen. Denn nachher hatte ich eine Verabredung am Strand. Mit den Strandkorb-Frauen. Ich freute mich schon seit Tagen darauf. Es war eine gute Möglichkeit, mal nicht an alle meine Probleme zu denken.

Meine Tante kam über den noch taunassen Rasen gestapft und trug ein Tablett vor sich her. Ohne Umstände setzte sie sich mit einem Plumps zu mir, was die Bank erbeben ließ. Dann reichte sie mir ein Franzbrötchen auf einem Teller. Ich nahm es an. Seit unserer Auseinandersetzung hatten wir kaum drei Worte miteinander gewechselt. Dabei mussten wir dringend reden. Über so viele Dinge. Aber statt zu sprechen, biss ich in das Franzbrötchen.

Meine Tante stand wortlos auf und ging wieder ins Haus. Offenbar war auch ihr nicht nach Reden zumute.

Mittags weigerte sich Amelie, die von Frau Droge geschickten Arbeitsblätter zu bearbeiten. Ich leitete jeden Bleistiftstrich an, korrigierte, motivierte und bestach sie mit allem, was mir einfiel, nur damit wir irgendwann wenigstens zwei Arbeitsblätter Mathe fertig hatten. Zwei von zwanzig. Und ein Stapel Deutscharbeitsblätter lag auch noch auf dem Tisch. Mir vibrierten die Nerven. Warum konnte ich nicht einfach gelassener sein?

»Ich hasse die Schule«, erklärte Amelie mir mit grabesschwerer Stimme, während sie das Blatt wegschob und den Kopf auf die Tischplatte sinken ließ.

Mein Kopf wollte ebenfalls sinken. Aber ich war hier die Große. »Würdest du mal mitarbeiten, könnte das ganz schnell gehen.«

»Nee, Mama. Ich hasse das alles.«

Wie gerne hätte ich gerufen: »Ich auch!« Ich verstand sie ja. Die Schularbeiten erinnerten mich an unser Leben in München.

»Frau Droge ist auch kacke«, schob sie noch hinterher.

»Amelie!«, mahnte ich, woraufhin sie den Kopf hochriss.

»Ist sie! Sie mag nur die lieben Mädchen. Die nie Rot bekommen. Oder Gelb. Aber ich hab immer Rot und Gelb!« Sie fuchtelte mit den Händen, um zu unterstreichen, wie ungerecht sie behandelt wurde. Ich seufzte. Sie hatte ja recht.

»Können wir jetzt endlich zu Miike gehen?« Amelie legte den Kopf wieder auf die Tischplatte und schielte mich von unten herauf an.

»Jep.« Ich erhob mich und ging hoch in unser Zimmer, um mir etwas Strandtaugliches anzuziehen. Doch kaum stand ich im Raum, musste ich mich für einen Moment auf das Bett setzen. Ich war plötzlich sehr müde. Wir hatten noch fast den ganzen Sommer hier am Meer. Eine sehr lange Zeit. Und trotzdem schlich sich bei jedem Gedanken an München ein scharfer Eisblock in meinen Magen und rumorte dort herum.

Wibos Haus war sehr viel kleiner, als ich gedacht hatte. Sofort rügte ich mich für diesen Gedanken. Aber Wibos Haus sah einfach nicht so aus, als würde Wibo hier leben. Ich hatte mindestens auf Schwedenhaus und Landhausstil gewettet. Dieses Haus hier sah aus wie die Villa Kunterbunt. Das kleine Holzhaus war in verschiedenen Farben gestrichen und stand auf einem dicht eingewachsenen Grundstück. Es strahlte so viel Geborgenheit aus, dass ich sofort eingezogen wäre.

Ich wollte grade an der Schnur ziehen, die zu einer riesigen Glocke führte, die offenbar die Türklingel darstellte, als mir neben der Holztür ein Fenster auffiel. Es war viel kleiner als die anderen Fenster des Hauses, hatte einen zarten Holzrahmen und war in einem sanften Elfenbeinton gestrichen. Hinter diesem Fenster stand ein Einmachglas, in dem ein wunderschöner Blumenstrauß die Besucher willkommen hieß. Es war ein Wiesenstrauß. Margeriten, Lavendel und Schmuckkörbchen leuchteten weiß, blau und lila.

Ohne dass ich an der Schnur gezogen hätte, öffnete sich im nächsten Moment die Tür. Ein Junge stürmte heraus und rannte Amelie und mich fast über den Haufen. »Papa, echt! Ich werde noch verrückt mit dir«, brüllte er, wobei seine Stimme gleich mehrere Oktaven durchlief. Amelie und ich sahen ihm hinterher, wie er, immer noch brüllend, auf ein viel zu kleines Rad sprang und wie die wilde Wutz davonradelte. Was äußerst lustig aussah, weil seine Knie dabei fast die Ohren berührten.

»Hallo.« Cornelius war in der Tür aufgetaucht. Er war barfuß und trug eine dicke Strickjacke. An seiner Wange klebte ein weißer Streifen. Vielleicht Mehl. Oder Plakafarbe. »Das war Kasper, unser Ältester.« Cornelius warf sich schwungvoll ein Küchenhandtuch über die Schulter. »Kinder sind ja wie Pfannkuchen. Die ersten sind immer ein bisschen seltsam. Ich hab ihn gebeten, Milch vom Bauern zu holen. Mit dreizehn scheint das eine echte Zumutung zu sein.« Cornelius zuckte die Schultern. Dann sah er meine Tochter an, die ein wenig schüchtern hinter meinem Rücken hervorlugte, und lächelte. »Hallo Amelie. Kommt doch rein!«

Wir betraten den Flur, und ich stellte fest, dass jede einzelne

Tür im Haus eine andere Farbe hatte. Das sah hübsch aus und hatte eindeutig Charme. Und es war sehr konsequent. Von irgendwoher ergoss sich ein Pulk von Kindern. Ich erkannte Miike, nun mit sehr kurz geschorenen Haaren.

»Wie schade«, rief Amelie bei diesem Anblick, und Miike rubbelte sich über den fast kahlen Schädel.

»Nee. Ist cool. Frisch am Kopf. Gute Hirn-Kühlung!«, sagte sie und fing an zu lachen. Und Amelie auch. Die beiden konnten gar nicht mehr aufhören.

Ich folgte Cornelius in die Küche, in der es offenbar einen Mehlunfall gegeben hatte. Nahezu jede Oberfläche war gepudert, womit sich der weiße Streifen in seinem Gesicht erklärte.

»Du bist mit dem Auto da, oder?«, fragte Cornelius, wartete aber meine Antwort gar nicht ab. »Ich kann dir mein Rad leihen. Dann kannst du direkt zum Strand fahren. Mit dem Auto ist es schlecht, da findet man in Bad nie einen Parkplatz.«

»Äh. Danke. Und mit Amelie …«, setzte ich an, und das schlechte Gewissen kroch mir im Nacken hoch. Cornelius, der gerade mit den Händen Mehl auf der Arbeitsfläche zusammenfegte, blickte fragend auf, nachdem ich nicht weitersprach. Ich klappte den Mund wieder zu. Und dann schüttelte ich die mütterlichen Gewissensbisse, die es sich gerade auf meinen Schultern gemütlich machen wollten, ab. Ich würde den Abend mit dem Club der entspannten Frauen genießen. Ich grinste Cornelius an, und er grinste zurück.

»Amelie kann hier auch schlafen, wenn sie das will«, sagte Cornelius und nickte mir aufmunternd zu.

»Gut. Äh. Ich gehe dann.«

»Viel Spaß«, erwiderte Cornelius. »Rad steht an der Hauswand. Es ist grün.«

Ich fand das grüne Rad auf Anhieb und radelte zum Strand. Ich war aufgeregt. Eigentlich kannte ich diese Frauen überhaupt nicht. Aber mir fehlte nichts so sehr wie ein paar Frauen, die vielleicht mal zu Freundinnen werden konnten. Ich fand sie wie verabredet in Strandkorb 348. Die 288 war auch schon bereitgestellt.

»Wochenende, hoch die Hände«, begrüßte Steffi mich, die heute ein T-Shirt von AC/DC zu pinkfarbenen Strähnen im tiefschwarzen Haar trug. Dann deutete sie auf die prall gefüllte Kühltasche, und ich griff mir eine Bionade.

»Der heilige Helge hat einen Termin bei seinem Arbeitgeber. Er will Stunden reduzieren, damit er immer dienstags und donnerstags nachmittags die Kinder nehmen kann, wenn ich endlich wieder anfange zu arbeiten. Das ist einfach perfekt!« Sie strahlte uns an.

»Was ist das für eine Arbeit?«, fragte ich und ließ mich in den Strandkorb sinken.

»Ich habe vor zwei Jahren eine Ausbildung zur Pilates-Trainerin gemacht. Das Studio ist direkt um die Ecke. Es wäre super, um wieder einzusteigen«, erklärte Steffi, während sie sorgsam eine Decke um sich herumdrapierte.

»Und irgendwann machen wir dann gemeinsam einen Pilates-Kurs bei Steffi. Sobald ich es wieder schaffe, eine ganze Tageszeitung am Stück zu lesen. Dann ist Zeit dafür«, erklärte Wibo ernst, und Steffi brach in raues Gelächter aus. »Also nie. Du bist furchtbar feige.«

»Pah. Meine Kernkompetenz liegt nun mal nicht darin, den Bauch einzuziehen und mit den Beinen zu wackeln. Suse kommt übrigens später«, erklärte Wibo und reichte mir ebenfalls eine Decke. »Wir müssen uns da ernsthaft was überlegen. Eine weitere Betreuungsmöglichkeit für ihren Vater. Wenn Suse nicht regelmäßig zu unseren therapeutischen Sitzungen kommt und nicht zum Tanzen gehen kann, wird sie unleidlich. Und es kann nicht sein, dass er nur mit ihr oder ihrer Nachbarin Edeltraut auskommt.«

»Das ist so eine scheiß Krankheit«, brummte Steffi. »Zum

GROSSES

# Gewinnspiel

Wir verlosen den Roman »Und dann war es Liebe« von Lorraine Brown 10x als Buch und als Hörbuch. Schreiben Sie per E-Mail an gewinnspiel@luebbe.de mit dem Betreff »Und dann war es Liebe« und beantworten Sie folgende Frage:

**In welcher Stadt verbringen Hannah und Léo einen Tag zusammen?**

Die Teilnahmebedingungen finden Sie unter: luebbe.de/gewinnspiel-lorraine-brown

Entdecken Sie weitere Liebesromane in unserer Themenwelt unter luebbe.de/liebesromane

# WENN LIEBE UND SCHICKSAL SICH BEGEGNEN ...

**... STEHT DIE WELT KOPF**

Nach einem wunderschönen Urlaub mit ihrem Verlobten setzt sich Hannah im Nachtzug aus Versehen in den falschen Waggon und wacht am Morgen nicht wie geplant in Amsterdam, sondern in Paris auf. Der nächste Zug nach Amsterdam geht erst am Nachmittag. Wohl oder übel muss Hannah den Tag in Paris bleiben, aber was soll sie mit der Zeit anfangen, ganz allein?

Léo ist das gleiche Missgeschick passiert. Auch er ist aus Versehen im falschen Waggon gelandet, auch er muss am gleichen Abend geschäftlich in Amsterdam sein.
Aber anders als Hannah kennt Léo Paris wie seine Westentasche.
Die beiden treffen sich am Ticketschalter und beschließen, den Tag zusammen zu verbringen ...

Lorraine Brown |
**Und dann war es Liebe**
Paperback | 336 Seiten | € 14,90 [D]
Auch als E-Book und Hörbuch erhältlich

# EINE HYMNE AN D LIEBE ZUR MUSIK

Der neue Roman von Erfolgsautorin Renée Carlino: Mia trifft in New York einen charmanten Gitarristen, der eine Bleibe sucht.

Renée Carlino | **Zwischen uns nur ein Wort**
Paperback | 352 Seiten | € 12,90 [D]
Auch als E-Book erhältlich

Erscheint am 27.08.2021

# BEAUTY MEETS THE BEAST IN SAN FRANCISCO

Der große Auftakt der »APRIL & STORM-Trilogie«: emotional und voller Liebe, aber mit einer Portion Drama und Herzschmerz!

Karen Ashley |
**April & Storm – Stärker als die Nacht**
Paperback | ca. 352 Seiten | € 12,90 [D]
Auch als E-Book erhältlich

Glück ist Heinz so nett. Man hört ja oft davon, dass Menschen mit Demenz böse werden. Aber wehe, Suse wagt es, ohne ihn irgendwohin zu gehen. Wenn er Kinder so mag, könnte man ihn theoretisch auch in der Krippe abgeben, da würde er sich wohlfühlen.«

»Sie braucht einen Pflegedienst. Jemanden, der spezialisiert ist auf diese Krankheit«, erklärte Hase und wandte sich dann an mich. »Wie geht es deinem Rücken?«

»Besser«, antwortete ich und kniff überrascht die Augen zusammen. Erst jetzt fiel mir auf, dass es meinem Rücken erstaunlich gut ging. Die drei Frauen sahen mich an und gaben sich große Mühe, keine vielsagenden Gesichter zu machen.

»Also, Luisa«, sagte Hase. »Ich habe mir Gedanken gemacht und bin zu folgendem Ergebnis gekommen: Mach dich hier selbstständig.« Sie sah mich mit großen Augen erwartungsvoll an. Als ich nicht reagierte, sondern nur mit großen Augen zurücksah, fuhr sie fort: »Wenn du aber doch zurückgehen solltest, wovon ich ausgehe, weil es zum jetzigen Zeitpunkt realistisch ist, brauchst du unbedingt Zeit für dich. Yoga. Irgendwelches Gedöns, bei dem mal eine Stunde lang niemand ›Mama‹ ruft. Auch Pilates ist geeignet. Entgegen Wibos Aussage liegt man da übrigens nicht nur rum, zieht den Bauch ein und wackelt mit den Beinen.« Sie griff in die Kühltasche und zog einen Schokoriegel heraus. »Hast du ein Netzwerk? Es gibt einen besonderen Verein für Alleinerziehende, auch in München.« Sie hielt einen Moment inne und legte die Stirn in Falten. »Aber meine absolute Empfehlung wäre: Du bleibst hier und machst dich selbstständig.«

Ich schüttelte den Kopf. »Ich kann nicht in München einfach alle Zelte abbrechen.«

»Lass sie, Hase«, sagte Steffi und streckte die Hand aus, um meinen Unterarm zu tätscheln. »Dass sie Hilfe braucht, weiß sie doch selber.«

Wusste ich das? Ich ließ die Flasche Bionade, die ich gerade zum Mund führen wollte, wieder sinken. Hatte ich je um Hilfe gebeten? Gab es jemanden, den ich um Hilfe hätte bitten können? Wenn ich ehrlich war, hatte ich nie daran gedacht. Ich hatte immer einfach weitergemacht, weitergekämpft.

»Ich habe da mal eine Liste mit Netzwerkmöglichkeiten aufgeschrieben. Die schicke ich dir. Und du musst uns in allen Ferien besuchen kommen«, sagte Hase fest.

Steffi reichte mir eine Tafel Schokolade und gleich hinterher noch ein Stück goldgelben Käse. »Du musst das zusammen in den Mund nehmen«, erklärte sie. »Da drehst du durch. Ich sage nur: Geschmacksorgasmus!«

Ich tat, wie mir geheißen, doch ein kurzes Bimmeln aus meiner Hosentasche lenkte mich ab. Ich zog mein Handy heraus und runzelte die Stirn. Schon wieder eine Nachricht von Hannes.

*»Luisa, könntest du dich bitte mal melden?«*

Eilig schob ich das Handy zurück in die Tasche. Ich würde Hannes später anrufen. Nicht jetzt.

Wibo deutete meinen verstörten Gesichtsausdruck richtig. »Rotwein?«, fragte sie.

»Einen halben. Ich muss noch fahren«, erwiderte ich und bekam natürlich prompt einen ganzen. Aber gut, ich konnte jetzt nicht wählerisch sein. Ich trank einen tiefen Schluck.

»Schlechte Nachrichten? Du siehst aus, als hättest du einen Geist gesehen«, sagte Hase.

Ich atmete tief durch. »Eine Nachricht von Amelies Vater.«

Wibo richtete sich auf. »Gibt es Probleme? Ist er böse?«

»Nein. Er ist nicht böse. Eigentlich ein gutmütiger Mensch. Nur ein bisschen einfältig«, fügte ich verschämt hinzu. »Und er benimmt sich manchmal wie ein Kind. Obwohl er Mitte vierzig ist. Aber das Schlimmste für mich ist, dass er nie ein echtes Interesse an Amelie hatte.«

»Erzähl«, sagte Steffi, dann lehnte sie sich wieder zurück und zog die Nase kraus. »Wenn du willst, versteht sich. Wir erzählen uns hier wirklich recht viel.«

»Alles«, brummte Hase.

Es war ein verlockendes Angebot. Aber ich konnte doch nicht einfach …

»Wir sind im Umgang mit Ex-Männern ziemlich versiert. Nicht nur rechtlich.« Hase schenkte mir ein eiskaltes Lächeln, das mir fast ein bisschen Angst machte. »Ich habe auch einen. Einen Ex-Mann. Willst du noch was?« Sie deutete auf die Kühlbox, und ich angelte mir zögerlich eine ganze Tüte Erdnussflips heraus. Nach diesen Dingern war ich süchtig. Und weil ich das wusste, kaufte ich niemals welche. So wie ich auch nie mit jemandem über mich sprach. Mit wem auch? Aber irgendwie hockten die ungesprochenen Worte direkt auf meiner Zungenspitze, denn kaum öffnete ich jetzt den Mund, hatten sie es eilig, herauszukommen.

»Ich habe Hannes beim Zelten kennengelernt, da war ich Anfang dreißig. Ich war mit Freundinnen an der Ostsee. Wir im Zelt, er in einem alten, sehr coolen VW-Bus. Wir passten gut zusammen. Wir hatten beide so eine explosive Lebensleichtigkeit. Ich habe als Hebamme in einem Geburtshaus in Hamburg gearbeitet und war durch die Hausbesuche viel unterwegs. Hannes kam oft mit, hat sich in der Stadt die Zeit vertrieben und fotografiert.« Und vom Geld seiner Eltern gelebt, das hatte ich damals aber noch nicht gewusst. Ich hatte wirklich geglaubt, dass er von seinen Fotos lebte. Die, zugegeben, gut waren. Ich konnte sie ständig bei Instagram bestaunen.

»Hat er Geld verdient?«, fragte Steffi auch direkt, und ich schüttelte den Kopf. »Ich habe Geld verdient, und wir waren ja in der Phase der Lebensleichtigkeit. Da braucht man nicht viel. Wir hatten meine kleine Wohnung und haben oft irgendwo in seinem Camper geschlafen.« Den Geschmack dieser Freiheit konnte ich noch auf der Zunge schmecken. Das war alles so verdammt lange her.

»Das war, bevor Mimi den Hof gekauft hat, oder? Nee, den hat sie ja bestimmt schon fünfzehn Jahre. Wir hätten dich doch vorher mal sehen müssen«, sagte Wibo mit gerunzelter Stirn und leerte ihr Rotweinglas.

»Bevor ich Hannes kennengelernt habe, war ich oft hier«, erklärte ich.

»Warum haben wir uns nie getroffen?«, fragte Wibo. Ich zuckte die Schultern. »Und danach warst du nicht mehr hier? Nachdem du Hannes kennengelernt hast?«, fragte sie weiter.

Langsam schüttelte ich den Kopf. »Mimi mochte ihn nicht.« Ich steckte mir nachdenklich ein paar Erdnussflips in den Mund und kaute. »Sie hat gesagt: ›Wenn du mit diesem Kerl ein Kind bekommst, endet das in einer Katastrophe.‹«

Ja, genau das waren ihre Worte gewesen.

# Kapitel 17

»Oha«, sagte Steffi. »Amelie ist ja nun definitiv keine Katastrophe. Deine Tante hat das nicht so gemeint. Oder?«

Ich spülte die restlichen Flips in meinem Mund mit einem großen Schluck Rotwein hinunter. »Wir haben nie darüber gesprochen«, sagte ich schließlich. »Amelie war nicht geplant, aber als sie sich angekündigt hat, war klar, dass wir sie bekommen würden. Ich wollte aus tiefstem Herzen Mutter werden. Vielleicht war es blauäugig, aber ich dachte wirklich, dass Hannes versteht, was das Elternwerden bedeutet – Verantwortung für einen kleinen Menschen zu übernehmen und sich selbst und seine Bedürfnisse zwangsläufig einschränken zu müssen. Ich wusste letztendlich ja selbst nicht, wie das mit einem Baby wird. Aber ich hatte mir vorgenommen, die erste Zeit zu genießen und mich ganz Amelie zu widmen, bevor ich wieder anfing zu arbeiten. Ich wollte mich selbstständig machen. Hannes war mit seiner Fotografie ja zeitlich flexibel und wollte gemeinsam mit mir für sie da sein. Die perfekte Lösung! Selbst die ständige Rufbereitschaft hätte ich irgendwie hinbekommen«, erzählte ich weiter und wollte noch heute meinem jüngeren Ich einen derben Schlag auf den Hinterkopf verpassen. »Dann kam Amelie, und Hannes hat einfach so weitergemacht, als wäre nichts passiert. Er fand unsere Tochter durchaus süß. Aber sobald irgendetwas getan werden musste, stand er nicht zur Verfügung. Selbst bei so banalen Dingen wie Aufräumen oder Putzen. Und wenn Amelie weinte oder gewickelt werden musste, hat er nach mir gerufen. Es war wie ein Schock. Ich lag noch im Wochenbett, als er erklärte, er wolle nach Spanien an den Strand fahren. Um zu surfen.« Ich spürte diese Erschütterung bis heute. Und konnte mir meine Unfähigkeit, mich zu behaupten, bis heute nicht vergeben. »Ich bin mit meiner kleinen Amelie mitgefahren. Vier Wochen nach der Geburt.«

Hase schluckte trocken. Wibo kratzte sich am Kopf.

»Als Hebamme habe ich den Frauen immer eingebläut, wie wichtig das Wochenbett ist. Natürlich gibt es auch Frauen, die das locker wegstecken und nach der Geburt so weitermachen können wie vorher. Viele müssen das ja auch, wenn schon große Geschwister da sind. Aber für mich galt das eben nicht. Und ich glaube mittlerweile, dass dieses schnelle ›wieder funktionieren‹ für die Gesellschaft zwar hilfreich ist, aber nicht für die Mutter. Ich war total ausgeknockt, und Amelie war in den ersten Wochen ziemlich unleidlich. Sie hat sehr viel geweint. Und ich mit ihr. Hannes war vor allem genervt. Diese Reise war wohl eine der größten Katastrophen in meinem Leben.«

Alle drei Frauen sahen mich erschüttert an.

»Ich musste mir nach der Geburt von Lasse meinen Namen aufschreiben«, erklärte Steffi trocken, »sonst hätte ich den wahrscheinlich vergessen. Ich konnte nur im Bett liegen und das frischgeborene Wunder ansehen. Nie im Leben hätte ich campen gehen können!« Sie schnaubte düster. Auch die anderen schüttelten den Kopf.

»Und wie ging es weiter?«, fragte Wibo und goss mir Rotwein nach. Ich würde wohl nach Hause laufen müssen. Oder gleich am Strand schlafen.

»Hannes und ich haben niemals darüber gesprochen, wie wir als Eltern sein wollten und wer welche Aufgaben zu übernehmen hatte. Wir dachten wohl beide zu wissen, wie der andere jeweils tickt. Ich weiß, wie naiv und dumm sich das für euch anhören muss. Ich bin zum großen Teil mit Mimi aufgewachsen und wusste immer, dass ich, nur weil ich Brüste habe, nicht automatisch für den Haushalt zuständig bin. Und dass ich niemals meine finanzielle Selbstständigkeit aufgeben durfte. Aber Hannes kam eine Woche nach der Geburt abends nach Hause und fragte mich allen Ernstes, was es zu essen gab. Da liefen mir noch die Brüste über, und ich hatte fast eine Woche nicht geschlafen.« Ich rieb mir kurz das Gesicht. »Ich habe es ja bei den Müttern gesehen, die ich begleitet habe. Ein Kind zu bekommen ist oft ein Salto rückwärts in die Fünfzigerjahre. Er verdient mehr, sie bleibt zu Hause. Sie geht maximal in Teilzeit arbeiten. Dagegen wäre nichts einzuwenden, wenn wir finanziell dabei nicht in völlige Abhängigkeit geraten würden. Altersarmut inklusive.« Ich hielt einen Moment inne und trank noch mehr Rotwein. »Wenn ich so von Hannes erzähle, klingt es, als wäre er ein richtig schlimmer Mensch, aber so ist es natürlich nicht.«

»Ach, Luisa, das muss alles eine furchtbare Enttäuschung gewesen sein«, sagte Steffi leise.

»Ja.« Ich verzog das Gesicht. »Ich war enttäuscht von diesem Mann und enttäuscht von mir, weil ich das nicht hatte kommen sehen.« Ich schob mir eine Handvoll Erdnussflips auf einmal in den Mund und kaute nachdenklich darauf herum. »Und ich trauerte um mein altes Leben. Er war immer noch frei. Ich nicht mehr. Ihr dürft jetzt nicht glauben, dass Amelie …«

Steffi unterbrach mich. »Dass du dein Kind nicht liebst. Wissen wir doch«, vollendete sie meinen angefangenen Satz. »Aber du hattest jedes Recht, dich so zu fühlen.«

Hase nickte bestätigend. »Wenn man sich diese Gefühle alle verbietet, wird man noch bekloppt. Und ist keine gute Mutter.« Sie wackelte mit den Augenbrauen. »Puh. Zum Glück habe ich diesen Anspruch hinter mir gelassen.«

»Wir erheben die Gläser darauf, keine guten Mütter zu sein«, sagte Wibo, und alle erhoben wir das Glas.

Steffi lachte dabei so sehr, dass ihr der Wein fast aus den Ohren kam. Als sie sich beruhigt hatte, rief sie: »Natürlich sind wir keine guten Mütter! Wir sind die besten Mütter der Welt. Ich möchte nicht, dass meine Tochter lernt, dass man perfekt sein muss. Und das kann ich ihr perfekt beibringen.«

»Und«, Wibo reckte den Zeigefinger, »das Allerwichtigste: Wir kennen keine Bescheidenheit!« Die drei brachen in grölendes Gelächter aus, wobei ich sie erst irritiert beobachtete. Und dann mitlachte.

»Ich bin da, ich bin da!« Suse kam über den Sand zu uns geeilt, eine riesige Pappbox in den Händen. »Torte für alle! Wenigstens ihr seid gut drauf.« Sie ließ sich neben mich in den Strandkorb fallen und klopfte mir zur Begrüßung energisch auf das Knie. »Edeltraut kam nicht pünktlich vom Singen weg. Himmel noch eins.«

Hase hörte auf zu lachen und erklärte ernst: »Wir müssen eine Lösung finden. Vielleicht kann der heilige Helge sich mit deinem Vater anfreunden?«

Steffi rieb sich die Lachtränen aus dem Gesicht und reichte uns allen Teller.

Suse grinste schwach. »Wäre Helge unter zwölf, wäre das vermutlich kein Problem. Kinder findet Papa super. Sogar wenn sie Krach und Dreck machen. Er ist ja auch pflegeleicht. Solange wir zusammen sind. Sobald ich weg bin, wird es schwierig. Ich kann ihn halt nicht alleine lassen. Er ist wie ein Kind.« Sie schob jeder von uns ein riesiges Stück Torte auf den Teller. Sahne. Schokoladensplitter. Erdbeeren. Himbeeren. Diese Torte war einfach nur wunderschön.

»Hast du die gebacken?«, fragte ich entzückt.

Suse warf mir einen Seitenblick zu. »Könnte ich.« Sie leckte sich den Finger ab und griff selbst zur Gabel. »Aber dann würde ich ja zu gar nichts mehr kommen. Matthias backt für mich. Fietes Freund.«

»Heimlicher Freund«, ergänzte Hase mit vollem Mund.

»Hä?«, fragte ich und schob mir ebenfalls eine Gabel in den Mund.

»Fiete ist schwul. Matthias auch. Aber sie tun beide so, als wären sie es nicht«, erklärte Wibo, die ihre Torte immer noch verliebt ansah. »Ich muss mich erst sattsehen. Der Mann hat vielleicht Fähigkeiten!«

»Wir haben die Ehe für alle«, warf ich vorsichtig ein. »Ich habe Mütter bei der Geburt ihrer Kinder begleitet, die hatten gleich zwei Väter dabei. Co-Parenting. Das entlockt niemandem mehr ein Wimpernzucken.«

»Sag das nicht uns«, erwiderte Steffi. »Sag das Fiete. Und Matthias.« Sie hob die Hände in einer Geste der Ergebenheit und warf dabei aus Versehen ihre Gabel in den Sand, die Wibo mit mütterlichem Griff einsammelte, mit einem flink hervorgezogenen Feuchttuch reinigte und Steffi zurückreichte. »Matthias war beim Bund, sogar bei so einer Spezialeinheit für die ganz harten Kerle, und für Fiete kommt Schwulsein auch nicht infrage. Dumm nur, dass sie beide es sind.« Sie zuckte die Schultern.

»Verlorene Lebenszeit. Für beide«, konstatierte Suse nüchtern, stellte ihren Teller beiseite und lehnte den Kopf gegen das Strandkorbpolster. »Ich habe massiven Mental Load«, erklärte sie dann.

»Ach, Suse«, seufzte Steffi und beugte sich weit rüber, um ihrer Freundin die Schulter zu drücken. »Was könnte dir denn helfen? Außer Torte und Wein?«

Suse blinzelte. »Eine einsame Insel«, sagte sie. »Oder jemand, der im Café mitarbeitet. Irgendwer, der die Besucher nicht gleich verschreckt und grob bis fünfzig rechnen kann.«

»Ich suche dir jemanden«, verkündete Hase.

Suse schenkte ihr ein müdes Grinsen. »Es gibt niemanden. Ich suche doch schon eine ganze Weile.«

Hase klopfte sich auf die Brust. »Ich finde jemanden.«

»Bravo!«, rief Steffi und hob ihr Weinglas. Ich auch. Und bei der Gelegenheit fiel mir auf, dass ich meinen Wein ausgetrunken hatte. Den zweiten, wohlgemerkt. Ups! Wie unangenehm.

»Gibt es hier Taxis?«, fragte ich.

»Ja, aber die kosten Geld. Raus zu Mimis Hof mit Sicherheit um die zwanzig Euro. Sorry. Du hast ausgesehen, als ob das Gespräch über den sorglosen Kindsvater Hannes nach mehr Wein verlangte«, sagte Steffi besorgt.

»Und ich habe ihn ausgetrunken«, bestätigte ich, woraufhin Steffi mir erneut nachschenkte. »Dann ist es jetzt eh egal. Wir finden schon eine Lösung.«

»Wir sind da immer sehr lösungsorientiert.« Hase kicherte und bekam sich kaum noch ein.

»Du könntest Tom fragen. Der fährt dich bestimmt«, erklärte Suse.

»Oh, ja, Tom!«, rief Steffi und nickte wie verrückt.

»Der ist noch in der Praxis, habe ich vorhin gesehen. Wenn er abends noch so spät da ist, macht er Papierkram. Da tust du gleich noch ein gutes Werk und reißt ihn da raus.« Suse schien von ihrem Gedankengang sehr angetan zu sein.

»Ja, aber wie kommst du denn jetzt auf Tom?«, fragte ich sie, und sie schenkte mir ein feines Lächeln.

»Ihr hattet ein Date.«

Wibo, Steffi und Hase gaben unterschiedliche Geräusche von sich. Schließlich klopfte Steffi mir anerkennend auf die Schulter. »Ich bin tief beeindruckt!«

»Ja, äh, danke«, erwiderte ich. »Hat sich so ergeben«, fügte ich dann noch hinzu, weil ich jetzt ein klein wenig peinlich berührt war.

Wibo beugte sich zu mir rüber und senkte vertraulich die Stimme. »Und, wie war es so?«

»Das geht uns gar nichts an.« Steffi trat Wibo gegen das Schienbein.

»Ist er wirklich so ein Weiberheld, wie immer gesagt wird?«, fragte Wibo trotzdem weiter, und Suse zog scharf die Luft durch die Zähne ein.

»Ist er nicht«, erklärte sie. »Er ist ein sehr netter Mensch. Der ein großes Päckchen zu tragen hat. Ein bisschen mehr Feingefühl bitte.«

»Ach, wegen …«, setzte Steffi an, stockte aber. »Ich vergesse das immer.«

Suse nickte vielsagend, und ich setzte schon an, um nachzufragen, aber Wibo kam mir zuvor.

»Amelie kann bei uns schlafen«, erklärte sie. »Die Entscheidung liegt natürlich bei dir. Und bei Amelie. Wenn du willst, rufe ich Cornelius an, dann können wir diesen Teil der Angelegenheit schon mal klären.« Sie zückte ihr Handy, und jetzt kam ich auch endlich mal zu Wort.

»Ich müsste dann vielleicht Tom erst mal fragen, ob er mich nach Hause fährt«, sagte ich etwas zaghaft, denn so ganz geübt war ich noch nicht darin, andere um Hilfe zu bitten.

Wibo hielt mir ihr Telefon entgegen und ich drückte es ans Ohr. »Ja?« Ich musste zugeben, von so viel Aktivität ein klein wenig überfordert zu sein.

»Hallo Mama von Amelie«, sagte Miike ernst. »Kann Amelie bitte hier schlafen? Wir haben auch eine Zahnbürste.«

»Mama, bitte!«, rief Amelie aus dem Hintergrund. Das war alles so verflucht wuselig und unorganisiert.

»Äh, ja, gut«, sagte ich und hörte, wie Miike schon wieder auflegte. Langsam nahm ich mein Handy und wählte nun Toms Handynummer. Es klingelte einmal, dann ging er schon ran. »Hallo Luisa.« Er klang erstaunt. Und irgendwie erfreut.

»Hallo. Du, hör mal. Es ist so …«, begann ich, und dann suchte ich nach den richtigen Worten. »Könntest du mich vielleicht zu Mimi fahren?«, fragte ich schließlich ganz leise, während die vier Frauen um mich herum taten, als hörten sie nicht zu.

Er musste keine Sekunde überlegen. »Ja. Wann?«

Mit so einer klaren und schnellen Antwort hatte ich gar nicht gerechnet. »Oh«, sagte ich schwach.

»In einer Stunde? Bin noch in der Praxis. Kommst du her?«

»Ja. Danke.«

»Dafür nicht«, erwiderte Tom und legte auf.

Ich hielt mein leeres Glas in die Runde, und sofort wurde es aufgefüllt. »Ich suche übrigens keinen Mann«, erklärte ich nach dem ersten Schluck. »Mein Leben ist auch ohne schon anstrengend genug.«

»Niemand braucht einen Mann. Aber manchmal braucht man auch ein wenig Spaß im Leben, und da können Männer behilflich sein«, erklärte Suse, und dann ließ ich mich hineinfallen in die Freundlichkeit dieser Frauen, die mich einfach so in ihren Kreis aufgenommen hatten.

Pünktlich sechzig Minuten nach unserem Telefonat stand ich vor Toms Praxis. Es war still geworden im Ort. Die vier anderen hatten mich noch hierher begleitet, um sich dann auf die Räder zu schwingen und gen Heimat zu radeln. Nicht ohne mich zu ihrem nächsten Strandfreitag und der therapeutischen Gruppensitzung im Strandkorb einzuladen. Was ein blubberndes Gefühl in meiner Brust auslöste. Ich glaube, es war Freude. Amelie schickte mir über Miikes Handy noch ein Foto, das ich aber schnell wieder schloss, bevor ich ihr eine gute Nacht wünschte. Auf dem Bild waren sehr viele Kinder zu sehen, die sich auf dem Teppich vor dem Fernseher stapelten, in dem ein Zeichentrickfilm lief, während überall im Raum Pizzareste, Bücher, Zeitschriften und Klamotten verteilt lagen. Amelie trug außerdem ein Königinnen-Kostüm mit einer riesigen Krone, war barfuß und hatte blaue Farbe im Gesicht. Sie sah völlig überdreht aus. Und glücklich. Vielleicht so unbeschwert überdreht glücklich, wie mich das Treffen mit den vier Frauen heute gemacht hatte. In meiner beschwipsten Stimmung spielte ich kurz mit dem verwegenen Gedanken, das Foto an Super-Alexandra weiterzuleiten. Dort hätte es sicherlich zu einer mittelschweren Hysterie geführt. Schließlich begrüßte sie mich jedes Mal an der Wohnungstür mit den Worten: »Es tut mir leid, ich hatte keine Zeit aufzuräumen. Hier sieht es vielleicht aus!« Dann ging man rein und befand sich in einer Katalogwohnung. Mit blitzblanken Böden, geputzten Fenstern und einem lebenden Basilikum-Töpfchen in der Küche, während mitten im Raum ein kleines Spielzeug auf dem Boden herumlag. Und natürlich hatte meine Tochter, inmitten dieser Schöner-Wohnen-Präsentation, schon Hausaufgaben gemacht, ein vollwertiges, veganes Mittagessen verspeist und als Freizeitbeschäftigung höchst gesittet Mandalas ausgemalt.

»Hallo.« Wie aus dem Nichts war Tom plötzlich aufgetaucht. Ich zuckte zusammen. Gar nicht so sehr, weil ich erschrak, sondern weil Toms Lächeln so hübsch war. Und weil ich mich freute, ihn zu sehen.

Tom Bredenhof hatte zwei Arten zu lächeln. Ein professionelles Lächeln, das er vermutlich einstudiert hatte, es sah nämlich immer gleich aus. Und dann dieses hier. Es war ganz warm und ein wenig schief und brachte die kleinen Grübchen links und rechts neben seinen Mundwinkeln zur Geltung.

Und noch etwas fiel mir auf: Tom sah mich wirklich an. So richtig. So war ich lange nicht mehr angesehen worden. Das war sonderbar und fühlte sich sehr intim an.

»Danke, dass du mich fährst«, sagte ich, weil ich den Moment der Stille überbrücken wollte, und fügte hinzu, als müsste ich mich verteidigen: »Suse ist auf die Idee gekommen.«

Tom zuckte die Schultern. »Kein Problem«, sagte er und deutete nach links zum Parkplatz, wo sein Geländewagen stand. Ich erklomm den Beifahrersitz, schloss die Tür und lehnte den Kopf zurück. Dabei tauchte das Bild von Tom, wie er weinend hier in diesem Auto gesessen hatte, vor meinem inneren Auge auf.

»Schönen Abend gehabt?« Tom grinste mich an, und das Bild verblasste. Er ließ den Wagen an, der röhrte wie ein verendender Eber. Wenn er doch kein Weiberheld war, passte die Karre rein gar nicht zu ihm.

»Amelie schläft bei Wibo«, sagte ich, als Tom auf die Hauptstraße einbog. »Ich kann mich nicht erinnern, wann ich das letzte Mal alleine geschlafen habe.« Erst als ich das ausgesprochen hatte, wurde mir klar, wie schlüpfrig das klang.

Doch Tom sagte nichts. Stattdessen schaltete er das Radio an. Im Radio lief ausgerechnet »Isaac« von Madonna, mein absolutes Lieblingslied. Es war mystisch und rhythmisch und wunderbar. Und es gefiel Tom ebenfalls, denn seine talentierten Finger begannen auf dem Lenkrad zu tanzen. Ich beobachtete sie dabei, während meine Füße mitzappelten. Und meine Beine. Und meine Hände. Viel zu schnell bog Tom auf die kleine Straße zu Mimis Hof ein, und der Sender wechselte zu »Hung up«. Offenbar waren wir bei der langen Madonna-Nacht gelandet.

»'tschuldigung. Ich muss einfach tanzen«, sagte ich, und dann tanzte ich. Im Sitzen. Ohne dass mein Rücken sich meldete. Ich konnte nichts dagegen tun, dass mein Körper sich bewegen wollte. Verdammt, ich konnte mich nicht mal daran erinnern, wann ich das letzte Mal tanzen war! Im schwachen Schein der Hofbeleuchtung sah ich, wie Tom lächelte. »Time goes by so slowly.« Dabei stimmte das gar nicht. Gerade raste die Zeit an mir vorbei. Und dann kam wieder »Isaac«, und ich verstand, dass wir gar kein Radio hörten.

»Ich mag Madonna«, gestand Tom und schnallte sich ab. Er betrachtete mich so intensiv, dass ich seinen Blick auf meiner Haut spüren konnte. Ich griff nach Toms Fingern, ohne es beabsichtigt zu haben. Erschrocken von meinem wagemutigen Tatendrang, wollte ich meine Hand wieder zurückziehen, doch Tom hinderte mich daran. Stattdessen umfasste er meine Finger fester und beugte sich leicht zu mir.

»Du bist wunderschön«, sagte er flüsterleise, und Madonna hätte seine Worte fast mitgenommen.

Und dann küssten wir uns. Oder besser: Ich küsste ihn. Seine Lippen zogen mich magisch an, und es war unausweichlich. Tom erwiderte meinen Kuss. Sanft, fast ein wenig zurückhaltend. Ganz im Gegenteil zu mir, denn in mir brüllte plötzlich ein Hunger nach Leben und Gefühlen. Nach Leichtigkeit. Das überrumpelte mich selbst. Ich hielt inne und lehnte mich ein wenig zurück. »Alles okay? Entschuldige, wenn ich …«

Er schnappte nach Luft. »Nein«, sagte er. »Das war gut.«

In seinen Augen brach sich glänzend das Mondlicht, und ich umfasste jetzt seine großen Hände mit meinen. Und wieder sah er mich an, bis zum Mittelpunkt meiner Seele.

»Ich bin aus der Übung«, murmelte er ein wenig rau, und ich sah, wie schnell seine Halsschlagader pochte.

Langsam beugte ich mich nach vorne. Seine Nähe machte mich noch betrunkener, als ich es eh schon war. Seine Finger fuhren über meine Schultern bis hinunter zum Dekolleté. Ich umfasste sein Gesicht und zog ihn noch näher zu mir heran. Er duftete nach Meer und Kernseife. Ich wollte diesen Duft aufsaugen und in meiner Lunge speichern, für dürftige Zeiten. Mein Leben war nämlich ziemlich dürftig.

Dieser Gedanke jagte durch meinen Kopf wie ein Löschflugzeug über einen brennenden Wald. Schlagartig erwachte ich aus meiner Trance und lehnte mich zurück.

Was tat ich hier?

Tom betrachtete mich mit gerunzelter Stirn und lehnte sich ebenfalls zurück. »Luisa?«, fragte er.

»Tom, ich gehe in ein paar Wochen zurück nach München«, brachte ich schließlich hervor und klang dabei nicht wie ich selbst.

Tom lachte kurz auf. Seine Augen suchten meinen Blick, und er legte mir einen Finger ans Kinn, wohl um zu verhindern, dass ich wegsah.

»Auf so was kann ich keine Rücksicht nehmen.« Seine Stimme klang heiser. »Dafür haben wir keine Zeit.«

Als er mich erneut küsste, war es fordernd und zugleich so unendlich vorsichtig und sanft. Dann beugte er sich an mir vorbei und öffnete die Beifahrertür. »Gute Nacht, Luisa Haselnuss. Wir sind noch nicht fertig miteinander.«

# Kapitel 18

Ich saß auf meinem Bett und rang nach Luft. Es war, als hätte ich einen Traum gehabt. Ich ließ mich nach hinten kippen und landete auf der weichen Matratze. Ich musste verrückt geworden sein. Am Alkohol lag es nicht, der hatte sich wie durch ein Wunder verflüchtigt. Ich war stocknüchtern.

Ich nahm die Arme hoch und rieb mir das Gesicht, rubbelte es so heftig, bis es wehtat, dann drehte ich mich zur Seite und zog die Beine an. Aus welchem verirrten Winkel meiner Seele war denn bitte das gekommen? Ich war ja geradezu über Tom hergefallen.

Eilig vertrieb ich den Gedanken wieder, denn sobald ich an Tom dachte, rappelte mein Herz wie verrückt in meiner Brust herum.

Mein Handy piepte, und dankbar für die Ablenkung zog ich es aus meiner Hosentasche. Eine Nachricht von Amelie. Mit Miikes Handy geschrieben.

*»Gute Nacht, meine Mama! <3«*

Ich atmete tief durch und landete in diesem Moment endlich wieder auf dem Boden der Realität, oder doch zumindest auf dem, was ich dafür hielt. *»Gute Nacht, mein Schatz!«*, schrieb ich zurück. Nun, jedenfalls schien es ihr bei Miike keinesfalls schlecht zu gehen, und nach Heimweh klang die Nachricht auch nicht.

Ich rollte mich in meine Decke und schlief tatsächlich wenige Minuten später ein.

Um am nächsten Morgen in voller Montur zu erwachen. Mein

Mund war so trocken, als hätte ich die Zunge in eine Sandkiste gesteckt. Das war ja wie in alten Zeiten.

»Bäh!«, murmelte ich und drehte mich auf den Rücken. Es war strahlend hell draußen. Erschrocken zerrte ich mein Handy aus den Kissen und linste auf die Uhr. Es war halb zehn. »Himmel noch eins.« Mit einem Ächzen setzte ich mich auf, und schlagartig fiel mir wieder ein, was gestern Abend so alles passiert war. Ich gab einen Grunzlaut von mir, und dann musste ich lachen, wenn auch leicht krächzend. Das war so verdammt 90er. Ungefiltert. Ohne nachzudenken. Nur Gefühl. Nur Tun.

Mein Handy piepte schon wieder. Eine Nachricht von Wibo.

*»Kommst du zum Frühstück?«*

*»Ja, gerne«*, schrieb ich schnell zurück, froh, gleich eine Freundin zu sehen, mit der ich vielleicht auch darüber reden konnte, was letzte Nacht passiert war. Gleich darauf kam Wibos Antwort.

*»Aber nicht so früh, die Kinder schlafen noch.«*

*»Bin in einer Stunde bei euch. Bringe Brötchen mit«*, tickerte ich zurück. Dann stand ich endlich senkrecht neben dem Bett und schlich unter die Dusche.

Ich brauchte sehr lange, um richtig wach zu werden, was dann aber das plötzlich einsetzende eiskalte Wasser exzellent für mich erledigte. Kreischend sprang ich aus der Dusche und hüllte mich in das Badetuch. In der Küche traf ich auf Fiete, der die Kaffeemaschine anstarrte, die heute wahrscheinlich schon zum zweiten Mal durchlief.

Fiete warf mir einen knappen Seitenblick zu und grinste. »Hast du einen Kater?«

»Nein«, antwortete ich ernst.

»Vergessen, dass das heiße Wasser in der Dusche nur für sechs Minuten reicht?« Er musste meinen Schreckensschrei gehört haben. Ich überging seine Worte und hielt ihm meine leere Tasse hin. Er goss mir Kaffee ein.

»Fiete? Kannst du mich zu Wibo fahren? Mimis Auto steht da noch«, fragte ich nach dem ersten Schluck.

»Und womit soll ich dich fahren, wenn Mimis Auto dort steht?«, fragte er zurück, doch ich war mir jetzt sicher, ein belustigtes Funkeln in seinen Augen zu sehen. Zu Recht. Offenbar war mein Kopf noch nicht wieder ganz klar.

Und so kam es, dass Fiete mich mit dem Trecker zur Villa Kunterbunt fuhr. Amelie hatte das Knattern des Treckermotors wohl schon gehört, denn sie öffnete mir, noch bevor ich die Chance bekam, am Seil der riesigen Hausglocke zu ziehen. Sie warf sich strahlend in meine Arme und verschwand genauso schnell wieder, wie sie gekommen war, allerdings nicht, ohne vorher zu verkünden: »Ich muss dir ganz viel erzählen!«

Mit der Brötchentüte unter dem Arm ging ich in die Küche. In der, mal gelinde ausgedrückt, die Hölle los war. Wibo saß im Schlafanzug und mit einem Kaffee im Schneidersitz auf der Küchenarbeitsplatte. Der Küchentisch war reich gedeckt. Dort saß Suse und las Zeitung, genau wie ihr Vater neben ihr. Cornelius buk Pfannkuchen, und der rasende Radfahrer mit der schlechten Laune bestrich die fertigen Pfannkuchen mit Marmelade und rollte sie fein säuberlich ein, um sie auf einem Teller zu drapieren. Und Tom (Was machte der denn hier?) stand mit einer Tasse Kaffee in der Hand am Fenster. Dabei sah er mal wieder unglaublich gut aus. Verflixt sexy, um genau zu sein.

»Moin«, grüßte ich, und die anderen erwiderten meinen Gruß, während ich versuchte, meine Gesichtszüge unter Kontrolle zu halten.

Tom drehte sich um und nickte mir bemüht lässig zu. Doch in seinem Gesicht sah ich ein nervöses Zucken. »Ich wollte nur Bella abholen. Aber sie hat mir erklärt, dass ich zu früh bin.«

»Bist du auch. Lass die mal noch zusammen frühstücken. Kaffee für dich, Luisa.« Wibo reichte mir mit langem Arm eine volle

Tasse. Dann brüllte sie: »KINDER, ESSEN!«, was mich erschrocken zusammenzucken ließ. Alle anderen schienen das gewohnt zu sein, die zuckten keineswegs.

Als die Kinder kurz darauf in die Küche gerannt kamen, wurden Brötchen geschmiert und Pfannkuchen im Stehen verschlungen. Das Ganze erinnerte ein bisschen an Raubtierfütterung. Und Amelie sprang fröhlich dazwischen herum. Als alle Kinder gegessen hatten, stürmten sie erneut hinaus und nach oben.

Suse atmete tief durch. »Ich sollte diesen Geräuschpegel vom Café ja gewohnt sein, bin ich aber nicht.«

»Kinder sind wunderbar«, erklärte ihr Vater und klappte die Zeitung ein Stück herunter, um sie strafend anzusehen.

Suse gab ein tiefes Seufzen von sich. »Ja, besonders liebe ich sie, wenn sie wieder weg sind. Aber jetzt kommt das Beste vom Frühstück.«

Sie blickte mit erwartungsvoller Miene Cornelius entgegen, der sich mit einem Teller voller Muffins in der Hand auf einen der Stühle am Tisch sinken ließ.

»Die besten Zitronenmuffins der Welt«, erklärte Wibo und verließ eilig ihren Aussichtsposten auf der Küchentheke, um sich neben ihn zu setzen.

Es schienen alle tatsächlich nur darauf gewartet zu haben, denn sie stürzten sich wie die wilden Geier auf die kleinen Kuchen. Sogar Tom. Ich setzte mich ebenfalls, nahm einen Muffin, biss hinein und konnte nur noch anerkennend eine Augenbraue heben. Die Dinger waren der Wahnsinn. »Krass«, brachte ich schließlich mit vollem Mund hervor.

»Oh ja«, sagte Cornelius und grinste zufrieden. »Ich bin der Gott der Muffins. Leider erfahre ich viel zu wenig Anerkennung dafür. Wie auch für die Tatsache, dass ich gut bügeln kann.« Er zwinkerte mir zu.

Die Haustür klappte (offenbar schloss man hier nicht ab), und

Steffi kam in die Küche marschiert. Ihre kleine Tochter tapste hinterher, während zwei größere kleine Menschen bereits die Treppe hochpolterten.

»Nehmt eure Schwester mit!«, brüllte Steffi den Enteilenden hinterher, und tatsächlich tauchte kurz darauf ein Junge auf, um seine kleine Schwester mit sich zu ziehen.

»Moin«, grüßte Steffi, die heute die schwarzen Haare in die Höhe gegelt hatte.

»Moin«, grüßten alle zurück.

»Muffins. Gut.« Sie schnappte sich einen, ließ sich auf den letzten freien Stuhl sinken, stopfte ihn sich in den Mund und sagte dann, Kuchenkrümel speiend: »Scheiße!«

»Also, ich bitte dich!« Suses Vater ließ die Zeitung sinken und blickte sie strafend an. Steffi nahm Haltung an, kaute zu Ende und sagte dann: »Entschuldige, Heinz. Aber es ist einfach alles scheiße.«

»Kaffee?«, fragte Wibo mitfühlend, doch Steffi schüttelte den Kopf.

»Hatte schon drei. Noch einen mehr, und mein Herz springt mir aus der Schädeldecke. Leute, ich muss den Job absagen. Der heilige Helge hat mit seinem Arbeitgeber gesprochen, und der lehnt es konsequent ab, seine Stunden zu reduzieren«, erklärte sie und fing an zu weinen. »Ich hasse diese Welt! Ich liebe meine Kinder, aber ich finde die Welt so unfuckingfassbar ungerecht. Ich sage jetzt ab.« Sie tat mir furchtbar leid.

»Nein!«, rief ich deshalb.

»Nein!«, rief Tom.

»Nein!«, rief Suses Vater Heinz und schmiss die Zeitung von sich.

Steffi hörte vor Schreck auf zu weinen und zog die Nase hoch.

Tom kam näher. »Was ist das für ein Job?«

»Zwei Nachmittage im Fitnessstudio. Als Pilates-Trainerin«, sagte Steffi bedrückt.

»Ich könnte sie an den beiden Nachmittagen nehmen. Solange ich hier bin zumindest«, sagte ich. Alle sahen mich an.

»Sie können zu mir. Ich war immer ein guter Vater«, sagte Heinz und straffte die Schultern. Steffi lächelte. Suse runzelte die Stirn, und Wibo fragte an niemand Bestimmtes gerichtet: »Ist es zu früh für Alkohol?«

»Das ist so nett von euch«, sagte Steffi, und aus dem Lächeln wurde doch wieder ein Weinen. »Aber du hast Rücken«, sie deutete auf mich, »und bist krankgeschrieben. Und nicht mehr lange hier. Und Heinz: Danke für das Angebot, aber meine Kinder sind ungefähr so pflegeleicht wie ein Rudel unterforderter Hütehunde.«

Heinz hatte bereits die Zeitung wieder in den Händen und war in den Sportteil vertieft.

»Würden sie nur am Tisch sitzen und malen, könntest du sie zu mir ins Café bringen. Aber wie ich deine Kinder kenne, müssten wir sie mit doppelseitigem Klebeband an der Tischplatte befestigen. Das käme bei den Gästen nicht gut an.« Suse leerte ihre Tasse und stellte sie mit einem lauten Klirren auf den Tisch. »Wir müssen los, Papa.«

Heinz senkte die Zeitung. »Wohin?«

»Ins Café.«

»Ah, ja. Wir zusammen?«, erkundigte er sich, und Suse nickte.

»Wir zusammen«, bestätigte sie.

»Dann ist ja gut«, seufzte Heinz, faltete die Zeitung ordentlich und steckte sie zwischen die restlichen Muffins. »Einen schönen Tag, die Herrschaften«, sagte er, tippte sich an den imaginären Hut und folgte Suse aus dem Haus.

»Ich muss auch los«, erklärte Tom. »Danke noch mal für den Kaffee und den Muffin.« Er stellte den Becher auf die Küchentheke und rief im Wohnzimmer nach seiner Nichte.

»Ich muss auch gehen«, sagte ich und griff nach meiner Handtasche. Und dann umarmte ich Steffi. Und Steffi umarmte mich zurück. »Es tut mir wirklich leid. Musst du gleich absagen? Kannst du nicht noch ein bisschen warten? Vielleicht fällt uns ja was ein.«

Steffi schenkte mir ein Lächeln. »Danke, Luisa. Du bist wirklich ein feiner Mensch. Wie schön, dass du einfach so in unsere Strandkorbburg gestolpert bist. Ich kann noch bis nächste Woche warten. Dann muss ich eine Entscheidung treffen.«

»Danke für alles, ihr beiden«, sagte ich zu Cornelius und Wibo, woraufhin sie sich erhoben und mich ebenfalls umarmten. So viel körperliche Nähe war ich gar nicht gewohnt. In München gab man sich höchstens ein Luftküsschen auf die Wange.

»Luisa«, rief Steffi, als ich schon fast aus der Tür war. Ich drehte mich noch einmal um. »Ich habe einen Mann. Und trotzdem ist das Leben so schwierig. Ich wollte nur noch mal sagen, wie sehr ich dich bewundere, weil du das alles alleine machst.«

Ich schluckte. »Danke«, sagte ich, und meine Stimme klang rau.

»Amelie!«, rief ich im Flur, und tatsächlich kam mein Kind bald darauf die Treppe heruntergelaufen. Gemeinsam gingen wir hinaus, wo Bella uns entgegenstürmte.

»Hast du schon Miikes Hasen gesehen?«, fragte sie aufgeregt, und Amelie rief: »Nein! Mama! Kann ich noch mal kurz gucken gehen?«

Bevor ich den Mund aufklappte, waren die beiden schon in Richtung Garten verschwunden. Was dazu führte, dass ich mit Tom vor dem Haus herumstand.

»Hast du schon einen neuen Termin?«, fragte er schließlich, vermutlich um das peinliche Schweigen zu überbrücken.

»Ja«, erwiderte ich und erinnerte mich daran, wie er den Terminzettel als Vorwand dafür benutzt hatte, mich um ein Date zu bitten. Der Zettel steckte immer noch in meiner Hosentasche. Was mich wiederum an unsere Küsse gestern Abend erinnerte und wie sehr ich sie genossen hatte. Woraufhin ich entschied, dass es noch etwas Wichtiges gab, was ich klären musste. Ich atmete tief durch. »Du, Tom. Wegen gestern. Also ich sage es nur ungern, aber ich war betrunken. Das war ein Versehen«, log ich und räusperte mich.

Tom schwieg. Vorsichtig linste ich zu ihm hoch. Ganz ruhig stand er vor mir, wie ein Fels in der Sturmflut der Nordsee, und sah mich an.

Nein, es war gar kein Versehen gewesen. Und Tom wusste das.

»Okay«, sagte er knapp.

»Ja«, sagte ich. Und dann: »Nein.« Ich konnte die beiden Mädchen hinter dem Haus hören.

Ich räusperte mich.

»Ich bin ein wenig verwirrt«, brachte ich schließlich heraus. Ich sah, wie er die Schultern senkte, als würde er sich entspannen.

»Ich auch«, sagte er.

Und dann kamen die Mädchen um die Ecke geschossen, laut schnatternd und lachend.

Als wir eine Viertelstunde später auf den Hof fuhren, hatte ich den gesamten Klatsch von St. Peter-Ording erfahren. Ich wusste, wer mit wem nicht spielte, wer wann was zu wem gesagt hatte und dass die Kinder alle in Miikes Kinderzimmer unter dem Schreibtisch geschlafen hatten. Auf einer großen Luftmatratze. Unter dem Schreibtisch, weil Cornelius ihnen mit Tüchern und Decken eine Burg gebaut hatte. Und sie hatten sich verkleidet und einen Disneyfilm geguckt. Und Cola getrunken. (Schockschwerenot – sollte Super-Alexandra jemals davon erfahren, würde sie den Ausschluss meiner Person aus der Grundschule beantragen.)

Als Amelie ausstieg, hatte sie es eilig. Offenbar musste sie dringend aufs Klo. Sie lief ins Haus und ich folgte ihr langsam, dabei entdeckte ich erst Fiete, der in einiger Entfernung mit einer Kaffeetasse in den Händen auf einem der Zäune bei den Ponys hockte, und dann meine Tante, die im Strandkorb saß und das Gesicht in die Sonne hielt. Ich ging hinüber und setzte mich zu ihr.

»Hatte sie Spaß?«, fragte Mimi, ohne das Gesicht aus der Sonne zu drehen.

»Sehr viel Spaß«, erwiderte ich.

»Das hast du früher auch oft gemacht. In Rudeln bei Freundinnen geschlafen. Erinnerst du dich?«

Ich nickte. Dann räusperte ich mich. »Mimi, ist Fiete eigentlich schwul?«

»Stockschwul«, bestätigte meine Tante.

»Wir haben das 21. Jahrhundert. Wieso lebt er das nicht?«

»Weil er sich selbst im Weg steht.«

»Als ich das letzte Mal hier gewesen bin, hat er doch noch in Tating gewohnt.«

Meine Tante presste kurz die Fingerspitzen aneinander.

»Fiete hat vor zwei Jahren versucht, sich das Leben zu nehmen«, sagte sie dann sehr leise.

»Oh mein Gott«, flüsterte ich.

»Zum Glück hat er sich ziemlich ungeschickt angestellt. Aber er konnte danach nicht mehr alleine leben. Ich habe ihn eingeladen, auf den Hof zu ziehen. Aber sprich bitte nicht mit ihm darüber, solange er das nicht von sich aus tut.«

»Natürlich nicht.« Mir war plötzlich ganz kalt geworden.

»Ihr seid euch ähnlicher, als du denkst«, sagte Mimi plötzlich. Ich sah sie erstaunt an, aber sie blickte hoch in die Kronen der mächtigen Bäume, die den Hof schützend umstanden. »Ihr marschiert beide immer noch, da würden sich andere schon zum Sterben niederlegen. Ihr lauft immer weiter, ohne jemals eine Schwäche zuzulassen. So lange, bis ihr umfallt.«

# Kapitel 19

Tom drückte mit den Fingerspitzen in meiner Rückenmuskulatur herum. Es tat weh, sehr sogar. Weil ich angespannt war. Und das lag nicht nur an meiner Rückenmuskulatur, das lag auch an dem Artikel, den ich heute Morgen gelesen hatte. Seitdem war ich wütend. Richtig, richtig wütend. So war ich dann auf Toms Liege geklettert, weil mich selbst die Fahrt auf dem Fahrrad nicht hatte beruhigen können.

In dem Artikel ging es um unbezahlte Care-Arbeit von Frauen. Wenn man es zusammenfasste, dann funktionierte diese Welt, die Wirtschaftswelt mal ganz weit vorne, nur, weil Frauen sich im Hintergrund kümmerten, sorgten, kochten und putzten.

Wenn jemand Essen kochte und es verkaufte, war es wichtig. Es gab Geld. Kochte jemand für seine Familie, war es uninteressant. Die Wertschöpfung durch unbezahlte Arbeit tauchte in keiner Statistik auf. Und weil immer noch zum großen Teil Frauen diese Care-Arbeit verrichteten, konnten sie meist nur Teilzeit arbeiten, wenn überhaupt, hatten kein Geld, keine Macht und keine Rente.

Irgendwie erklärte dieser Artikel auch mein Leben. Denn ich versuchte ständig, alles unter einen Hut zu bekommen, was nicht ging. Weil es ein verdammter Vollzeitjob war, ein Kind großzuziehen, neben dem Vollzeitjob, den ich ja auch noch verrichtete, damit wir überhaupt ein Dach über dem Kopf hatten.

Was mich übergangslos zu meinem schlechten Gewissen Amelie gegenüber führte. Während ich nämlich hier auf dieser Liege lag und meinen Rücken bearbeiten ließ, müsste ich ihr eigentlich bei den Ferienhausaufgaben helfen.

Zudem hatte ich schon zwei Mal versucht, Hannes anzurufen. Der war wie üblich nicht an sein Handy gegangen, und ich hatte ihm auf die Mailbox gesprochen, dass Amelie sich melden würde, wenn der Zeitpunkt günstig war. Es machte mich nervös, dass er plötzlich von sich aus Kontakt suchte.

»Hör mal auf!«, sagte ich, als Tom auch noch damit begann, meine Rippen zu verbiegen. »Ich kann das heute nicht aushalten.« Ruckartig setzte ich mich auf und hielt mir das Handtuch vor die Brust. Tom war einen Schritt zurückgetreten.

»Was ist los?«

»Ich bin wütend.«

»Warum?«

»Über den Zustand der Welt.«

»Ah.« Tom kratzte sich am Kopf.

»Warum haben Männer es eigentlich immer so viel leichter?«, fragte ich ihn erbost.

»Haben sie das?« Tom setzte sich auf seinen Hocker und rollte vorsichtig ein Stück näher.

»Ja! Steffi würde gerne wieder arbeiten gehen. Aber das geht nicht. Frauen kümmern sich um alles alleine. Sie arbeiten, ziehen die Kinder groß und schmeißen den Haushalt. Wenn man für alles, was nichts mit erwerbsmäßiger Arbeit zu tun hat, den richtigen Preis zahlen müsste, könnte sich doch niemand eine Familie leisten.«

Tom faltete die Hände auf den Knien und sah mich mit zusammengekniffenen Augen an. »Es geht bei Familie doch nicht nur ums Geld.«

»Doch«, sagte ich und griff nach meinem Pullover. »Es geht

um Geld und Zuständigkeit. Jederzeit sind die Frauen zuständig. Die Väter können einfach so weitermachen wie immer.« Ich redete mich in Rage, schon klar. »Wenn Frauen Kinder bekommen, sollte man meinen, dass Väter alles daransetzen, Zeit mit ihnen zu verbringen. Laut Statistik tun sie das aber nicht. Sie arbeiten sogar mehr als vorher. Man bekommt ein Kind doch gemeinsam. Wie kann es sein, dass Männer stolz erzählen, sie würden ihre Frau ›unterstützen‹«, ich betonte die Anführungszeichen mit den Fingern, »dabei sind sie doch genauso zuständig. Nicht nur die Frau!«

»Weil sie plötzlich finanziell alleine für Frau und Kind verantwortlich sind?«, fragte Tom und richtete sich ein wenig auf. »Das ist verdammt noch mal auch ein enormer Druck.«

»Ja, das ist nicht gerecht«, sagte ich und zog mir schnell den Pullover über den Kopf. »Aber im Gegenzug kümmern sich die Frauen um den ganzen Rest. Und fangen dann meistens noch an, wieder zu arbeiten, ohne dass dieser Rest auch nur einen Deut weniger geworden wäre.«

»Viele Frauen wollen das auch so«, erklärte Tom.

»Bitte?«, fragte ich scharf, doch er hob nur eine Augenbraue.

»Viele Frauen halten ihre Männer doch ganz bewusst von ihren Kindern fern. Sie erklären ihnen ständig, dass sie nichts richtig machen können. Sobald der Vater das Kind nur anguckt, macht er alles falsch.« Er klang jetzt auch wütend. Und er hatte nicht unrecht. Ich hatte selbst oft Frauen erlebt, die ihren Männern belustigt erklärten, wie unfähig sie wären. Und dabei ging es um das Windelwechseln. Nicht um Quantenphysik.

In Toms Augen funkelte es jetzt unheilvoll. »Weißt du, Luisa, du hast eine ziemlich vorgefertigte Meinung von Männern und Frauen. Es kann auch manchmal ganz anders sein.«

»Ist es aber oft nicht«, entgegnete ich. »Und den schwierigen gesellschaftlichen Status von Frauen kannst du nicht allen Ernstes anzweifeln.«

Jetzt beugte Tom sich nach vorne. »Tu ich nicht. Altersarmut bei Frauen sehe ich oft genug hier in der Praxis. Aber ich erkenne an, dass es immer mehrere Seiten gibt. Und ich verwehre mich gegen die Annahme, alle Männer würden nach der Geburt ihrer Kinder einfach wieder zur Arbeit spazieren und so tun, als wäre nichts passiert. Bei den meisten passiert eine Menge, und Männer haben es auch nicht leicht. Zumindest nicht so leicht, wie du es ihnen gerade machen willst«, erwiderte er angriffslustig.

»Tut mir leid, dass ich den Termin gecrasht habe«, sagte ich schließlich und stand auf. »Ich bin heute ein bisschen empfindlich.«

Draußen vor der Praxis empfing mich ein raues Lüftchen und ekeliger Sprühregen. Ich schwang mich auf Mimis Rad und war wieder einmal dankbar für den Elektroantrieb, der mich allerdings nicht davor bewahrte, klitschnass zu werden. Bei Mimi angekommen, zog ich mir erst mal etwas Trockenes an und fand dann Amelie mit Fiete in der Küche, wo sie einträchtig am Tisch saßen und ein Deutsch-Arbeitsblatt machten. Von diesem ungewohnten Anblick irritiert und zugleich von einer seltsamen Dankbarkeit für Fiete erfüllt, der sich so unspektakulär meiner Tochter angenommen hatte, blieb ich ganz still im Türrahmen stehen.

»Was ist, Mama?«, fragte Amelie. Sie klang mürrisch, wie immer, wenn die Schule in ihr kleines Paradies bei Mimi eindrang.

Fiete sah zu mir hoch, und ich nickte ihm stumm zu. Er erwiderte meinen Dank mit der winzigen Andeutung eines Lächelns und widmete sich dann wieder der Suche nach den richtigen Verben und Pluralformen.

»Ihr seid ja super«, sagte ich. Amelie seufzte nur schwer.

»Wir machen noch zehn Minuten, dann kümmern wir uns um die Ponys«, erklärte Fiete und nahm Amelie das Lineal weg, mit dem sie gerade versuchte, eine Kerbe in den Tisch zu sägen. Er deutete auf die kleine, offenbar antiquierte Stoppuhr auf dem Tisch, und Amelie verdrehte die Augen. Um dann weiterzumachen. Ohne Tränen, ohne Geschrei.

Unschlüssig stand ich noch einen Moment herum, dann ging ich hinaus auf den Hof. Ich war fast froh, als ich Mimi eingemummelt in eine dicke Decke im Strandkorb entdeckte.

»Komm zu mir«, rief sie, als sie mich sah, und ich eilte durch den Sprühregen in den trockenen Strandkorb. Mimi hatte ihn ein wenig zur Seite gedreht, damit er mit dem Rücken zum Wind stand.

Ich schlüpfte mit unter die dicke Decke und verspürte plötzlich das Bedürfnis, mich an meine Tante zu lehnen. Ich wollte mein Gesicht an ihre Schulter drücken, ihren vertrauten Duft einatmen und die Augen schließen. Wie ein Kind. Stattdessen sagte ich: »Fiete macht mit Amelie Hausaufgaben.«

»Ja, das kann er ganz gut. Besser als ich.«

Mimi und Fiete hatten in den letzten Tagen viel Zeit mit Amelie verbracht. Ich hingegen vergnügte mich am Strand und tat unzüchtige Dinge. Mein erster Impuls war, mich zu entschuldigen. Stattdessen sagte ich: »Es ist nett von ihm, dass er mich unterstützt.«

Mimi runzelte die Stirn. »Er unterstützt nicht dich. Er unterstützt Amelie. Dein Kind möchte Hebamme werden, und dafür braucht man ja jetzt Abitur.«

Ich zog mir die Decke bis zur Nasenspitze. Amelie wollte Hebamme werden? Seit wann? Warum wusste ich das nicht?

»Fiete hätte gerne Kinder gehabt«, sagte meine Tante nach einer Weile. »Er mag Kinder und Kinder mögen ihn. Es schmerzt mich, dass er vermutlich nie sein eigenes Kind in den Armen halten wird.«

»Ich dachte früher immer, dass nur Frauen so einen Kinderwunsch verspüren«, sagte ich leise.

»Ja«, erwiderte Mimi ebenso leise. »Ich dachte früher auch viele Dinge, die sich im Nachhinein als falsch herausgestellt haben.«

Noch bevor ich die Zeit fand, Mimis Aussage genauer zu überdenken, tauchte Malte plötzlich auf. Er kam mit großen Sprüngen durch den Regen gehüpft, was seine Dreadlocks zum Fliegen brachte. Mimi klappte die Decke zur Seite, und Malte sprang zu uns in den Strandkorb. Entsetzt rückte ich ganz an die Kante. Himmel, das war zu eng und zu nah.

»Luisa!« Malte strahlte mich an.

»Hallo Malte.«

»Ist es nicht herrlich? Der Regen tut den Pflanzen und den Feldern gut. Ich habe übrigens schon Feierabend.« Er seufzte tief und ruckelte sich zwischen uns zurecht, während er sich die Decke ebenfalls bis zum Kinn zog. »Es geht doch nichts über einen freien Nachmittag. Und, die Damen, wie geht es euch?«

Sofort erzählte meine Tante ihm bereitwillig und in knappen Worten, was den Tag über so angefallen war, während Malte immer wieder zustimmende Laute von sich gab. Als sie fertig war, drehte er den Kopf zu mir. »Und bei dir Luisa? Wie geht es dir?«

Ich warf ihm einen prüfenden Blick zu. Es interessierte ihn wirklich, wie es mir ging.

»Ich bin heute arschwütend!«

Malte pfiff durch die Zähne. »Hui, das klingt spannend. Weswegen?«

Ich räusperte mich. »So allgemein. Und wegen der Situation von Frauen und Müttern in der Welt und so.«

»Vollstes Verständnis, Luisa. Vollstes Verständnis. Wut ist gut. Wut kann Dinge verändern. Oder auch Menschen. Aber sie muss umgewandelt werden, sonst kann Wut auch sehr zerstörerisch sein.«

Und meine Tante nickte. Mimi nickte! Mimi, die diesen sprücheklopfenden Kerl neben sich nicht nur akzeptierte, sondern ihm auch noch zustimmte. Um das ganze Szenario zu krönen, legte Malte Mimi jetzt den Arm um die Schulter.

Ich warf die Decke zurück. »Ich lasse euch mal alleine.« Meine Tante hatte was mit dem Schmied. Meine Tante, die mir beigebracht hatte, dass Männer nicht viel taugten. Mit der ich mich bis aufs Messer gestritten hatte, weil ich an Hannes geglaubt hatte. Wobei mir schlagartig einfiel, dass der immer noch auf einen Rückruf wartete.

In der Küche traf ich auf Amelie, die gerade ihre Schulsachen wegräumte. »Ich habe Deutsch fertig«, erklärte sie und stopfte ihre Mappe in den Rucksack.

»Aber bitte so, dass hinterher nicht alles zerknickt ist.« Ich setzte mich zu ihr an den Tisch. Fiete war verschwunden.

Meine Tochter blickte auf. Sie sah wütend aus. Definitiv kein guter Zeitpunkt, um sie Hannes' Nummer wählen zu lassen. »Nein«, sagte sie dann. »Will ich nämlich nicht, Mama. Soll der Kram doch Knicke bekommen! Ich will hierbleiben. Ich will nicht mehr nach München.« Trotzig schob sie die Unterlippe vor. »Hier ist alles viel schöner«, fuhr sie fort, als ich nichts erwiderte. »Hier sind viel mehr Leute. Nette Leute.«

»Was ist mit Kiara-Magdalena? Deinen Freundinnen aus der Klasse? Dem Ballett?«, fragte ich mit dünner Stimme.

»Ja.«

»Wie, ja?«, fragte ich zurück.

»Ja, das stimmt. Hier gibt es aber mehr Leute. Lustigere Leute. Wir können doch einfach hierbleiben«, sagte Amelie und klang sehr bestimmt dabei, und erst jetzt fiel mir auf, dass sie es nicht gebrüllt hatte. Vielmehr sprach sie so leise, dass ich ihr regelrecht lauschen musste.

»Wir können nicht einfach hierbleiben. Wie stellst du dir das vor? Wovon sollen wir leben? Ich habe einen Job in München.«

»Ja, aber hier werden die Frauen doch auch schwanger.« Meine Tochter rutschte vom Stuhl und stand auf. »Kann ich Peter Lustig gucken? Zwei Folgen?«

Ich stand auch auf. »Nicht, wenn der dich so rebellisch gemacht hat.«

»Hä?« Amelie sah mich mit gerunzelter Stirn an. »Mensch, Mama«, setzte sie an, doch dann hielt sie inne, als hätte sie einen Geistesblitz gehabt. »Mama. Du guckst mit!«, rief sie dann freudestrahlend.

»Okay«, sagte ich.

Verdutzt betrachtete sie mich. »Okay?«

Ich nickte. Und dann sahen Amelie und ich sogar drei Folgen *Löwenzahn*, dicht beisammen auf dem Sofa, unter einer warmen Decke. Für so etwas hatten wir in München nie Zeit gehabt. Wir hatten nie einfach ferngesehen. Und wenn ich »wir« sagte, meinte ich eigentlich mich.

Mein Handy vibrierte.

Schon wieder Hannes.

*»Willst Du mich auf einmal von Amelie fernhalten oder warum meldest Du Dich nicht?«*

Ich blinzelte die Nachricht an und las sie noch einmal. Hatte er seine Mailbox nicht abgehört? Fernhalten? Wie konnte er so etwas denken? Ich schnappte nach Luft. Er war doch derjenige, der sich nicht an Abmachungen hielt. Er hatte uns verlassen, weil ihm ein Leben als Vater zu anstrengend gewesen war. Weil ihn die Verantwortung an seiner persönlichen Entfaltung hinderte. Er führte doch lieber sein freies und ungebundenes Leben in einem Camper ohne Klo. Und er zahlte noch nicht einmal Unterhalt!

Ich schluckte trocken. Ich sollte auf seine Nachricht reagieren. Erwachsen. Ich könnte so etwas schreiben wie: *Lieber Hannes. Ich will Amelie nicht von Dir fernhalten. Du hättest immer Kontakt mit Deiner Tochter aufnehmen können. Du hättest sie sogar besu-*

*chen können! Jederzeit! Das hast Du aber nicht getan. Du meldest Dich immer nur sporadisch und nie zu den vereinbarten Zeiten, und das macht Amelie traurig. Ich muss nicht spuren, nur weil Du mir zwei Nachrichten schickst. Ich muss meine Tochter vor bitteren Enttäuschungen beschützen.*

Ein erwachsener Mensch hätte das sicherlich getan. Ich schrieb: *»Fick dich, Hannes!«*

Kurz bevor ich das Handy mit zitternden Händen wieder wegstecken wollte, kam eine weitere Nachricht.

*»Hey. Bin jetzt auch wütend. War ein beschissener Tag. Muss jetzt dringend etwas mit Käse überbacken. Willst du auch?«*

Tom.

*»Etwas mit Käse überbacken?«*, tippte ich zurück.

*»Ja. Oben Käse, unten Sahne. Ich dachte an Nudeln in Sahnesoße mit Käse obendrauf. Bei mir?«*

Ich presste die Lippen aufeinander und sah zu Amelie.

*»Amelie kann gern mitkommen«*, lautete die nächste Nachricht, und ich schluckte. Weil das nett war. Und ich mich verstanden fühlte. Zum ersten Mal an diesem Tag.

*»Ja. Kommen zu dir. Bis gleich.«*

Er schickte mir direkt seine Adresse.

»Amelie. Hast du Lust, mit zu Tom zu kommen?«

»Dem Osteodings?« Sie löste den Blick vom Fernseher und sah zu mir hoch. Ich nickte, während ich mich innerlich stählte, weil ich Angst hatte, sie könnte fragen, ob der Osteodings mein neuer Freund sei. Aber das tat sie nicht. Stattdessen schüttelte sie den Kopf. »Ich habe den ganzen Tag Schule gemacht. Und Mimi will mir gleich Pfannkuchen backen. Hat sie versprochen. Und wir wollen ein Hörbuch hören. *Der kleine Prinz*. Kann ich hierbleiben?«

»Klar.« Ich gab ihr einen Kuss, ermahnte sie, nach dieser Folge den Fernseher auszustellen, und machte mich auf die Suche nach Mimi.

Ich fand sie in der Küche, wo sie ihre Buchhaltungsunterlagen auf dem gesamten Küchentisch ausgebreitet hatte.

»Guter Monat«, sagte sie, als ich eintrat. »So viel verdient, wie wir brauchen.« Zufrieden lächelnd blickte sie auf.

»Kann ich noch mal wegfahren?«

Sie zuckte die Schultern. »Klar. Ich brauche das Auto nicht. Wo willst du denn hin?«

Ich wollte es nicht sagen. Aber irgendwie hatte sie das Recht, es zu erfahren. Immerhin lieh sie mir ihr Auto und passte auf meine Tochter auf.

»Zu Tom. Er … wir wollen kochen«, sagte ich und klang dabei ein wenig verkniffen.

»Gut.« Mimi nickte. »Tom ist ein guter Kerl.«

»Ach. Hat er deine Zustimmung, ja? Ist Tom Bredenhof für dich genehm?« Ich hatte das nicht sagen wollen. Aber ich sagte es. Ich spuckte es förmlich in die warme und heimelige Küche hinaus, und es schien beinahe, als würde Mimi zusammenzucken. Jetzt lehnte sie sich zurück, und plötzlich lag in ihren Augen eine dunkle Wut.

»Du verstehst nicht, worum es geht«, zischte sie wie ein überkochender Topf auf dem alten Gasherd.

»Ich verstehe mittlerweile alles«, zischte ich zurück. Unser Monster bäumte sich auf und zischte gut gelaunt mit. Ich spürte die Wut auf Mimi in mir brodeln. Doch bevor ich dazu kam, noch irgendwelche gemeinen Ungeheuerlichkeiten von mir zu geben, tauchte Fiete in der Küche auf.

»Hört sofort auf«, sagte er ruhig und mit schmalen Augen. Das Monster verkrümelte sich schlagartig unter den Herd. Fiete Hansen war ein mutiger Mensch, das musste man ihm lassen.

# Kapitel 20

Auf der Fahrt zu Tom hatte ich einen Knoten im Magen. Vermutlich würde ich keinen Bissen hinunterbekommen. Als ich ankam, begrüßten mich ein hochmotivierter Tom mit Küchenschürze vor dem trainierten Bauch und ein überdimensionierter Obstteller, der in leuchtenden Farben auf der Theke stand. Das sah nicht nach einem deftigen Auflauf aus.

»Hübscher Obstteller«, sagte ich und ließ meine Handtasche auf die Theke gleiten, um mich dann erschöpft auf einen der Hocker zu setzen.

»Du hast Obst in deinem Profil«, antwortete Tom und nahm einen brodelnden Topf vom Herd, um damit zum Spülbecken zu gehen. Es dampfte, als er die Nudeln abgoss.

»Obst im Profil?« Ich blickte mich in der offenen Küche um. Gemütlich. Keine Designklassiker, keine wirren Kunstdrucke und Lichtskulpturen. Dafür gab es abgetretene Holzdielen, alte Ikealampen, und an den Wänden hing Treibholz, kunstvoll an einem Seil aufgereiht.

Tom drehte sich mit dem Topf zu mir. »Ich war vorhin noch einkaufen. Und als wir geschrieben haben, ist mir das Obst in deinem Profilbild aufgefallen. Also habe ich es gekauft.«

Ich stand immer noch auf der Leitung.

»Luisa«, sagte Tom ernst. »Du hast Bananen, Kiwis, Kirschen und eine Wassermelone in deinem WhatsApp-Profilbild. Ich dachte, das ist vielleicht dein Lieblingsobst.« Er stellte den Topf beiseite und sah mich fragend an.

Ich lachte. Das erste Mal, seitdem ich an diesem Morgen aus dem Bett gekrochen war. »Du meinst den Obstkorb!«

Er nickte. »Der war das Geschenk einer Mutter. Ich fand ihn so hübsch, dass ich ihn fotografiert habe und seitdem als Profilbild nutze. Ehrlich gesagt, habe ich das Bild ganz vergessen.« Tom guckte betroffen.

»Ich liebe Wassermelonen, Kirschen, Kiwis und Bananen!«, sagte ich deswegen schnell und sah ihm dabei in die Augen. Er blinzelte, griff die auf der Theke stehende Auflaufform und schüttete die Nudeln hinein.

»Ja, und du bist genauso mies drauf wie ich, weswegen ich jetzt diesen Nudelauflauf in den Ofen schieben werde«, erklärte Tom. Das tat er aber nicht, er kam zu mir.

Mein Herz schlug wie wild in meiner Brust. In wenigen Wochen würde ich wieder verschwunden sein. Ich hatte ein Kind und stand für kurze Affären nicht zur Verfügung. Trotzdem rutschte ich vom Hocker, trat einen Schritt vor und küsste ihn. Einfach so. Toms Lippen waren so warm und weich, ich hatte gar keine andere Wahl, als sie zu küssen.

Er küsste zurück. Und diesmal weit weniger zurückhaltend als beim letzten Mal.

»Soll der Nudelauflauf in den Ofen?«, fragte er heiser, als wir eine kurze Kusspause einlegten.

»Weiß ich nicht«, murmelte ich gegen seine Lippen.

»Luisa, ich mache so etwas sonst nicht.« Tom klang fast ein wenig verzweifelt.

»Ich auch nicht«, gab ich zurück. Das letzte Mal war gefühlte Lichtjahre her. Behutsam manövrierte Tom mich rückwärts zur Treppe, offenbar in Richtung Schlafzimmer.

Vermutlich hätte ich jetzt die Reißleine ziehen sollen. Stattdessen grub ich die Hände in den Stoff seiner Jeans. Tom lachte. Ich erstarrte angesichts der fühlbaren Muskeln unter meinen Handflächen.

»Willst du das wirklich?«, stieß ich hervor, und Tom schob mich auf Armeslänge von sich.

»Ja«, sagte er knapp und fragte ruhig: »Du auch?«

»Ja«, erwiderte ich. Dann nahm er meine Hand und führte mich ins Schlafzimmer, wo er mich sanft aufs Bett hob. Ich machte mich an seinem Shirt zu schaffen und warf es auf den Boden, dann war seine Hose dran. Es war mir eine Freude, diesen durchtrainierten Mann zu entkleiden.

Tom war schön. Die richtige Mischung aus muskulös und natürlich. Aus Makellosigkeit und Spuren des Lebens. Als ich merkte, dass ich automatisch den Bauch einzog, war es schon zu spät. Der verdammte Gedanke war da, und Tom spürte es. Er hielt inne.

»Immer noch okay?«, fragte er leise, und ich nickte.

*Ja, aber wirst du mich auch schön finden?*

Ich hasste diesen Gedanken, hasste es, dass es mir wichtig war, schön gefunden zu werden. Aber da hatte Tom schon meine Bluse aufgeknöpft und begonnen, meinen Bauch zu küssen. Für einen Moment wollte ich ihn wegschieben, meine Hände schützend auf meine Mitte legen, die schon einiges mitgemacht hatte. Die Dehnungsstreifen leuchteten hell im Schein der Nachttischlampe. Aber Tom küsste sie einfach. Jeden Streifen einzeln. Trotzdem spürte er mein Zögern, er hielt inne und hob den Kopf. Er flüsterte: »Ich mag Patina. Und das hier ist wunderschöne Patina.«

Ich sah ihn an und atmete tief durch. Dem gab es nichts hinzuzufügen. Mit einem schnellen Griff zog ich die Bluse aus, öffnete meinen BH, und Tom nahm seine Tätigkeit ebenfalls wieder auf, nur dass er sich jetzt nicht mehr mit meinem Bauch aufhielt. Ich schloss die Augen und gab die Kontrolle ab. Das fühlte sich wirklich verdammt gut an.

Ich lag mit dem Kopf auf Toms Bauch und lauschte seinem Atem. »Dein Körper ist zum ersten Mal, seit ich dich kenne, entspannt«, sagte er, und sein Brustkorb vibrierte bei diesen Worten.

»Hmpf«, brummte ich. Mehr ging nicht. Ich konnte mich nicht bewegen oder gar sprechen. Vielleicht würde ich nie wieder sprechen können. Aber das war nicht schlimm. Nichts war schlimm. Mein Gehirn war einfach in den Leerlauf gesprungen. Bis es dann doch irgendwann von einem Gefühl erreicht wurde.

»Tom.« Ich hob den Kopf, um ihn ansehen zu können. »Ich sterbe vor Hunger.«

»Dann überbacke ich mal etwas mit Käse«, sagte der nackte Mann träge, und ich rollte mich unter größter Kraftanstrengung ein wenig zur Seite, damit er aufstehen konnte. Er erhob sich langsam genug, dass ich ausgiebig seine wunderschöne Rückseite betrachten konnte. Sein Hintern fühlte sich nicht nur gut an, er sah auch exzellent aus. Tom war groß und stark und ein richtiger Kerl. Masse dort, wo sie gut wirkte. Und ein bisschen auch dort, wie ich jetzt bemerkte, wo sie nicht hingehörte. Aber das störte ihn offenbar nicht besonders. Splitterfasernackt spazierte er in die Küche, um den Auflauf in den Ofen zu schieben, und kam zurückgeschlendert. Ohne nur einen Gedanken daran zu verschwenden, den Bauch einzuziehen. Was hatte er gesagt? Schöne Patina. Ich strich über meine schöne Patina und rollte mich wieder in seinen Arm.

»Erzähl mir was von dir, Tom«, murmelte ich schläfrig. Er lag auf dem Rücken und drehte mir den Kopf zu. Ich hatte seinen dichten Haarschopf in Unordnung gebracht und fuhr jetzt mit zwei Fingern hindurch, um ihm die Strähnen hinter das Ohr zu streichen. Es fühlte sich sonderbar an. Ich war wirklich aus der Übung in Bezug auf Körperkontakt, wenn nicht grad jemand ein Kind gebar. Oder ich den Menschen, den ich berührte, selbst zur Welt gebracht hatte.

»Nein, erzähl du mir was«, erwiderte er träge.

Ich überlegte einen Moment, und meine Augen wurden ganz schwer. Bevor mir etwas eingefallen war, waren wir beide eingeschlafen und konnten von Glück sagen, dass Tom die Backofenuhr gestellt hatte, die uns eine halbe Stunde später mit ihrem schrillen Piepen in die Welt zurückkatapultierte.

Wir speisten im Bett, und zwar direkt aus der Auflaufform.

»Wie bist du darauf gekommen, Osteopath zu werden?«, fragte ich, als er die Auflaufform samt Besteck vorsichtig auf den Boden neben dem Bett abstellte.

Er kam wieder hoch und sah mich erstaunt an. »Das wurde ich noch nie gefragt. Ich habe immer Sport gemacht, und dann eine Ausbildung zum Physiotherapeuten. Das reichte mir nicht, deshalb habe ich noch mal die sechs Jahre Ausbildung in Mühlheim drangehängt.«

»Wieso reichte dir das nicht?«

»Du stellst Fragen.« Er zog eine Augenbraue hoch und schien einen Moment nachdenken zu müssen. »Alles hängt mit allem zusammen – wenn du Probleme mit dem Knie hast, kann das an zu fettem Essen liegen. Wenn dein Becken schief ist, kann es ein Problem mit den Zähnen sein. Wenn du sehr traurig bist, hast du vielleicht Schmerzen im Uterus. Wenn man sehr viel Adrenalin im Körper hat, bekommt man Rückenschmerzen. Die Liste ist lang, mit der Physio bin ich da oft nicht weitergekommen. Außerdem konnte ich schon immer Schwachstellen und Spannungen im Körper erfühlen. Mich hat es interessiert, da tiefer einzusteigen.«

Ich nickte langsam. Ich verstand das sehr gut.

»Palpation ist eine Kunst«, fuhr Tom fort, »und man lernt sein Leben lang weiter. Fast als würde man einen Menschen dreidimensional fühlen.« Er hielt kurz inne. »Klingt das esoterisch?«, fragte er dann.

Ich grinste. »Nur ein bisschen. Sprich weiter.«

Tom kniff leicht die Augen zusammen und betrachtete mich. »Als ich dich das erste Mal berührt habe, war das sehr besonders. Ich spüre sehr viel, wenn ich jemanden anfasse. In dir war so viel Wut und Adrenalin, dass mir die Finger gekribbelt haben. Ich habe mich gefragt: Was für eine Frau bist du? Was für eine Frau hat so viel Energie in sich? Ich dachte, du müsstest mindestens Kickboxerin sein.«

Ich lachte auf. »Na ja, so ähnlich.«

Tom räusperte sich. »Gleichzeitig spürte ich eine große emotionale Wärme und einen perfekt hochgezogenen Schutzwall drum herum.«

»Das klingt jetzt sehr esoterisch«, entgegnete ich.

Er grinste mich entwaffnend an und zuckte entschuldigend die Schultern. Ich sah zu ihm hoch und legte wieder meinen Kopf auf seine Brust. Verdammt, dieser Mann war herrlich warm. Und wenn er sprach, sagte er kluge Dinge.

»Ich weiß, dass in mir zu viel Adrenalin ist«, sagte ich schließlich. »Und dass es kein Ventil nach draußen hat. Ich muss es irgendwie verbrauchen. Als Kind konnte ich einfach brüllend über den Strand laufen, wenn mir danach war. Aber heute sähe das wohl ziemlich seltsam aus. Ich bin Mutter, arbeite ständig und falle negativ auf, wenn ich dem Adrenalin freien Lauf lasse. Jetzt bin ich also eine adrenalingeflutete Frau.«

Toms Körper bebte, als er leise lachte.

»Und warum bist du so wütend?«, fragte ich. »Du hast mir in der Praxis gesagt, dass du auch wütend bist«, fügte ich hinzu.

»Das hast du dir gemerkt?«, fragte er, und ich nickte.

»Meine Schwester ist vor zwei Jahren gestorben«, sagte er nach kurzem Schweigen. »Jackie.« Das Kirchenbuch tauchte vor meinem inneren Auge auf. Ob er den Brief darin geschrieben hatte? Aber da stand doch »N« drunter.

»Und wer ist N?«, fragte ich vorsichtig.

»Ich. Nervensäge. So hat meine Schwester mich immer genannt.« Dann richtete er sich so spontan auf, dass ich förmlich von seinem Bauch gefegt wurde. »Du hast das Kirchenbuch gelesen?«

»Na, es ist öffentlich«, erwiderte ich und setzte mich, mit der Decke auf dem Schoß, im Schneidersitz vor ihn.

»Das heißt doch nicht, dass du es lesen musst.« Er räusperte sich und angelte sich ein Stück Decke. »Ich schreibe ihr da immer rein. Was so passiert. Das ist schon ein bisschen peinlich. Ich könnte ihr ja einfach Briefe schreiben.« Er schwieg. Nach einer Weile sagte er: »Ich könnte es auch einfach lassen. Sie ist schließlich tot.«

»Ja«, sagte ich und fuhr mit dem Zeigefinger über seine nackte Schulter. »Aber wenn es hilft?« Ich zögerte einen kleinen Moment, dann räusperte ich mich und fragte: »Hast du mich gemeint? Damit, dass du eine Frau kennengelernt hast?«

»Ja«, sagte er leise.

»Und warum bist du wütend?«

Mit einem Seufzer drehte Tom sich zur Seite und stützte den Kopf auf eine Hand. »Sind wir schon in der Phase, in der wir uns unsere Geheimnisse anvertrauen? Ich dachte, wir haben nur ein bisschen guten Sex und essen zusammen Nudelauflauf.« Er lächelte nachdenklich, hob die Hand und ließ seine Finger in sanften Bewegungen um meinen Bauchnabel und die Rippenbögen kreisen.

»Jackie ist vor zwei Jahren an Bauchspeicheldrüsenkrebs gestorben«, sagte er. »Als man es nach der Geburt von Lori entdeckt hat, war es schon zu spät. Sie hatte sämtliche Symptome ignoriert. Es ging alles sehr schnell. Hätte man es vorher entdeckt, hätte man vermutlich auch nicht mehr viel tun können, aber sie hätte vielleicht mehr Zeit gehabt. Von der Diagnose bis zum letzten Atemzug waren es keine drei Monate.« Er schwieg und konzentrierte sich auf die Kreise, die seine Finger noch immer über meinen Bauch zogen.

»In den ersten Monaten waren wir alle wie in einer Schockstarre. Sebastian, mein Schwager, hatte plötzlich drei kleine Kinder zu versorgen, eins davon ein Säugling. Ich habe versucht, ihn irgendwie zu unterstützen, aber keiner von uns beiden konnte auch nur eine Windel wechseln. Wir hatten einfach keine Ahnung. Sebastian wusste nicht mal, wo der Kinderarzt ist, geschweige denn, dass Geschirrspülmaschinen ein Sieb haben, das gereinigt werden muss. Meine Schwester ist immer die Super-Mutter und -Gattin gewesen. Sie hat Sebastian quasi durchs Leben getragen und sich um alles gekümmert. Er fand das super. Dann ist sie gestorben, und Sebastian war lost im Leben. So richtig.«

Ich schluckte trocken und legte eine Hand auf Toms Finger.

»Sie ist gestorben, und es war furchtbar«, sagte er. »Einfach alles. Ich war so traurig.« Er holte tief Luft. »Ich bin immer noch traurig.« Einen Moment regte er sich nicht, dann fuhr er fort: »Weil wir doch beide immer Kinder haben wollten, und ich noch keine hatte. Sie hätte das miterleben müssen. Wir wollten alle zusammen nach Dänemark fahren und dort campen. Beide Familien. Ich bin traurig und manchmal wütend. Ich weiß, wie dämlich es ist, auf jemanden, der einen scheiß Tod gestorben ist, wütend zu sein, aber ich bin es trotzdem. Weil sie sich einfach so von dieser Welt verabschiedet hat. Und uns zurückgelassen hat.«

»Ist es nicht«, sagte ich.

»Was?«

»Es ist nicht dämlich, wütend auf sie zu sein.«

Er schwieg.

»Wie habt ihr das geschafft?«, fragte ich.

»Mit Freunden. Sebastian wohnt jetzt hier, direkt nebenan. Er ist Anwalt und hat seine Stunden reduziert, aber es geht nur mit viel Hilfe. Die Betreuung und die gesamte Organisation ist eine ziemlich stressige Angelegenheit. Das kannst du mir glauben.« Er hielt inne. »Pardon. Das weißt du vermutlich.«

Ich zögerte einen kleinen Moment, dann sprach ich es endlich aus. »In der Woche, bevor ich hergekommen bin, war ich bei einer stillen Geburt dabei. Das kleine Mädchen ist vor der Geburt gestorben, aber niemand hat es gewusst. Es war so furchtbar traurig. Ich war schon auf hundertachtzig, weil wir mal wieder total unterbesetzt waren und ich zwischen dieser und einer anderen Geburt hin und her rennen musste. Ich konnte diese furchtbare Situation nicht gut begleiten, konnte der Mutter nicht beistehen. Als sie ihr totes Baby im Arm hielt, klingelte draußen schon wieder der Alarm. Die nächste Schwangere stand auf dem Flur und rief nach mir.« Ich schwieg einen Moment. »Ich war so wütend«, sagte ich schließlich leise. »Auf die Frau, die da draußen stand und wartete. Auf den Vater des toten Kindes. Weil er so unter Schock stand, dass er seiner Frau nicht beistehen konnte.« Ich schluckte und fuhr dann fort: »An diesem Tag ist irgendwie mein Herz gebrochen. Ich habe wochenlang gezweifelt, ob ich je wieder als Hebamme arbeiten kann. Und will.«

»Vielleicht musstest du wütend sein, weil du sonst einfach zu traurig gewesen wärst und damit handlungsunfähig«, erwiderte Tom nachdenklich. Er drückte meine Hand. Einen Moment schwiegen wir.

»Ich bin schon seit zwei Jahren wütend«, sagte er dann. »Die Wut flammt immer wieder mal auf, wie die Trauer. Sie kommt in Wellen. Letzte Woche hat Sebastian einen Zettel von Jackie gefunden. In einer der Küchenschubladen, vergraben unter Stiften, alten Notizzetteln und Restaurantflyern. Es war ein Rezept für ihren berühmten Apfelkuchen. Mit Pudding und Streuseln. Wir alle haben den geliebt. Aber sie hat das gesamte Rezept in irgendeiner Art persönlicher Steno geschrieben. Unentzifferbar. Sie hatte das nur für sich aufgeschrieben, nie daran gedacht, es mit uns zu teilen. Und ich dachte mir: Echt jetzt? Das Einzige, das er nach deinem Tod von dir findet, ist dieses verschlüsselte Rezept? Es war alles in ihrem Kopf und wurde mitbeerdigt. Du glaubst gar nicht, wie wütend mich das macht. Sie hat alles an sich gerissen, Sebastian konnte es ihr nie recht machen, weswegen er es dann einfach gelassen hat. Bei Jackie musste immer alles perfekt sein.«

Tom sah wirklich wütend aus. Aber im nächsten Moment atmete er aus und entspannte sich. »Ätzend. Sag es keinem.«

»Du schreibst es ins Kirchenbuch. Alle können es lesen.«

»Nein. Ja. Aber da steht nicht, dass ich wütend auf sie bin.«

»Was ist mit euren Eltern?«, fragte ich. Er kniff kurz die Augen zusammen.

»Unsere Eltern sind beide vor zehn Jahren gestorben. Kurz nacheinander. Erst mein Vater an einem Schlaganfall, danach meine Mutter an gebrochenem Herzen.«

Ich atmete tief durch. »Das tut mir furchtbar leid.«

»Solche Dinge passieren. Hast du die Eltern von dem toten Baby noch mal wiedergesehen?«, fragte er.

Ich schüttelte den Kopf.

Er seufzte. Dann hob er den Blick und sah mich an. »Wollen wir Eis essen? Ich habe Macadamia Nut Brittle.«

Ich nickte, und Tom sprang – immer noch nackt – aus dem Bett und kam kurz darauf mit gleich zwei Eispackungen wieder. Damit war das Thema rund um tote Angehörige, Wut und Trauer beendet.

Als mein Handy mir eine Nachricht verkündete, ließ ich erst den Löffel auf die Bettdecke fallen und kleckerte dann Eiscreme quer über das Kopfkissen. Während ich fluchend versuchte, das Ganze irgendwie mit dem Geschirrhandtuch, das neben der Auflaufform lag, abzutupfen, beobachtete Tom mich ungerührt und löffelte weiter Eis aus seiner Packung.

»Lass das. Entspann dich«, sagte er schließlich.

Ich hielt inne, sah ihn stumm an und unterließ weitere Rettungsmaßnahmen. Dafür griff ich mir mein Handy. »Ich muss erreichbar sein. Wegen Amelie«, erklärte ich ihm, doch er nickte nur. Es war aber nicht Amelie. Es war Hannes.

*»JETZT MELDE DICH BITTE MAL!«*

In Großbuchstaben. Dieser Umstand verlieh der ganzen Sache noch mehr Dringlichkeit. Ich war versucht, ihm zu schreiben, er möge endlich seine Mailbox abhören, stattdessen räusperte ich mich, schloss die Nachricht und warf mein Handy zu meinen Klamotten auf den Boden.

»BÄM«, sagte Tom, stellte sein Eis weg und sah mich eindringlich an. »Da ist es wieder.«

»Was?«, fragte ich spitz zurück.

»Dein Körper hat reagiert. Der Stress ist zurück. Ist was mit Amelie?«

Ich schüttelte den Kopf und schob mir erneut einen Löffel Eis in den Mund.

»Mit ihrem Vater.«

»Ah. Und was ist mit dem?«

Ich atmete tief durch. »Er will plötzlich Kontakt zu Amelie haben. Ich habe ihn schon zurückgerufen, ihn aber nicht erreicht.«

»Und was ist so schlimm daran? Dass er Kontakt haben will?«, fragte Tom und klang ehrlich interessiert.

Ich warf ihm einen langen Blick zu. Das war jetzt nicht der Zeitpunkt, um dieses unliebsame Thema zu behandeln. Für andere klang es immer ganz leicht. Das war es aber nicht. Ganz und gar nicht.

»Es tut mir leid. Ich muss los«, sagte ich. »Zu Amelie.« Ich sprang auf und schnappte mir meine Klamotten. Dann lief ich nackt, ohne den Bauch einzuziehen, ins Bad und zog mich dort an.

# Kapitel 21

Die Tage vergingen viel zu schnell. Die Sonne schien, dann regnete es wieder. Der Wind spielte mit meinen Haaren, und ich bekam eine gesunde Sommerbräune. Amelie wuchs so schnell, dass man ihr dabei zusehen konnte, und verbrachte viel Zeit mit ihren neuen Freundinnen. Leider wuchs damit auch ihr Wunsch, nie mehr nach München zurückzukehren.

Meinem Rücken ging es so lange gut, wie ich nicht an München dachte. Es war fast beängstigend. Sobald meine Gedanken abschweiften, waren sie wie fiese kleine Kieselsteine, die auf meiner Seele eine unangenehme Reibung verursachten. Meine Kolleginnen hatten mir eine liebe Karte geschrieben. Sie vermissten mich. Sie konnten ja nicht ahnen, dass alleine der Gedanken an die Klinik mir leichte Übelkeit verursachte.

Die Autowerkstatt hatte sich auch gemeldet. Immer noch stand der Mini kaputt auf ihrem Parkplatz herum, und ich hatte kein Geld, um ihn reparieren zu lassen. Wie es aussah, würde ich auch in Zukunft kein Geld dafür haben, aber ich brauchte das Auto. Zur Krönung hatte mich gestern mein Vermieter angerufen und angekündigt, dass er jetzt eine Firma für meine Hausreinigung beauftragen würde. Das war natürlich richtig, aber es verbesserte die Situation auf meinem Konto kein Stück. Genauso wenig wie die Tatsache, dass meine Krankschreibung in weniger als zwei Wochen auslief. Vorher musste ich eine Entscheidung treffen. Krankentagegeld konnte ich mir beim besten Willen nicht leisten.

Dafür hielt mich Alexandra weiter auf dem Laufenden. Sie schickte mir einfach unverdrossen Mails mit Infos, was sie alles schon getan hatte und noch tun würde und was meine vielfältigen Aufgaben sein würden, sobald ich zurück war. Hannes hatte ich immer noch nicht wieder angerufen. Bestimmt war das falsch, aber seine Nachrichten hatten mich wütend gemacht. Sein Vorwurf, dass ich Amelie von ihm fernhalten wolle, war so böse, dass er mich tief im Herzen schmerzte. Ich ging dem Problem aus dem Weg und gönnte mir stattdessen immer wieder Träumereien mit Tom. Dabei kam der mir noch ungelegener als das kaputte Auto und die Kosten für die Hausreinigung.

Suse ächzte unter der Last der Hochsaison und fand keine Aushilfe im Café. Seit einer Woche ging ich an zwei Tagen zu ihr, um wenigstens in der Küche zu helfen und mich zu Heinz zu setzen. Manchmal kamen auch ein paar der Kinder dazu und zeigten ihm, wie man ein Pokémon fing. Oder sie malten. Oder erzählten Heinz wilde Abenteuergeschichten. Man konnte ihm gut Geschichten erzählen, er war immer sehr beeindruckt. Und wenn er genug hatte, schloss er einfach die Augen und schlief eine kleine Runde. Das war gewöhnungsbedürftig, aber eigentlich eine gute Lösung.

Gerade hielt Heinz mal wieder ein kleines Nickerchen, und Steffi sah aus, als ob ihr das auch guttun würde. Ihre Tochter saß auf meinem Schoß und sah sich ein Bilderbuch an. Sie war fast drei und hieß Mira, das wusste sie aber nicht, weil sie nur Murmel genannt wurde.

»Helge und ich haben jetzt komplizierte Exceltabellen erstellt, mit deren Hilfe wir komplexe Einkommensszenarien errechnet haben, um rauszufinden, wann, wie und wie oft ich mir meinen Job leisten könnte. Und weißt du, was dabei rausgekommen ist?«, fragte sie mich und rümpfte die Nase. Ich zuckte die Schultern.

»Alles, was ich verdienen würde, wäre sofort in Kinderbetreuung investiert. Restlos.«

»Halleluja«, sagte ich und betrachtete meine Freundin, die erschöpft aussah.

»Wie soll ich denn fürs Alter vorsorgen, wenn ich es mir einfach nicht leisten kann?« Resigniert zuckte sie die Schultern. Dann schlug sie sich energisch auf die Oberschenkel und stand auf. »Und jetzt muss ich los. Einkaufen, danach mit Murmel zum Kinderarzt wegen dem Hautausschlag an ihrem Schienbein, dann muss ich kochen, denn um eins kommt mein Großer von einem Freund zurück. Den Kleinen muss ich bei Wibo abholen, den wollte ich nicht auch noch mit zum Kinderarzt schleppen. Dann muss ich heute dringend drei Maschinen Wäsche waschen, gucken, dass sie sich nicht streiten und der Fernseher nicht den ganzen Tag läuft, und der Große muss noch Mathe üben. Manchmal …« Sie hob einen Zeigefinger und wedelte damit herum. »Manchmal möchte ich gerne auswandern. Alleine.« Sie zog die Nase hoch und überlegte kurz. »Euch würde ich mitnehmen. Und die Strandkörbe. Sonst niemanden.« Sie nahm ihre kleine Tochter auf den Arm, küsste mich auf die Wange, Heinz auch, der davon aufwachte und sie anlächelte, und verschwand eiligen Schrittes.

Ich sah ihr nach. Dann griff ich in meine große Tasche und zog Wibos Computer hervor. Sie hatte ihn mir geliehen, damit ich damit endlich eine neue Speisekarte für Suse erstellen konnte. Ich hatte schon am Morgen damit angefangen, und es sah großartig aus, auch wenn ich von der Erstellung von Speisekarten nicht die Bohne verstand. Musste an diesem Wahnsinns-Laptop liegen.

»Mal noch einen Hund dazu«, sagte Heinz.

Ich fand keinen Hund, dafür aber einen Vogel, der mit ein wenig Fantasie als Möwe durchging.

»Das ist auch schön«, beschied Heinz und sah dann hinaus auf das rege Treiben auf der kleinen Touristenmeile. Es war wirklich die Hölle los. Und das Wetter tat auch so, als wären wir gar nicht im Norden, sondern irgendwo auf einer Südseeinsel.

Im nächsten Moment kam Fiete um die Ecke und schwungvoll ins Café gestiefelt. Suchend sah er sich um, entdeckte mich und Heinz und winkte uns knapp zu.

»Fiete«, rief Heinz und erhob sich umständlich. »Ich kenne ihn«, erklärte er mir. »Setz dich zu uns.« Fiete schob die Hände in die Hosentasche und schien erst mal darüber nachdenken zu müssen.

»Ich kenne ihn auch«, sagte ich und deutete auf den leeren Stuhl an unserem Tisch. »Komm. Ich mache dir einen Kaffee. Ich bin befugt, Kaffee zu machen. Also nicht für die Gäste, aber für dich schon.«

Fiete setzte sich tatsächlich, und als ich mit einer Tasse Kaffee zurückkam, unterhielt er sich mit Heinz über das Wetter. Bis Heinz lächelte, die Augen schloss und wieder ein Nickerchen hielt.

»Bewundernswert«, sagte Fiete, deutete auf Heinz und nahm einen Schluck aus seiner Tasse. Und dann schwiegen wir uns an. Ich tippte noch ein wenig in der Speisekarte herum, löschte aus Versehen den Vogel und versuchte ihn erneut einzufügen, was nur dazu führte, dass der gesamte Text fett wurde, sich in alle Himmelsrichtungen verschob und schlussendlich blau blinkte. Schnell schob ich das MacBook weg, damit es nicht explodierte.

Da ging die Tür auf, und ein riesiger Kerl mit einem finsteren Gesicht und drei übereinandergestapelten Kartons auf dem Arm kam herein. Mit seiner Tarnhose und dem schwarzen Langarmshirt über seinem sehr muskulösen Oberkörper sah er aus, als käme er gerade von der Jagd. Ich suchte kurz und erschrocken nach dem Jagdmesser an seinem Gürtel, fand es aber zum Glück nicht.

Gerade wollte ich eine flapsige Bemerkung zu Fiete machen, um zu sehen, ob man mit ihm lästern konnte, da sah ich seinen

Gesichtsausdruck. Er war ein wenig blass um die Nase und presste die Lippen fest zusammen.

»Guck mal«, sagte ich betont munter. »Kannst du das reparieren? Ich kenne mich mit dem Mac nicht aus, und mit Word schon mal gar nicht.«

Fiete sah mich an, als hätte ich ihn aus dem Koma erweckt. Aus dem Augenwinkel sah ich, wie Suse auf den Kerl zueilte, ihn links und rechts auf die Wange küsste und ihm die Kartons abnahm, in denen sich vermutlich Torten befanden. Das war also der Tortenbäcker Matthias. Fietes heimliche Liebe. Und dann sah ich, wie der tortenbackende Ex-Soldat sich umdrehte und Fiete entdeckte. Weg waren die düstere Miene, die Selbstsicherheit und das ganze Programm. Fiete starrte jetzt betont konzentriert auf den Mac, sodass es ganz offensichtlich mir zufiel, den Riesen zu begrüßen.

»Hallo«, sagte ich. »Sie müssen Matthias sein. Ich habe letztens ein Stück Torte von Ihnen gegessen, und es war köstlich.«

Matthias nickte mir zu und entspannte sich ein bisschen. »Danke. Hallo Fiete.«

Fiete hob endlich den Blick vom Bildschirm. »Matthias«, sagte er.

»Probleme?«, fragte Matthias.

Ich nickte. »Ich habe versucht, für Suse eine Speisekarte zu basteln, und dann mit einem Klick alles kaputt gemacht.«

Matthias kam näher und beugte sich ebenfalls über das Notebook. Ich sah, wie Fiete die Luft anhielt. Zwischen den beiden knisterte es so sehr, dass vermutlich gleich die Tischdecke in Flammen aufgehen würde. Matthias drückte zwei Tasten, und sofort stellte der Laptop alles wieder so ein, wie es vorher gewesen war. Natürliche Autorität, würde ich sagen. Oder einfach Sachkenntnis. »›Command‹ und ›Z‹ gleichzeitig drücken, dann springt er zurück zur letzten Eingabe.«

Er nickte uns zu und verschwand.

»Toller Typ«, raunte ich und drehte den Bildschirm schwungvoll wieder zu mir. Fiete sagte nichts dazu, und ich verkniff mir jede weitere Bemerkung. Ein paar Minuten später hatte er sich so weit gesammelt, dass er mir seinen leeren Becher entgegenhielt. »Kann ich noch einen haben? Ich muss was mit dir besprechen.«

Ich eilte hinter die Theke, besorgte neuen Kaffee und setzte mich wieder. Diesmal kam Fiete direkt zum Thema.

»Hannes hat sich bei Mimi gemeldet.«

»Bitte was?«, fragte ich. Das konnte ja wohl nicht wahr sein! Fiete nickte knapp. War wohl doch wahr.

»Seitdem windet sie sich, weil sie nicht weiß, wie sie dir sagen soll, dass er angerufen hat. Weswegen ich mir gedacht habe, ich sage es dir. Ruf den Typen an.«

»Ich weiß nicht, was er von mir will«, sagte ich schwach.

»Dann find's raus.«

»Haha«, sagte ich ärgerlich.

»Ich mein's ernst.« Er nickte nachdrücklich. »Du musst ihn anrufen. Du musst mit Mimi reden. Über euren großen Streit. Ihr müsst das klären.«

Ich lehnte mich zurück und verschränkte die Arme vor der Brust. »Da solltest du dich nicht einmischen.«

Fiete beugte sich nach vorne und sah mich an. »Mimi ist meine beste Freundin. Ich weiß, dass kein Tag vergeht, an dem sie nicht an euren Streit denkt.« Er schwieg, dann räusperte er sich und legte die Hände auf die Tischplatte. »Sie hat dich in den letzten Jahren furchtbar vermisst«, sagte er dann. Mit diesen Worten erhob er sich und ging.

Heinz klappte die Augen auf und lächelte mich an. »Ich habe drei Kinder.«

Ich klappte den Laptop zu und nickte. »Ich weiß, Heinz. Ich habe eine Tochter.«

»Ich mag Kinder.«

»Ich auch. Erinnerst du dich? Ich bin Hebamme.«

»Ein toller Beruf«, sagte Heinz und griff nach der Zeitung. Diese Unterhaltung würde ich heute bestimmt noch mindestens zweimal führen. Aber das war gut so, denn Heinz hatte eine beruhigende Wirkung auf mich.

Als ich zwei Stunden später Amelie bei Miike abholte, traf ich dort erneut auf Steffi, die gerade ihren Sohn einsammelte. Mit verkniffener Miene starrte sie in ihre Kaffeetasse.

»Hab abgesagt«, erklärte sie mir, kaum dass ich die Küche betreten hatte.

»Kacke«, sagte ich und lehnte mich neben ihr an den Küchentresen.

»Warum ist nur alles so kompliziert?«, fragte sie. »Wibo grüßt übrigens herzlich. Sie musste noch mal kurz zum Einkaufen. Solange bleibe ich hier.«

»Das tut mir leid. Also das mit dem Job«, sagte ich.

Sie knurrte vernehmlich. »Ich habe diese Pilates-Trainer-Ausbildung doch nicht umsonst gemacht. Aber anscheinend schon. Das Geld ist auch so schon knapp, ich muss etwas dazuverdienen. Ab wann kann man seine Kinder alleine lassen? Wenn sie achtzehn sind?«

Die, über die wir gerade sprachen, kamen just in diesem Moment die Treppe herunter und verteilten sich in der Küche.

»Fällt dir auf, dass ich nur über mich rede? Ja? Wie geht es eigentlich dir, Luisa?«, fragte Steffi mich über die Kinderköpfe hinweg, auf denen heute mal keine Farbe klebte.

Ich sah sie an. Wie ging es mir eigentlich? »Ich hab da noch zwei offene Baustellen«, sagte ich langsam. »Aber sonst …« Ich dachte noch einen Moment lang nach. »Sonst geht es mir gut.« Wenn ich Hannes und Mimi ausklammerte, stimmte das. Okay. Und München. Der Gedanke an unsere kleine Wohnung, die zwar verkehrsgünstig lag, aber durch die Straße so laut war, dass man kein Vogelzwitschern hörte. Und den Mini. Die Ebbe auf meinem Konto. Und meinen Job. Ja, ganz besonders den. Wenn man das alles aber ausklammerte, ging es mir gut.

»Wie lange bist du noch hier?«, fragte sie und hob Murmel auf den Arm. Die Kleine lehnte ihren verschwitzten Lockenschopf an Steffis Hals, und diese legte ihr liebevoll eine Hand an den Hinterkopf.

»Knapp vier Wochen«, antwortete ich. Steffi küsste ihre Jüngste auf die Stirn. Dann sagte sie: »Bleib doch einfach hier. Wir schreiben dir eine Entschuldigung für München.« Ich grinste ein wenig und atmete tief durch. Wenn der Gedanke nicht so abwegig gewesen wäre, hätte er mir gut gefallen.

Keine halbe Stunde später waren wir zurück auf dem Hof. Amelie hielt sich nicht lange auf und verschwand zu Fiete in den Ziegenstall. Offenbar gab es dort noch wichtige Dinge zu erledigen. Ich sah ihr einen Moment hinterher. Sie lief so selbstbewusst, die langen Arme schlenkerten links und rechts von ihrem Oberkörper und die Jeans endete knapp über ihren Knöcheln. Ich suchte nach meiner internen To-do-Liste, die sonst eigentlich irgendwo in meinem Kopf herumschwebte, aber heute fand ich sie nicht. Also zückte ich mein Handy und notierte: »Neue Hose Amelie«. Mein Gehirn war immer noch löchrig wie ein Kartoffelacker bei einer Mäuseplage.

Als ich gerade ins Haus gehen wollte, kam Frau Ahorn schwanzwedelnd auf mich zugelaufen und verteilte gleich eine ganze Auswahl an angesabberten Spielzeugen vor mir. Den fiesen Gummiknochen, einen Ball und ein Seil.

»Nein, danke«, sagte ich zu ihr und lief in die Küche.

Hier saß Mimi am Tisch und starrte aus dem Fenster. Vor ihr lagen diverse Unterlagen und Ordner. Sie wirkte derangiert. Innerlich und äußerlich. »Warst du im Café?«, fragte sie.

Ich nickte.

»Bist du die Beistellziege vom Heinz?«, fragte sie.

Als ich erst verblüfft, dann empört guckte, sagte sie schnell: »Das war nicht böse gemeint. Wenn man ein Pferd alleine hält, stellt man oft noch eine Ziege dazu. Weil Pferde nicht allein sein sollten. Menschen übrigens auch nicht. Wir sind auch Herdentiere.«

Das war echt so Mimi. Ich überging ihre Worte. »Was wollte Hannes von dir?«, fragte ich stattdessen. Jetzt runzelte Mimi die Stirn. »Woher weißt du das?«

»Fiete hat es mir gesagt.«

»Verräter.« Mimi schnaubte verächtlich. Dann überlegte sie einen Moment. »Er will Kontakt zu seiner Tochter.«

Ich lachte auf. »Er will auch zum Mars fliegen und Surfweltmeister werden und glaubt fest daran, irgendwann von irgendwem für irgendwas entdeckt zu werden. Bestimmt wird er als Nächstes Influencer.«

Mimi räusperte sich. »Du solltest ihm die Möglichkeit geben, wenigstens mit Amelie zu telefonieren.«

Ich umfasste die Küchenarbeitsplatte fester. »Das habe ich nie verhindert!«, sagte ich laut. Ich musste mich verhört haben. »Ich habe ihn zurückgerufen und ihm auf die Mailbox gesprochen. Dass Amelie sich melden wird, wenn es passt. Seitdem bombardiert er mich mit Nachrichten. Vermutlich würde Amelie auch nur seine Mailbox erreichen. Dann ist sie wieder traurig. Es zerreißt mir das Herz, wenn ich ihr enttäuschtes Gesicht sehe. Wie immer, wenn Hannes nicht angerufen hat, obwohl es abgesprochen war. Oder als er uns in München besuchen wollte und dann sein Auto kaputtgegangen ist«, ich musste Luft holen, »wofür er vielleicht nichts konnte. Aber nichts klappt, wenn es mit Hannes zu tun hat!«

Mimi räusperte sich. »Vielleicht hat er sich geändert. Das tun Menschen. Sie ändern sich.«

Ich trat einen Schritt vor. »Du hast doch immer gesagt, dass Hannes niemand ist, mit dem man ein Kind bekommen sollte. Du hast ihn kritisiert, beschimpft und bei unseren wenigen Besuchen fast vom Hof gejagt. Und du hattest recht.« Sie hatte viel mehr getan und mich eine Idiotin genannt, weil ich mich überhaupt mit Hannes eingelassen hatte.

Mimi hob eine Augenbraue, schwieg aber, also fuhr ich fort: »Ich hätte mir gewünscht, dass du ihm jetzt am Telefon mitgeteilt hättest, was du von ihm hältst. Dass du auf meiner Seite stehst.« Meine Stimme zitterte, trotzdem bemühte ich mich, ruhig zu bleiben.

»Vielleicht wäre es gut, wenn deine Tochter auch einen Vater hätte.«

Es war, als hätte sie eine Bombe platzen lassen.

»Weil ich so eine schlechte Mutter bin, oder was?«, fragte ich mit unterdrückter Wut in der Stimme.

Genervt rollte Mimi die Augen. »Das habe ich nie gesagt. Ich habe eben länger mit ihm gesprochen und denke, er hat sich geändert.«

»Das denkst du, ja? Du denkst Dinge und du entscheidest Dinge. Wahrscheinlich hast du ihn gleich eingeladen, uns zu besuchen? Würde zu dir passen.«

Mimi wurde doch tatsächlich blass. Dann schüttelte sie in einer abgehackten Bewegung den Kopf. »Du spinnst«, sagte sie tonlos.

Das brachte das Fass zum Überlaufen.

»Kurz bevor Mama gestorben ist, hast du mir gesagt, es ginge ihr gut.« Meine Worte waren schneidend, und Mimi riss den Kopf hoch.

»Es ging ihr gut«, sagte sie tonlos und fast ohne den Mund zu bewegen. »Es ging ihr nach der ersten Chemo gut.«

Ich beugte mich vor. »Das hast du gedacht. Dann ist sie gestorben. Ohne, dass ich mich verabschieden konnte. Weil du«, die Wut brachte mich dazu, schnaufend durchzuatmen, »weil du einfach wieder mal für alle entschieden hast. Du hast entschieden, dass es ihr gut geht. Du hast entschieden, dass ich nicht zu kommen brauchte. Du!«, brüllte ich und trat mit dem Absatz so heftig gegen die Küche, dass das ganze Haus leise ächzte. Dann rannte ich hinaus. Ich hatte unser Monster freigelassen.

»Was glaubst du eigentlich, was hier los war? Meinst du, ich hätte dich und Hannes auch noch ertragen?«, brüllte Mimi mir hinterher, doch da klingelte schon mein Handy. Aus irgendeinem mir nicht begreiflichen Grund riss ich es aus der Hosentasche und nahm das Gespräch entgegen.

»Hallo, hier ist Maybritt«, sagte eine freundliche Stimme, und ich blieb so abrupt mitten auf dem Hof stehen, dass ich fast ins Schlingern kam.

»Der Hannes ist ganz furchtbar traurig, dass du dich auf seine Nachrichten nicht meldest«, sagte die Frau, und ich drückte das Gespräch so hektisch weg, dass mir das Handy aus den Händen fiel.

# Kapitel 22

Meine Finger zitterten derart, dass mir das Handy noch zwei Mal aus den Händen glitt, als ich es versuchte aufzuheben. »Super erwachsen, Luisa. Ganz toll hast du das gemacht.« Ich suchte nach der Nummer von Maybritt, zögerte einen Moment und wählte dann eine ganz andere.

Es dauerte lange, bis endlich jemand abnahm.

»Hallo Luisa«, sagte Tom. »War grad im Laden an der Kasse.«

»Hallo Tom«, sagte ich, und der Wind pustete mir die Locken ins Gesicht. Ich räusperte mich. Dann fehlten mir die Worte.

»Luisa? Alles klar bei dir?«, fragte Tom, und ich hörte im Hintergrund eine Autotür klappen.

»Können wir uns am Strand treffen?«, fragte ich schnell, bevor mich der Mut wieder verließ.

»Klar«, sagte Tom. »Jetzt?«

»Jetzt. Sonst springt mir wohl vor lauter Wut das Hirn aus dem Kopf und fliegt eigenständig zum Mars.«

»Das gilt es zu verhindern. In Böhl? Am Strand? In einer halben Stunde?«

»Ja, bitte«, erwiderte ich und legte auf. Ich schnappte mir Mimis Rad, schwang mich in den Sattel und flog zum Strand. Trotz Gegenwind.

Am Strand war wenig los. Ein paar Autos standen herum, weit entfernt sah ich ein paar Menschen umhergeistern. Die Nordsee war nah, es war Flut und ich wanderte energischen Schrittes über den festen Sand bis zur Wasserkante. Die See war aufgewühlt. Die feine Gischt traf mich mitten ins Gesicht und ließ mich nach Luft schnappen. Ich warf einen Blick auf mein Handy, das ich vorsorglich in die kleine Frühstückstüte eingewickelt hatte, die immer im Fahrradkorb lag. Im Norden hatte man immer kleine Frühstückstüten dabei, um Handys vor Regen zu schützen.

Die halbe Stunde war rum, aber Tom war nicht in Sicht. Ich lief ein Stück zurück, um wieder trockenen Sand unter den Füßen zu haben, dann hockte ich mich hin. Die Nordsee toste, und sie klang eindeutig wütend.

Irgendwann schliefen mir die Füße ein, und ich setzte mich in den Sand, woraufhin mein Hintern kalt wurde. Aber das war nun nicht zu ändern. Noch einmal linste ich auf mein eingewickeltes Handy. Tom war fast fünfzehn Minuten zu spät. Ich atmete tief durch und starrte auf das aufgewühlte Meer.

»Ich bin da!«, rief es plötzlich hinter mir, und Tom ließ sich mit gleich zwei gepackten Rucksäcken neben mir in den Sand plumpsen.

»Du bist zu spät«, knurrte ich und würdigte ihn keines Blickes.

»Ja«, sagte er nur. Dann wühlte er in einem der Rucksäcke und beförderte eine dicke Jacke hervor, die er mir reichte.

Doch statt die Jacke zu nehmen, sagte ich: »Du bist fast eine halbe Stunde zu spät!«

Tom zog die Stirn kraus. Dann schüttelte er den Kopf und drehte einmal eindrucksvoll die Augen in alle Richtungen.

»Echt jetzt?«, fragte er dann recht laut. »Ich bin übrigens exakt elf Minuten zu spät, weil ich noch ein paar Sachen für uns eingepackt habe. Sorry. Und ich bin genervt von dir, weil du aus allem einen unveränderbaren Charakterzug machst. Ich bin der zuverlässigste Mensch der Welt«, sagte er. Ich kniff die Lippen zusammen. »Im Gegensatz zu dir. Du hast dich einfach nicht mehr gemeldet.«

Empört sah er mich an. »Also Luisa, was ist los? Warum treffen wir uns bei diesem Wetter am Strand, wenn ich ein trockenes und warmes Haus habe? Wo der Kühlschrank übrigens gut gefüllt ist.« Er beugte sich zu mir und nahm dann einfach meine Hand.

Ich zuckte die Schultern. »Ich musste ans Wasser«, sagte ich und drückte seine Finger. In Gedanken fügte ich noch hinzu: *Und dich sehen. Weil du mir guttust.*

Tom legte einen Arm um mich, und ich lehnte mich gegen ihn. Er war herrlich warm, und ich drückte mein Gesicht gegen seine Halsbeuge. Das beruhigte meinen wütenden Herzschlag ein wenig, aber das reichte noch nicht. Ich löste mich von ihm.

»Wollen wir bis zur Wasserkante laufen?«, fragte ich, allerdings nahm der Wind meine Worte mit sich und verteilte sie in alle Himmelsrichtungen. Ich stand auf und wiederholte meine Frage lauter. Tom nickte zwar etwas verwirrt, stand aber ebenfalls auf. Ich musste irgendwie näher ans Wasser, noch dichter ran an die wütend tosende Nordsee. Wollte noch mehr die Naturgewalt spüren. Damit ich ihr meine eigene Wut überlassen konnte. Das hatte doch früher wunderbar funktioniert.

Gemeinsam liefen wir ein Stück weiter über den festen Sand, bis ich die kalte Gischt im Gesicht spüren konnte. Ich schloss die Augen und tastete blind nach Toms Hand.

Dann atmete ich tief durch. Ich dachte an mein wunderbares Kind. Und daran, wie gerne ich Mutter war. Aber wie schwierig es mir gemacht wurde. Wie viel Angst ich hatte, dass Amelie wieder von Hannes verletzt wurde. Ich dachte an Mimi, die mich so sehr geprägt hatte. Und wie wütend sie auf mich war, weil sie glaubte, dass ich wegen Hannes mein Leben weggeworfen hatte. Ich dachte an meine Mutter, die nie eine richtige Mutter gewesen war. An die Diagnose, die aus dem Nichts gekommen war, an Mimi, die in eiliger Hast ein Pflegebett und alles Mögliche organisiert hatte. Wie sie ihr ganzes Leben umgestellt hatte, um für meine

Mutter da zu sein. Und an den Satz: »Ich habe alles im Griff. Du brauchst nicht zu kommen.« Ich hatte weinend zu Hause gesessen. Amelie war damals noch so klein. Ich hatte keinen Urlaub nehmen können und wollte zwei Wochen später fahren in dem Glauben, dass meine Mutter alles gut überstehen würde. Dass sie nur ein bisschen Ruhe brauchte, bis die erste Runde der Chemotherapie anschlug und den Tumor in ihrer Brust verkleinerte.

Ich umklammerte Toms Hand noch fester.

Zwei Tage später hatte Mimi noch einmal angerufen. Ich war gerade mit meiner Schicht fertig und auf dem Weg zum Kindergarten, um Amelie abzuholen. Mimi hatte nicht geweint am Telefon. Sie hatte mir ganz nüchtern erklärt, dass meine Mutter in der Nacht gestorben war. Einfach so.

Jetzt kam die Wut von ganz alleine. Sie wogte durch mich hindurch, brachte alle meine Moleküle in Schwingung, tobte in meinem Herzen und in meinem Magen, verknotete sich mit meinem Schmerz, meiner Trauer und landete schlussendlich in meinem Kopf. Ich öffnete den Mund und schrie. Ich spürte Toms Hand erschrocken zucken, doch ich umklammerte sie nur noch fester, hielt mich an ihm fest, während ich all das der tobenden Nordsee entgegenbrüllte. Ich kannte die Person nicht, die auf dem weiten Strand von Böhl stand und brüllte, als würde das Schicksal der Welt davon abhängen, aber ich ließ sie gewähren. Denn je länger und je lauter ich schrie, desto tiefer konnte ich dazwischen Luft holen, desto tiefer drangen die feine Gischt und der Sauerstoff bis in den letzten Winkel meiner Lunge.

Das Adrenalin trug mich, bis meine Stimme leiser wurde und ich irgendwann verstummte. Die Nordsee sah aus wie vorher. Und doch hatte ich ihr eine Menge entgegengeschleudert, und sie hatte alles mit in die Tiefen ihrer unendlichen Weiten genommen.

»Jetzt du«, krächzte ich und sah Tom an. Das fahle Tageslicht spiegelte sich in seinen blauen Augen und verlieh ihnen Tiefe. »Du musst dich trauen«, flüsterte ich und packte auch noch mit der anderen Hand seine Finger. Ich sah den Schmerz in seinem Gesicht, seine Lippen zuckten. Er sah mich ganz starr an. »Du kannst das. Es hilft«, sagte ich, jetzt laut. Und dann packte Tom meine Hände fester und brüllte. Ich spürte die Wucht seiner Gefühle durch unsere Berührung bis in meine Seele. Wenn uns jemand sah, würde er uns unweigerlich für verrückt halten. Aber das waren wir nicht.

Ich hatte kein Zeitgefühl mehr. Ich wusste nicht, wie lange ich das Meer angeschrien, wie lange Tom sich die Wut und die Trauer aus dem Leib gebrüllt hatte, aber irgendwann wurde auch er ganz still, und dann nahmen wir uns in den Arm. Ich umarmte ihn so fest, wie ich noch nie in meinem ganzen Leben jemanden umarmt hatte. Die Nordsee schien durch unsere ganze Wut aufgeheizt zu sein, sie toste und schäumte. Damit sie uns nicht völlig durchnässte, liefen wir zurück zu Toms Rucksäcken, die noch im Sand lagen.

Tom kramte kurz darin und zog eine dicke Decke heraus, die er auf dem Sand ausbreitete. Und so hockten wir schweigend dicht nebeneinander, während der Wind über uns hinwegtobte. Mein Kopf war komplett leer, kein einziger Gedanke verfing sich darin. Es gab nur noch den Wind, die Wellen, das Grau dieses Tages und Toms Wärme neben mir.

Er beugte sich leicht zu mir. »Wollen wir uns ins Auto setzen?«, rief er gegen den Sturm an.

Ich nickte. Wir packten unsere Siebensachen zusammen und liefen zu seinem Wagen. Der Wind riss mir die mächtige Beifahrertür aus der Hand, und ich wäre fast rücklings in den Sand gefallen, hätte Tom mich nicht mit einem beherzten Griff gerettet. Wesentlich geschickter kletterte er selbst auf die Fahrerseite. Das Auto war von der Sonne des Tages noch warm, und ich schlüpfte aus der zu großen Jacke. Beide atmeten wir schwer, als wären wir gemeinschaftlich einen Marathon gelaufen. Ich lehnte den Kopf gegen die Stütze und schloss für einen Moment die Augen.

»Tom, ich muss dich was fragen«, sagte ich schließlich und sah zu ihm rüber. Tom brummte leise. Er hatte ebenfalls den Kopf angelehnt und die Augen geschlossen.

»Wo hast du eigentlich dieses Angeberauto her?«

Er grinste und öffnete jetzt doch ein Auge, um zu mir rüberzuschielen. »Hab ich von meiner Schwester geerbt«, sagte er. »Sebastian hat immer schon einen familientauglichen Kombi gefahren, aber Jackie musste unbedingt diese Karre hier haben. Angeblich, weil sie eine Zugmaschine für die Pferde brauchte. Dabei kann jeder Golf ein Pferd ziehen. Ich wollte mir damals, kurz vor ihrer Diagnose, ein Elektroauto kaufen. Darüber hat sie sich scheckig gelacht. Kurz bevor sie gestorben ist, hat sie mir dann dieses Ding hier vermacht, und sie wusste genau, dass ich es fahren würde, obwohl es furchtbar peinlich ist. Weil ich es einfach nicht übers Herz bringe, es zu verkaufen. Das war der Humor meiner Schwester.«

»Und ich dachte wirklich, dass du auf solche Autos stehst.«

Er grinste breit. »Ich weiß. Du denkst dir viele Dinge aus, die du dann glaubst.«

»Was soll das denn bitte heißen?«, fragte ich und drehte den Kopf.

Tom grinste immer noch. »Du hast sehr viele Meinungen. Zu sehr vielen Themen. Guck nicht so. Ich mag das.«

Ich zog eine Augenbraue hoch, und Tom wurde schlagartig ernst.

»Ich muss dir was sagen.« Er legte die Hände auf das Lenkrad. Ich sah ihn an, aber es dauerte noch eine ganze Weile, bis er wieder zu mir blickte. »Ich glaube, ich habe mich in dich verliebt«, sagte er schließlich. Mein Gehirn analysierte seine Worte genau, und als sie mich in Gänze erreichten, gab ich ein »Oh« von mir.

»Das heißt nicht, dass du auch in mich verliebt sein musst«, sagte er. »Ich will nur ehrlich zu dir sein.«

»Tom«, erwiderte ich leise. Mein Herz klopfte wie verrückt. Er kam mir so ungelegen. Und ich war so furchtbar verliebt in ihn. Aber das konnte ich nicht sagen. »Ich habe ein Kind und gehe bald zurück nach München.«

Er schnaubte. »Glaub mir, ich kenne die Eckdaten. Ich wollte nur, dass du es weißt. Ich habe in meinem Leben bisher nur Dinge bereut, die ich nicht gemacht oder gesagt habe. Selten etwas, wozu ich den Mut gefunden habe.«

Ich wollte etwas erwidern, doch er hob nur die Hand und schnitt mir damit das Wort ab. »Wir wissen schließlich nie, wie viel Zeit wir noch haben. Wir könnten morgen tot sein.« Er meinte es ernst. Wir könnten morgen tot sein. Wir hatten keine Zeit zu vergeuden.

Ich musste mit Hannes reden. Und mit Mimi. Und dann musste ich darüber nachdenken, was es bedeutete, dass Tom Bredenhof in mich verliebt war. Mein Herz zumindest konnte gar nicht mehr aufhören, wie verrückt in meiner Brust herumzutrommeln.

Irgendwann lud Tom Mimis Rad in den Kofferraum und brachte mich nach Hause. Auf dem Hof war es mittlerweile stockdunkel. Tom parkte seinen Wagen neben einem Range Rover, den ich noch nie gesehen hatte. Die beiden Laternen, die sonst ein sanftes Licht über den ganzen Hof zauberten, waren offenbar ausgefallen. Es war wirklich finster. Wir brachten Mimis Rad in die Scheune, und als Tom zum Auto zurücklaufen wollte, hielt ich ihn an der Hand fest.

»Danke, dass du mitgekommen bist. Zu brüllen war ungewohnt. Aber verdammt gut.«

Tom drehte sich zu mir und hielt meine Hand ganz fest.

»Ich hätte auch nicht gedacht, dass da so viel aus mir rauswollte.«

Ich beugte mich vor und küsste ihn. Einfach so, und Tom küsste ungeniert zurück. Warm, fordernd und doch zart. Feine Bartstoppeln kitzelten mich an der Wange, und ich legte meine Stirn an sein Gesicht. Eine ganze Weile standen wir in der Dunkelheit. Der Sturm tobte unvermindert weiter, doch in der Scheune war es still.

Eine Bewegung auf dem Hof ließ mich den Kopf drehen. Zwei Männer waren in der Dunkelheit aufgetaucht und liefen eilig und geduckt zu dem Range Rover hinüber. Einer der beiden war Fiete. Vor dem Fahrzeug angekommen, umarmten die Männer sich nicht weniger innig, als Tom und ich es grad taten. Tom drehte ebenfalls den Kopf. Die Männer küssten sich. Ein schneller, schemenhafter Kuss. Matthias war einen Kopf größer als Fiete, dabei war der schon nicht klein. Er nahm Fietes Gesicht in seine Hände und küsste ihn auf die Stirn. Dann stieg er in sein Auto, ließ den PS-starken Motor an und fuhr vom Hof.

Verloren sah Fiete ihm einen Moment lang hinterher. Dann drehte er sich um und lief am Scheunentor vorbei zu seiner Wohnung. Ich glaube, Tom und ich hielten gleichzeitig die Luft an, was Fiete aber nicht daran hinderte, uns doch zu entdecken. Er blieb wie vom Blitz getroffen stehen und sah uns an, während der Sturm an seiner Jacke zerrte.

»Was macht ihr denn da?«, fragte er entsetzt.

»Küssen«, antwortete ich ehrlich, während ich immer noch dicht an Tom geschmiegt dastand. Fiete sah für einen Moment aus, als wollte er etwas sagen, eine Erklärung abgeben. Doch dann schwieg er einfach und schob in einer hilflosen Geste die Hände in die Hosentasche.

Tom räusperte sich und sagte: »Das Leben ist kurz. Brich die Regeln, verzeihe schnell, küsse langsam, liebe wahrhaftig, lache hemmungslos und bedaure niemals etwas, das dich zum Lachen gebracht hat.« Ich hob den Kopf und betrachtete ihn erstaunt. Er sah zu mir runter. »Ist von Mark Twain. Wollte ich immer schon mal zitieren. Passte grad, oder?«

»Passte perfekt«, bestätigte ich.

Fiete kehrte auf dem Absatz um und ging. Doch kurz vor seiner Wohnung blieb er stehen, drehte sich noch einmal um und kam zurück.

Er sah uns an und suchte nach Worten. »Ich möchte nicht, dass es jemand weiß.« Seine Stimme klang dunkel, und seine Worte dadurch fast wie eine Drohung.

»Was schade ist«, sagte ich.

»Es geht euch nichts an.« Und damit verschwand er endgültig in der Nacht.

Ich blickte zu Tom hoch, er zu mir runter. Dann zuckten wir beide gleichzeitig mit den Schultern. Ich legte meinen Kopf wieder gegen Toms kräftigen Oberkörper, stellte alle Gedanken ab und atmete tief durch. Toms Hände schlossen sich um meinen Hinterkopf, und seine Wärme durchdrang mich, während sein ruhiger Atem sanft meinen Körper wiegte. Das Gefühl von Geborgenheit kam von ganz alleine, und ich hieß es willkommen.

Es war spät, als Tom sich schließlich auf den Heimweg machte. Mit langsamen Schritten ging ich ins Haus und stellte meine Schuhe neben die von Amelie und Mimi. Dort lag auch ein sorgsam verknotetes Paar roter Socken, in das ich schlüpfte. In der Küche hing ein Zettel am Kühlschrank.

*Arme Ritter im Kühlschrank*

Mimi hatte mir fünf Arme Ritter in einer Tupperbox in den Kühlschrank gestellt, zusammen mit einem kleinen Einmachglas Zimt und Zucker und einer Schale mit frischem Apfelkompott. Ich stellte alles auf ein Tablett und trug es nach oben. Ich musste nachdenken, und dafür brauchte ich Ruhe. Mimi streunte noch irgendwo durchs Haus, ich konnte sie hören, insofern war unser Schlafzimmer der einzige sichere Ort.

Seit wir hier waren, schlief Amelie wie eine kleine Bärin. Auch jetzt lag sie eingerollt unter der Bettdecke. Nur ihre Nasenspitze lugte hervor. Ich setzte mich neben sie aufs Bett und stellte vorsichtig das Tablett auf der Matratze ab.

Die in Ei gebackenen Weißbrotscheiben aß ich direkt aus der Box. Ich kleckerte, Zucker krümelte auf die Bettdecke, und zwischendurch nippte ich an einem kalten Bier, das ich mir aus dem Kühlschrank geklaut hatte. Ein königliches Festmahl. Fast rauschhaft schlang ich alles hinunter und leckte danach noch die Schale des Apfelkompotts aus. Dann wusch ich mir die Hände, putzte mir die Zähne und legte mich wieder aufs Bett. Ich zog mein Handy aus der Hosentasche und rief die Nachrichten von Tom auf. Aber nicht, um sie erneut zu lesen, sondern um sein Profilbild anzuschauen. Auf dem Bild lehnte er an einer Hausmauer und grinste in die Kamera. Er trug das Poloshirt aus der Praxis und hatte eine Kaffeetasse in der Hand. Tom Bredenhof war weder geheimnisvoll noch mysteriös. Er war genau das, was ich auf dem Bild sah. Ein menschenfreundlicher, gut aussehender Kerl mit klaren Ansichten, der das, was er sagte, auch so meinte.

Ich blinzelte und legte das Handy auf meinen Bauch. Ich würde gerne darüber reden. Über das, was er mir gesagt hatte. Über meine eigenen Gefühle. Und dann fiel mir der Club der entspannten Frauen ein. Es gab Menschen, denen ich es erzählen konnte. Kurz zögerte ich noch, dann tippte ich eine Nachricht in unseren gemeinsamen Chat.

*»Ich bräuchte die Meinung einer Freundin. Heute Abend hat mir ein Mann gesagt, dass er in mich verliebt ist. Das ist mir sehr lange nicht passiert. Ich bin vollkommen verwirrt. Was soll ich denn jetzt machen?«*

Es dauerte keine drei Atemzüge, da kam die erste Antwort in den Chat geflogen. Von Steffi.

*»KREISCH! Tom ist verliebt! Was du machen sollst? Es genießen!«*

Ich seufzte.

*»Genießen! Nicht so viel nachdenken«*, schrieb auch Wibo eine Sekunde später. An ihrer Nachricht hingen sehr, sehr viele, leicht verwirrende Emoticons. Vermutlich hatte sie ihre Kontaktlinsen nicht drin.

Hase tippte sehr lange, und noch länger. Und dann noch mal genauso lange. Dann kam endlich: *»Verdamme Autokorrektur!«* Dann schrieb sie wieder. Die drei kleinen Punkte liefen von links nach rechts und zurück. *»Stecke mit den Händen in einem ägieowo Teig. Kann nur diktieren. Siri versteht mich nicht. Kurz und knapp: Sex ja, Liebe nein. So war die Abmachung. War die Abmachung so?«*

Ich verzog die Lippen und tippte: *»Na ja. So richtig abgemacht war das nicht. Also irgendwie.«*

*»Anfängerin«*, antwortete Hase. *»Ich versteh dich aber. Er ist heiß. Ihn versteh ich auch. Du jjtieh toll. Drecksmist Autokorrekt.«*

Die nächste Nachricht trudelte ein. Von Suse. *»Ich als die Dienstälteste hier möchte sagen: Immer offen und ehrlich kommunizieren. Er weiß, dass du wieder nach München gehst und keinen Partner suchst. Und er hat dir das offenbart, weil er genau das tut: offen und ehrlich sprechen. Er ist ein guter Kerl. Denk auch ein bisschen an sein Herz. Allerdings bist du auch eine wirklich wunderbare Frau, da kann man sich schon mal verlieben. Deswegen: Herz öffnen statt Kopf zerbrechen. Und genießen!«*

Die drei kleinen Punkte bewegten sich hin und her, offenbar schrieben alle eifrig weiter, doch Suse war am schnellsten: *»Oder bist du etwa auch verliebt?«*

Ich legte das Handy beiseite.

»Nee«, flüsterte ich in das dunkle Zimmer. »Bin ich nicht.« Was natürlich grober Unfug war. Das wusste ich sehr genau.

# Kapitel 23

Fiete sprach nicht mehr mit mir. Oder besser: nur noch das Nötigste.

»Was hat er?«, fragte Steffi, die neben mir am Fußballplatz auf der Wiese hockte.

»Kann ich nicht gut drüber reden«, erwiderte ich düster und beobachtete Amelie, die höchst enthusiastisch einen Ball in die Luft schoss.

»Falsche Richtung, aber super!«, rief Fiete und joggte zu ihr, um ihr den Ball zurückzubringen. Amelie reckte die Arme und vollführte einen Siegestanz. Unsere Kinder waren beim Ferien-Fußballtraining. Für zwei Wochen gab es jeden Tag von morgens um zehn bis nachmittags um vier eine Art Kinderclub. Die Kinder spielten Fußball, aßen zusammen, liefen zum Wasser und verbrachten einfach eine gute Zeit. Gestern waren wir am neuen Wasserspielplatz der Promenade gewesen. Eigentlich war der für kleine Kinder vorgesehen, aber auch die Großen fanden es einfach grandios. Zum Schluss waren wir nass. Alle. Komplett.

Fiete leitete das Ganze schon seit Jahren. Steffi kümmerte sich um das Essen und die Getränke und betreute die Kinder, deren Eltern arbeiten mussten, in den zwei Stunden, bevor das Camp offiziell startete, gemeinsam mit der schwangeren Hannah Momsen, die ich bei Mimi auf dem Hof kennengelernt hatte. So handhabte man das hier seit Jahren. Und das Erstaunliche war: Am Spielfeldrand standen keine Eltern. Die Kinder wurden gebracht und abgeholt. In meinen Münchner Kreisen wäre das undenkbar gewesen. Dort hätten sich sämtliche Mütter in Position gebracht, das Training überwacht, verbal kommentiert und eingegriffen, wenn sie es für nötig erachtet hätten – also ständig.

»Warum spricht Fiete nicht mehr mit dir? Nun sag schon!«, hakte Steffi nach und machte dann einen langen Hals, um zu sehen, ob ihre Jüngste immer noch eingerollt auf der Isomatte unter dem Holunderbusch lag und ihren Mittagsschlaf hielt.

»Ich habe gesehen, wie er seinen Matthias geküsst hat. Und seitdem spricht er nicht mehr mit mir.«

Steffi schnaubte.

Ich hob die Hände. »Vielleicht sollte ich ihn noch mal ansprechen?«

Sie verdrehte die Augen. »Wieso hat er solche Angst, sich zu outen? Was denkt er, ändert sich?«, fragte sie.

»Vielleicht hat er schlechte Erfahrungen gemacht. Vielleicht muss ich ihm diese Frage wirklich mal stellen. Übrigens bekommst du noch das Geld für die Verpflegung von mir.« Ich kramte in meiner Hosentasche und zog die hundert Euro hervor, die ich gestern extra von der Bank geholt hatte.

»Du bezahlst doch nicht«, rief Steffi empört.

»Natürlich bezahle ich die Verpflegung für Amelie«, erwiderte ich nicht weniger empört.

»Nein!«

»Doch!

»Das ist doch kindisch«, sagte Steffi, und ich steckte ihr den Schein kurzerhand in den Ausschnitt ihres Pullovers.

»Ist eh viel zu wenig für das, was du hier jeden Tag aufführst.«

»Ja, aber die anderen Eltern haben es auch nicht so dicke. Verdienen tue ich da nichts dran.« Sie zupfte den Schein wieder raus und schob ihn sich in die Hosentasche.

»Was dämlich ist. Immerhin bist du hier ganze zehn Tage gut beschäftigt«, erwiderte ich.

Sie nickte. »Ja. Dämlich. Genauso dämlich wie der Rentenbescheid, der heute Morgen ins Haus geflattert ist. Ich muss dringend arbeiten. Meine Rente ist im Arsch. Ich muss etwas verdienen und in einen privaten Rentenfonds einzahlen. Wir kommen so auf keinen grünen Zweig. Aber Murmel geht nach den Ferien von acht bis zwölf in den Kindergarten. Wo finde ich einen Job, der von halb neun bis halb zwölf geht?«

Ich zögerte einen Moment. »Keine Ahnung«, erwiderte ich dann düster.

»Ich könnte putzen gehen. Vielleicht. Aber ich bin so schlecht im Putzen. Das Studio hat übrigens immer noch keine neue Trainerin gefunden.«

»Die Stelle ist noch frei?«, fragte ich und nahm mir einen Schokoladenkeks aus Steffis unendlichem Vorrat. Sie nickte, nahm ebenfalls einen Keks und steckte ihn sich komplett in den Mund. »Und was ist mit Tom?«, fragte sie mit vollem Mund.

Ich sah zu ihr rüber. »Ich … wir … sehen uns. Und telefonieren.«

Sie nahm den nächsten Keks. »Und ihr überbackt zusammen Dinge mit Käse und habt Sex.«

»Steffi«, erwiderte ich schwach.

»Klingt nach einer Beziehung, oder? Also ich finde, das klingt nach einer Beziehung. Ich sag es nur, falls du die Definition von Beziehung vergessen haben solltest.« Sie grinste mich an, und ein paar Krümel flogen durch die Gegend. Dann schlug sie mir mit der flachen Hand derartig heftig gegen den Oberarm, dass ich zusammenzuckte. »Bleib doch einfach hier. Nicht wegen Tom. Wegen uns. Dem Meer. Meer, Luisa! Kein Mensch braucht Berge. Da bekomme ich immer Beklemmungen. Wegen dem Hof von Mimi. Mimi liebt dich. Du kannst Boxen misten und mit ihr den

Hof führen. Deinem Rücken geht es hier besser. In Lasses Klasse sind grade zwei Mütter schwanger. Die brauchen eine Hebamme. Unsere hier sind ausgebucht. Und übrigens«, sie drehte sich um und sah noch mal nach Murmel, »ein Junge aus Miikes Klasse geht nach Köln. Ich bin mir sicher, dass Amelie ohne Probleme diesen freien Platz bekommen könnte.«

Ich schluckte trocken. Sie hatte das ganz beiläufig gesagt, aber ihre Aussage hatte Wucht. »Man kann nicht einfach so die Schule wechseln«, erwiderte ich.

»Doch, kann man. Und das weißt du.« Steffi starrte angestrengt aufs Spielfeld. »Amelie hat grad Torben, den Schläger, über den Haufen gerannt. Sie ist echt cool. Sie wäre ein Gewinn für die Klasse. Nur mal so, ganz nebenbei erwähnt.«

Ich ließ mich nach hinten auf die Wiese fallen. Ganz entfernt hörte ich die Kinder rufen, die dumpfen Tritte ihrer Füße gegen den Lederball, Fietes Stimme, der bestärkte, aufmunterte und erklärte. Mein Kopf war immer noch ganz still. Ebbe im Hirn sozusagen. Es hatte einfach aufgehört, ständig so viel zu denken, und das war ein derartig wohltuender Zustand, dass ich ihn behalten wollte.

Steffi rollte sich neben mich und starrte ebenfalls in den Himmel.

»Denk wenigstens mal drüber nach, ob es nicht doch eine Option wäre. Es gibt Meer!« Sie grinste mich von der Seite an. Ich grinste zurück, nahm ihre Hand und drückte sie. Ja, es gab Meer. Aber es gab noch so viel mehr. Nämlich Freundinnen. Ein Netzwerk.

Als Amelie und ich am Abend auf den Hof zurückkamen, jagte ich mein müffelndes Kind unter die Dusche und beobachtete erstaunt, wie effizient sie sich mittlerweile in sechs Minuten von Kopf bis Fuß waschen konnte. Dabei zählte sie laut mit, wie lange das heiße Wasser noch reichte. Zehn Sekunden, bevor der Boiler leer war, drehte sie den Hahn ab, und ich gab ihr das Handtuch. Sie schlüpfte in ihren Schlafanzug, putzte sich so lange die Zähne, wie es Gesetz war, und kletterte dann ins Bett. Ich hatte ihr erlaubt, am Tablet noch eine Folge *Löwenzahn* zu gucken. Ich küsste sie auf den Kopf, genoss ihre feste Umarmung und ging dann hinunter in die Küche, wo Mimi am Küchentisch saß und ein Buch las. Irgendetwas Feministisches, Philosophisches oder Apokalyptisches. Darunter tat Mimi es nicht.

Wir hatten seit unserem Streit nicht mehr miteinander gesprochen. Ich goss mir ein Glas Rotwein ein und setzte mich zu ihr an den Tisch.

Frau Ahorn, die sich darunter zusammengerollt hatte, sah davon ab, mir ein angesabbertes Spielzeug zu bringen, und klopfte stattdessen ein paarmal mit der Rute auf den Boden. Mimi blickte kurz auf, las dann aber weiter. Ich legte die Füße auf einen der freien Küchenstühle und nippte an meinem Wein.

Plötzlich hob die Hündin den Kopf und spitzte die Ohren. Mimi legte ihr Buch zur Seite und stand auf, um aus dem Küchenfenster zu sehen.

»Wir haben Besuch. Erwartest du jemanden?«, fragte sie.

»Nein«, sagte ich.

Frau Ahorn stand ebenfalls auf und lief mit erhobener Rute zur Eingangstür. Wieder legte sie den Kopf schief, als würde sie genau darauf lauschen, was da draußen auf dem Hof passierte.

»Das Licht im Hof ist kaputt«, sagte ich und stand nun auch auf, um aus dem Fenster zu schauen. Zwei Autoscheinwerfer hingen in Höhe der Hofeinfahrt in der Dunkelheit.

»Muss ich reparieren«, erklärte Mimi und löschte mit einer Hand das Deckenlicht in der Küche, um besser sehen zu können, was draußen vor sich ging.

»Du bekommst um diese Uhrzeit üblicherweise keinen Besuch mehr, oder?«, fragte ich.

Mimi schnaubte nur.

Ich stützte mich auf die Küchenarbeitsplatte. »Ist Fiete drüben?«

Mimi schüttelte den Kopf. »Der schläft bei Matthias.«

»Was ist mit Malte?«

Mimi lachte auf. »Hast du Angst?« Sie betrachtete mich einen Augenblick.

Ich blinzelte überrascht. »Natürlich nicht.«

»Wir sollten den gefährlichen Hund an die Leine nehmen und nach dem Rechten sehen«, sagte ich schließlich.

Mimi nickte. »Das ist mein Mädchen.« Auf Socken lief sie in den Flur, um Frau Ahorn das Halsband überzustreifen und die Leine anzulegen. Sie drückte mir die Leine in die Hand und griff in den Schirmständer neben dem alten Flurschrank. Als sie sich wieder zu mir umdrehte, hielt sie ein Gewehr in der Hand. Entsetzt starrte ich sie an.

»Guck nicht so«, sagte Mimi. »Ist nicht geladen. Sieht aber gut aus.« Sie hob das Ding und fuchtelte damit vor meiner Nase herum. »Was denkst du, warum ich immer große schwarze Hunde habe? Hä?«

Der Gedanke, dass meine Tante tatsächlich über Dinge wie Selbstschutz nachdachte, war mir neu. Ich hatte immer angenommen, dass sie einen Einbrecher einfach mit einer Bratpfanne umhauen und dann mit dem scharfen Brotmesser erlegen würde.

Mimi kramte nun auch noch in einer Schublade der Kommode und zerrte zwei Stabtaschenlampen hervor, die schwer wie ein gusseisernes Bügeleisen waren. Eine drückte sie mir in die Hand. »Dann gehen wir doch mal gucken, wer uns da besuchen kommt.«

»Schuhe?«, fragte ich und deutete auf ihre Füße in den roten Socken. »Warum habt ihr alle immer rote Socken an? Malte, Fiete und du?«

»Gibt Energie. Erdet. Ist gut. Wusstest du das nicht?«

Ich schüttelte den Kopf.

»Du bist Hebamme. Tragen deine Gebärenden keine roten Socken? Hat man dir das nicht beigebracht?«

»Nein, keiner trägt rote Socken.«

Sie zuckte mit den Schultern. »Also gut, gehen wir.«

Ich nickte, und sie riss die Tür auf. Wir knipsten beide Taschenlampen an, Frau Ahorn begann zu bellen, und ich sagte: »Schuhe, Mimi!«

»Keine Zeit«, erwiderte sie und marschierte los.

»Dann nicht«, murmelte ich ergeben und folgte ihr über den stockdunklen Hof. Die Taschenlampen warfen hüpfende Lichtkegel vor unsere Füße, und Frau Ahorn zerrte an der Leine. Mitten in der Hofeinfahrt stand ein alter VW-Bus mit Hamburger Kennzeichen.

»Schon wieder so ein Vanlife-Typ, den die Polizei vom Strand gescheucht hat. Die dürfen da nicht übernachten, versuchen es aber ständig«, erklärte Mimi missmutig und schlug mit der flachen Hand gegen die Windschutzscheibe. Dann brachte sie das Gewehr in Stellung, und Frau Ahorn fing jetzt an zu bellen, als hinge unser aller Leben davon ab.

Im Camper tat sich nichts.

»Können wir sie nicht einfach hier übernachten lassen?«, fragte ich vorsichtig.

»Nein«, rief Mimi. »Die haben alle kein Klo und kacken mir auf die Pferdeweide. Die sollen auf den Campingplatz fahren! Außerdem kommt so durch meine Einfahrt keiner mehr durch. Lass es mal brennen, dann steht die Feuerwehr davor und kommt nicht auf den Hof. Elendige Deppen. Wacht auf!« Sie schlug erneut so heftig gegen die Scheibe, dass das alte Fahrzeug wackelte. Jetzt tat sich was im Inneren. Ein kleines Licht wurde entzündet. Dann taumelte eine sehr junge, sehr schöne Frau, die mir entfernt bekannt vorkam, der Windschutzscheibe entgegen. Sie winkte freundlich, und Mimi winkte mit dem Gewehr im Anschlag zurück, woraufhin die Frau panisch die Augen aufriss und die Hände hob.

»In Tating ist ein Campingplatz. Und hier um die Ecke sind gleich zwei!«, rief Mimi. Die Frau starrte uns mit erhobenen Händen durch die Windschutzscheibe an, und mir wurde klar, was sie sah: zwei wilde Frauen, einen wilden Hund und eine Waffe, die auf sie zielte.

»Nimm die Knarre runter, Mimi«, sagte ich und deutete auf die Tür des Campers. Mimi seufzte und ließ den Gewehrlauf sinken. Die Frau erkannte mich offensichtlich als Einzige, die sie hier retten konnte, und eilte zur Schiebetür, um sie ein Stück weit zu öffnen. »Hallo«, flüsterte sie durch den Spalt.

»Sie können hier nicht stehen. Es gibt Campingplätze in der Nähe. Sie müssen jetzt fahren«, erklärte ich so ruhig, wie es mit der tobenden Frau Ahorn an der Leine möglich war. Ich kannte die Frau von irgendwoher, aber woher, fiel mir beim besten Willen nicht ein.

»Wir wollen zu Luisa und Amelie, wollten aber so spät nicht mehr stören«, wisperte das ätherisch schöne Wesen so leise, dass ich erst einen Moment später den Sinn der Worte verstand.

»Hä?«, fragte ich laut, und Frau Ahorn hörte auf zu bellen und sah jetzt mich an.

»Ja«, sagte das Wesen im Camper und lächelte mich mit der entwaffnenden Schönheit der Jugend an.

Ich spitzte die Lippen, denn langsam dämmerte es mir.

»Was wollen Sie von mir?«

Die Frau hob die Zeigefinger, fuchtelte damit herum und schien nach Worten zu suchen. »Warten Sie kurz«, sagte sie schließlich und schob die Tür mit leichter Eleganz zurück ins Schloss. Und dann wackelte der Camper. Hin und her, vor und zurück. Eindringlich hörte ich sie hinter der geschlossenen Tür sprechen. Vielleicht beschwor sie noch schnell ein paar Elementargeister. Aber sie hatte nur Hannes geholt, der wenige Sekunden später die Schiebetür weit weniger elegant aufriss. Maybritt und er waren den ganzen Weg von Spanien hierher gefahren. Hannes starrte mich düster an. Die blonden Locken, die langsam am Oberkopf ausdünnten, standen ihm zu Berge. Er trug eine knappe Unterhose in Hellgrün, was wenig schmückend war.

»Zieh dir was an«, sagte ich. Gehorsam schloss er die Tür und öffnete sie wenige Minuten später wieder, nun mit einer karierten Hose bekleidet.

»Du hast nicht zurückgerufen«, rief er anklagend und verzog das Gesicht. Wie Amelie, wenn sie Mathe machen musste.

»Ich habe dir verdammt noch mal auf deine Mailbox gesprochen. Und du dachtest, nur weil Amelie nicht anruft, wenn du es gerne hättest, fährst du mal eben so zweitausend Kilometer hier hoch?«, fragte ich. Frau Ahorn knurrte melodisch zu meinen Worten. Offenbar fand auch sie diese Maßnahme empörend.

»Halt bloß den Hund zurück«, rief Hannes und deutete auf die Bestie zu meinen Füßen.

»Sie ist angeleint«, erklärte ich das eigentlich Offensichtliche. Hannes reckte das Kinn ein wenig zum Nachthimmel. »Also ja. Du hast mir Amelie vorenthalten. Das war …« Weiter kam er nicht, denn die schöne Frau sprang neben ihn und zischte irgendetwas. Woraufhin er verstummte.

»Ich bin Maybritt. Hallo, Luisa.« Sie lächelte wieder dieses ätherische Lächeln. So konnte man nur lächeln, wenn man einen Yoga-Channel bei YouTube hatte. Da war ich mir sicher. »Wir waren ein wenig besorgt und hatten eh vor, nach Deutschland zu kommen. Aber«, sie hob beide Hände, »wir wollen gar nichts von dir. Nur ein Gespräch. Wenn das möglich ist.«

Nun trat Mimi endlich neben mich. Sie hatte bis jetzt vor dem Camper Stellung bezogen und die ganze Szenerie mit hochgezogenen Augenbrauen beobachtet.

»Ich habe sie nicht eingeladen«, sagte sie mit finsterem Gesicht. »Wegen euch hat Frau Ahorn fast eine Herzattacke bekommen.«

»Entschuldigung. Aber wir kommen mit Liebe im Herzen«, erklärte Maybritt allen Ernstes. Mimi gab ein würgendes Geräusch von sich.

Ich schwieg. Ich hatte Hannes sehr lange nur über seinen Instagram-Account gesehen. Daher kannte ich Maybritt also. Sie hatte auf den Fotos allerdings eher wie eine coole Surferbraut gewirkt. Lässig, mutig und der Welt gewachsen. Jetzt wirkte sie wie fünfzehn und stieg trotzdem für Hannes in den Ring. Der hatte sich förmlich hinter ihr verkrochen.

»Hallo, Maybritt«, sagte ich schließlich. Und zu Frau Ahorn: »Setz dich hin und gib Ruhe.« Was die Hündin nach einem sorgenvollen Blick auch tat.

Mimi beugte sich zu mir. »Wenn du willst, können die reinkommen.«

»Ihr könnt auf dem Hof parken und reinkommen«, sagte ich, und Maybritt klemmte sich sogleich hinter das Steuer.

# Kapitel 24

So saßen wir wenige Minuten später alle zusammen in der Küche, wobei Frau Ahorn Maybritt ignorierte, Hannes dagegen mit streng zusammengezogenen Augenbrauen bewachte.

Schweigend warteten wir darauf, dass der Pfefferminztee fertig gezogen hatte.

Mimi hatte Hannes gerade eine Tasse dampfenden Tee vor die Nase gestellt, da öffnete er endlich den Mund. »Warum hast du dich nicht zurückgemeldet? Als wir das letzte Mal gesprochen haben, hast du mir gedroht, du würdest mich verklagen!«

Ich lehnte mich zurück. »Hannes. Echt jetzt? Hörst du deine Mailbox nicht ab? Und glaubst du ernsthaft, es würde darum gehen?«

Maybritt legte Hannes, der empört auffahren wollte, eine Hand auf den Arm. »Wir haben in Bilbao immer Probleme mit dem Handyempfang. Vielleicht ist deine Nachricht gar nicht angekommen. Meine Mutter hat mich auch alleine aufgezogen«, sagte sie ruhig und nippte an ihrem Tee. »Ich weiß also, was das bedeutet.« Mimi und ich schwiegen. Ganz besonders, als Maybritt dann die Hände vor der Brust aneinanderlegte und kurz den Kopf in meine Richtung neigte. »Hannes will sich nicht einmischen. Er will keine Unruhe stiften, er möchte nur einen Kontakt zu seinem Kind aufbauen.«

Ich lächelte kühl. »Unterhalt wäre auch hilfreich.«

»Daran arbeiten wir«, erklärte Maybritt. Wir. Sie hatte *wir* gesagt. Hannes hatte offenbar seine Meisterin gefunden.

»Dir ist klar, dass er sich die letzten fünf Jahre nicht besonders für sein Kind interessiert hat?«, fragte ich.

Maybritt zog die Nase kraus. Dann nickte sie. Und schaffte es tatsächlich, schuldbewusst aus der Wäsche zu gucken.

Hannes schnaubte. »Es war nie möglich, mal spontan mit Amelie zu telefonieren. Alles musste ständig geplant werden«, setzte er an, doch Maybritts Blick ließ ihn augenblicklich verstummen.

»Stimmt«, erwiderte ich. »Alles muss geplant werden. So ist das mit Kindern. Und Hannes: Sie sollte ja mit dir telefonieren. Ich wollte es nur mit ihr besprechen und schauen, wann es passt. Sie wäre furchtbar aufgeregt gewesen, und es bestand die Wahrscheinlichkeit, dass sie dich nicht erreicht. Und dass du sie dann wieder nicht zurückrufst. Das macht sie so traurig! Verstehst du das denn nicht?« Ich rang die Hände und hätte dabei um ein Haar meine Teetasse umgeworfen, die Mimi daraufhin vorsorglich weiter wegstellte. »Vater zu sein bedeutet doch nicht, einmal im Monat anzurufen, ihr irgendwelchen Blödsinn zu erzählen und danach nur noch Nachrichten zu schicken, dass du grad nicht telefonieren kannst. Oder sie nicht anzurufen, obwohl du es versprochen hast.« Ich spürte die Hand meiner Tante auf meinem Knie. Keine Ahnung, ob sie mich zurückhalten oder aufmuntern wollte. Hätte ich nicht schon der Nordsee meine ganze Wut entgegengebrüllt, hätte ich an dieser Stelle längst nach der Bratpfanne gegriffen. So aber kamen immer noch verständliche Worte aus meinem Mund. »Ein Kind aufzuziehen bedeutet, jeden Tag da zu sein. Jede Stunde, jede Minute. Immer, mit allem, was du hast. Durchwachte Nächte, Ängste und Sorgen. Mathehausaufgaben, obwohl man selbst schon neun Stunden gearbeitet hat. Der pinke Filzstift, der über Nacht besorgt werden muss, der Kuchen für das Buffet, die Spielfreunde, die neuen Klamotten. Eine ganze Kindheit!« Ich holte Luft. Aber nur kurz. »Irgendwas zwischen 198 und 210 Euro im Monat und ein Anruf, bei dem du redest und sie zuhört, reichen da nicht aus.«

Mimi tätschelte mir das Knie. Offenbar wollte sie mich ermutigen. »Es gab einen kurzen Moment in unserem Leben, da hatte ich Zweifel, ob ich es weiterhin alleine schaffen würde. Als Amelie in die Schule gekommen ist. Der Kindergarten war toll. Perfekte Öffnungszeiten, niemand wollte etwas von ihr oder mir. Sie durfte einfach nur spielen. Dann kam die Schule. Jeden Tag Hausaufgaben, ständig hat Amelie nicht so funktioniert, wie es die Schule wollte. Immer war etwas. Ich konnte das alles nicht auffangen. Für einen kurzen Moment habe ich daran gedacht, dich anzurufen und zu sagen, du musst kommen. Deine Aufgaben als Vater übernehmen.«

»Hast du aber nicht«, sagte Hannes tonlos.

»Weil von dir nichts zu erwarten war. Es hätte wieder in einer Enttäuschung geendet. Denn du wärst jeden Tag gefragt gewesen. Jeden verdammten Tag. Vierundzwanzig Stunden. Du hättest nicht einfach wieder deine Sachen packen und ans Meer fahren können.«

Hannes betrachtete mich mit zusammengekniffenen Augen.

»Ich habe mich geändert«, sagte er dann hoheitsvoll und lehnte sich zurück.

»Wie das? Identitätstransplantation?«, fragte ich und lächelte verkniffen. Maybritt lachte auf, während Mimi immer noch mein Knie umfasst hielt.

»Ich habe mich zumindest weiterentwickelt«, sagte Hannes spitz.

»Ich nicht. Ich hatte keine Zeit«, erwiderte ich, und dann fiel hinter uns die von mir eben noch sorgsam geschlossene Küchentür ins Schloss. Ich fuhr herum. Amelie stand mit verschlafenen Augen hinter uns.

»Hallo, Papa«, sagte sie. Ein Wort, das sie viel zu selten benutzte. Papa. Es kam nicht vor in unserem Leben. Mein Herz zersprang in tausend Stücke und regnete mit einem lauten Klirren auf die Erde herab. Ich wollte meine Tochter nehmen und vor der Welt, vor ihrem Vater in Sicherheit bringen. Ihr Blick war herzergreifend verwirrt.

»Dein Papa wollte uns mal besuchen«, sagte ich so gelassen, wie es mir möglich war.

»Okay«, sagte sie. »Ich wollte fragen, ob ich noch ein Käsebrot haben kann. Ich habe Hunger.«

»Ich mache dir eins. Mit Ketchup.« Mimi sprang auf.

»Machst du mir auch eins?«, fragte ich. »Mit Ketchup?«

»Oh ja!« Mimi machte sich ans Werk, während ich die Szene vor mir scharf im Blick behielt. Zusammen mit Frau Ahorn, die dazu noch tief knurrte.

»Schluss. Hör auf zu knurren. Das ist mein Papa«, sagte Amelie energisch zu der Hündin, die schlagartig das Knurren einstellte und ihr freundlich schwanzwedelnd entgegenkam. Sie kraulte sie am Kopf.

»Ich bin mit dem Camper hier und werde eine Weile unten am Strand stehen. Du kannst …«, setzte Hannes an, doch Maybritt kniff ihn in die Rippen, und er beendete den Satz nicht.

Ich legte den Arm um Amelie und zog sie an mich.

»Hannes wird ein paar Tage hierbleiben. Vielleicht besuchen wir ihn mal?«

»Hm. Vielleicht. Ich hab aber nicht viel Zeit«, erklärte Amelie. Ich sah sie überrascht an. »Ich habe Fußballcamp«, erinnerte sie mich. »Und Miike und ich wollen auch noch bei ihr übernachten. Zu Bella will ich auch noch, und dann will Bella noch Eule sehen.« Sie nahm das Käsebrot von Mimi entgegen, gab erst mir und dann Mimi einen Kuss auf die Wange und ging. Nicht ohne zu sagen: »Ich putze auch noch mal Zähne.«

Mit Frau Ahorn im Schlepptau verließ sie die Küche.

Hannes sah ihr nach und schien innerlich zu beben. In einer

abgehackten Bewegung beugte er sich zu mir. »Du hast mich bei ihr schlechtgemacht«, sagte er, woraufhin Mimi den Teller mit meinem Brot auf den Tisch knallte und sich ebenfalls vorbeugte.

»So einen Blödsinn würde Luisa nie tun, Hannes. Sie hat in Gegenwart ihrer Tochter nie ein schlechtes Wort über dich verloren!«, sagte Mimi an meiner Stelle. Sie hatte recht. Es hatte mich einiges gekostet, aber ich hatte nie über Amelies Vater hergezogen. »Du warst nicht da, du Idiot«, erklärte Mimi. »Da gab es noch nicht mal was schlechtzumachen. Und bezahlt hast du auch nichts. Das hat meine Nichte alles alleine gestemmt, und sie hat einen hohen Preis dafür bezahlt. Also halt den Rand. Luisa ist die beste Mutter, die man sich für ein Kind wünschen kann.«

Ich warf ihr einen Seitenblick zu und biss dann in mein Käsebrot mit Ketchup. Schmeckte gut, wie ich zugeben musste.

Als Maybritt und Hannes gegangen waren, um sich für die Nacht draußen im Camper einzurichten, goss Mimi uns beiden einen Schnaps ein. Bevor sie das furchtbare Gebräu herunterkippte, sagte sie: »Du hast es wirklich sehr gut gemacht mit Amelie. Das ist wahrlich eine Leistung!« Dann ging sie ins Bett.

Am nächsten Morgen hockte ich wie immer mit meinem Kaffee auf der Bank. Maybritt und Hannes waren schon wieder zum Strand aufgebrochen. Das Wetter hatte sich beruhigt und schien gewillt zu sein, den Sommer fortzusetzen. Die Vögel sangen, der Sturm hatte sich gelegt, und nur noch ein leichter Wind spielte mit den Blättern der großen Bäume. Die Hundsrosenhecke blühte in den letzten Zügen, und ich wagte einen vorsichtigen Blick auf mein Handy, um meinen Kontostand zu checken. Dafür brauchte ich immer Mut. Mein Konto war mein weißer Fleck auf der Landkarte. Ich schrieb akribisch alle Einnahmen und Ausgaben auf, und trotzdem wurde immer wieder irgendwas abgebucht, das ich schlicht und ergreifend vergessen hatte.

»Oh!«, rief ich erstaunt, woraufhin Frau Ahorn, meine ewige Begleiterin am frühen Morgen, aufsprang und mir erst mal ihren Gummiknochen brachte. Ich nippte an meinem Kaffee und atmete die frische Morgenluft ein. Ich hatte dreihundert Euro mehr auf dem Konto.

»Hannes hat dreihundert Euro überwiesen«, sagte ich zu der Hündin, die mich voller Vorfreude anblickte. Ihre Rute wedelte wie verrückt hin und her, die ganze Hündin wackelte. »Dreihundert Euro!«, wiederholte ich laut und lachte. »Das zeugt von gutem Willen, oder?«, fragte ich Frau Ahorn, die ein tiefes Wuffen von sich gab und mehrmals engagiert um mich herumsprang.

Hunde können nicht lächeln, aber ich schwöre, dass diese Hündin es tat. Himmel noch eins. Sie gab einfach nicht auf. Sie wollte meine Freundin sein, seitdem wir hier angekommen waren. Schon wieder lag diese verrückte Hoffnung in ihren tiefbraunen Augen, dass ich jetzt vielleicht mit ihr spielen würde. Weil das Hundefreundinnen taten.

»Frau Ahorn. Um nichts in der Welt kann ich diesen völlig versifften Gummiknochen berühren, geschweige denn durch die Gegend werfen. Nein«, sagte ich, und Frau Ahorn seufzte. Erneut packte sie das pipigelbe Ding und warf es mir jetzt direkt vor die Füße. »Nein«, sagte ich und guckte weg.

Frau Ahorn zog die Stirn in Denkerfalten, wodurch sich ihre Ohren hoben.

Fiete eilte schwer bepackt mit einem Strohballen an uns vorbei.

»Unterhältst du dich mit dem Hund?«, erkundigte er sich. Offenbar sprach er wieder mit mir.

»Nein, sie unterhält sich mit mir«, rief ich ihm hinterher, aber da war er schon im Stall verschwunden. Frau Ahorn kniff die Augen zusammen. Dann sprang sie so plötzlich auf, dass ich zusammenzuckte. Sie wetzte in den Stall, und ich hörte ihre Krallen auf der Stallgasse klackern. Verwundert sah ich ihr hinterher, aber da kam sie auch schon zurück, im Maul ein rotes dickes Seil. Die Hündin hatte offenbar einen Einfall gehabt. Sie schmiss mir das Seil vor die Füße und blickte dann zu mir auf.

»Ah«, erwiderte ich und verschränkte die Hände im Schoß. Sie hatte verstanden, dass ich den Gummiknochen nicht wollte. Sie war eine verdammt kluge Hündin. Ganz langsam, und ohne dass mein Gehirn den Befehl dafür erteilt hätte, beugte ich mich nach vorne und nahm das Seil in die Hände. Es fühlte sich gut an. Fest und stabil. Und das Rot war hübsch.

»Wirft man das jetzt?«, erkundigte ich mich, doch da war Frau Ahorn schon aufgestanden und hatte das andere Ende des Seils mit den Zähnen gepackt. Erschrocken ließ ich es los, was sie veranlasste, es mir wieder entgegenzuhalten. »Ich verstehe die Regeln nicht«, sagte ich.

»Sie will zerren. Nimm das andere Ende und zieh dran!« Fiete rannte schon wieder über den Hof.

»Sie hat sehr viele Zähne. Ist das nicht gefährlich?«

»Sie will mit dir spielen. Nicht dich fressen.«

»Na gut.« Ich nahm erneut das Ende des Seils. Frau Ahorn sah mich an und biss sanft in ihr Ende. Dann zog sie. Vorsichtig. Und ich zog auch. Vorsichtig. Die Hündin ging rückwärts, und ich ließ mich ein paar Meter mitziehen. Frau Ahorn knurrte. Tief und grollend. Ich knurrte zurück und bleckte die Zähne, was ihr gut gefiel, denn sie zog, und ich zog, und wir eierten mit dem Seil zwischen uns quer über die Wiese. Zwischendurch fiel ich auf die Knie und musste das Seil loslassen, aber Frau Ahorn wartete, bis ich mich wieder aufgerappelt hatte, dann drückte sie es mir erneut in die Hände. Und wir spielten. Wie die Verrückten. Wenige Minuten später rang ich nach Atem, mein Herz raste wie nach einem Dauerlauf. Das hier war eine höchst sportliche Veranstaltung. Die Hündin und ich jagten uns gegenseitig über die Wiese, wir zerrten am Seil, und irgendwann sank ich ermattet ins Gras, was Frau Ahorn veranlasste, sich neben mich zu schmeißen und mir mit hängender Zunge ihren Bauch zu präsentieren.

Vorsichtig legte ich die Hände auf das seidige Fell und kraulte sie. Verzückt streckte die Hündin alle Pfoten zum Himmel, und ich genoss ihre Wärme. Bis ich irgendwann aufblickte und feststellte, dass wir beobachtet wurden. Fiete stand im Stalleingang und grinste.

# Kapitel 25

Die Tage flogen nur so dahin. Mittlerweile war Mitte August. Eher Ende August, aber daran wollte ich nicht denken. Der 20. August war doch noch mittig, oder? Ich saß mit Tom auf der Schaukel am Strand, und wir schaukelten. Ich hatte mit der Leitung der Station telefoniert und meinen Jahresurlaub an die Krankschreibung gehängt. Was zwar zu einem schlechten Gewissen geführt hatte, aber ich war noch nicht wieder so weit. Jetzt blieben mir immerhin noch zwei Wochen, um wieder fit genug zu werden für unser Leben in München. Ich musste mich also beeilen.

Hannes und Maybritt waren immer noch da. Ich glaube, für die beiden war das fast, wie sesshaft zu sein. Amelie besuchte sie heute wieder mal in ihrem Camper am Strand und sonnte sich dabei, wie jedes Mal, in Maybritts intensiver Aufmerksamkeit, während sie ihren Vater mit interessierter Freundlichkeit beobachtete. Weil ich dem Frieden nicht traute, war ich in der Nähe geblieben. Und so schaukelten Tom und ich jetzt in den langsam anbrechenden Abend hinein.

»Ich habe das immer noch nicht verstanden«, rief Tom von der anderen Schaukel herüber. »Bleibt Hannes jetzt hier, oder campt er dann in München? Kann man da campen?«

Ich holte noch einmal ordentlich Schwung und flog durch die Luft. Ich hatte keine Ahnung. Hannes hasste München. Dass ich nur wegen ihm dort gelandet war, hatte er einfach aus seinem Kopf gestrichen.

»Keine Ahnung!«, rief ich.

»Freust du dich ein bisschen auf München?«, rief Tom jetzt und gab sich Mühe, auf einer Höhe mit mir zu schaukeln.

Die ehrliche Antwort wäre gewesen: Nein. Ich freute mich nicht auf München. Ich würde meine neuen Freundinnen furchtbar vermissen, unsere Freitagstreffen, die Telefonate, die Nachrichten und die kleinen Auszeiten. Schon der Gedanke an meine Rückkehr nach Süddeutschland bescherte mir schlaflose Nächte. Dann tauchten wie aus dem Nichts meine ganzen To-do-Listen auf und tanzten wirr in meinem Kopf herum, als hätten sie während ihrer Abwesenheit mit irgendeiner Designer-Droge experimentiert. Zumal sie noch Zuwachs bekommen hatten, denn Super-Alexandra schickte mir wöchentliche Updates zu der Mega-Abschiedsparty, die bevorstand. Frau Droge sendete in beständiger Tugendhaftigkeit weitere Arbeitsblätter, und die Werkstatt bat um eine schnelle Lösung für den Mini. Er stand im Weg herum. Ich schüttelte unwirsch den Kopf, weil der Radau in meinem Kopf schlagartig wieder zugenommen hatte. Und dann war da noch die Tatsache, dass ich Tom furchtbar vermissen würde. Schmerzhaft. Unvorstellbar. Er war so ungelegen in mein Leben geplatzt, und jetzt hatte ich mich an ihn gewöhnt. Ich mochte ihn sehr viel mehr, als ich mir eingestehen wollte.

»Kaum denke ich an München, habe ich schon wieder Mental Load«, fasste ich all die Ereignisse in meinem Kopf zusammen. Tom warf mir einen schaukelnden Seitenblick zu. Er hatte das Wort *Mental Load* vermutlich noch nie gehört. Es war ein Frauenwort. Frauen verstanden es, nach einer kurzen Erklärung, immer sofort und riefen dann: »Oh, Gott, ja! Das hab ich auch!« Männer guckten verwirrt. Ich öffnete schon den Mund, aber Tom bremste abrupt seine Schaukel.

»Du wolltest mir grad erklären, was das ist, nicht wahr?«, fragte er. Ich schüttelte energisch den Kopf. »Was denkst du? Dass ich, nur weil ich ein Kerl bin, keine Ahnung von Mental Load hab?«

»Entspann dich«, sagte ich und stoppte ebenfalls.

»Mit dir kann man sich nicht entspannen. Und ich weiß sehr wohl, wie es ist, die Kinder morgens um sechs aus dem Bett zu ziehen und festzustellen, dass es im ganzen Haus kein Brot gibt. Ich kenne WhatsApp-Gruppen des Wahnsinns, nur weil ein Kind Geburtstag hat, tausend Zettel aus der Schule, tausend Unterschriften und Entscheidungen und pinkfarbene Fineliner, die bis morgen beschafft werden müssen, sonst landest du in der Hölle. Du machst Mathehausaufgaben, Deutschhausaufgaben und spielst mit Puppen, keines der Kinder will essen, was du kochst, dann will niemand Zähne putzen, Haare waschen oder schlafen. Danach sortierst du die Wäsche, denkst an das Sportzeug der beiden Großen, suchst das Sportzeug, findest das Sportzeug nicht, suchst Alternativklamotten, findest nichts, dafür ist aber die Waschmaschine voll, die räumst du noch schnell aus, dann wacht Lori schon wieder auf, und dann ist es halb eins. Um halb sechs klingelt der Wecker. Ich weiß ganz genau, was das ist!«, fauchte er. »Ich bin vielleicht kein Vater, aber ein Onkel. Einer der besten Onkel der Welt!«

»Okay!«, rief ich fröhlich. »Du, Tom Bredenhof, hast trotz Penis tatsächlich eine Ahnung, was Mental Load bedeutet.«

»Ich habe nicht nur eine Ahnung«, sagte er leise, und es zuckte in seinem Mundwinkel, »ich bin Vollprofi. Sag es!«

Ich schwieg und biss mir von innen auf die Wangen, damit ich nicht anfing zu lachen.

»Sag es«, rief Tom und sprang von seiner Schaukel, um sein Gesicht direkt vor mein Gesicht zu halten und mir tief in die Augen zu schauen.

»Ja, du bist Vollprofi. Also zumindest auf dem Weg dorthin.«

Dann küsste er mich, und irgendwie landeten wir wild knutschend auf der karierten Decke auf dem Sand. Wir küssten uns so lange, bis ein Tourist rief: »Also bitte!« Dann hörten wir auf und kicherten, als wären wir zwölf.

»Schluss jetzt«, rief ich atemlos. »Ich bin Hebamme. Ich habe einen Ruf zu verlieren.« Tom rutschte hinter mich und legte seine Hände auf meine Schultern. »Ich auch! Ich gelte doch hier immerhin als Weiberheld. Aber gut.« Sanft wanderten seine großen Hände weiter, und er begann fachkundig, meinen Nacken zu massieren. Er berührte mit seinen Fingerspitzen jeden einzelnen Muskel und löste ein solches Wohlbehagen aus, dass ich begann zu schnurren.

»Kommst du mich mal besuchen?«, flüsterte Tom mir ins linke Ohr, und ich lehnte meinen Kopf gegen seinen. Wir wussten beiden, wie schwierig das werden würde. Und dass es keine gemeinsame Zukunft geben konnte. Er war hier eingebunden, ich in München. Zwischen uns lagen über neunhundert Kilometer. Der Gedanke schmerzte, deswegen sagte ich betont fröhlich: »Na klar!«

Tom hielt mich weiter im Arm, und ich lehnte mich an ihn. Das Meer war noch weit entfernt und spielte am Ende vom Horizont mit seinen Gischtkronen. Die Sonne senkte sich langsam mit einem verheißungsvollen Funkeln herab, und ihre Strahlen ließen den Sand glitzern. Geblendet blinzelte ich und schloss die Augen. Vielleicht musste ich mich auch nur kurz zur Ordnung rufen, aber als ich die Augen wieder öffnete, klingelte mein Handy in der Strandtasche. Erleichtert über diese Ablenkung griff ich hinein.

»Amelie, alles okay?«

»Du kannst mich gleich abholen. Ich mache jetzt noch mal Yoga, aber das dauert nicht lange. Die Sonnengrüße sind schnell erledigt.«

»Ist die Audienz beendet?«, fragte Tom, nachdem ich aufgelegt hatte.

»Ja, Königin Amelie wünscht abgeholt zu werden«, sagte ich und musste grinsen. So benahm sie sich. Sie hielt hoheitsvoll Hof bei ihrem Vater. Ich drehte mich halb zu Tom herum. »Bevor wir gehen: Du hast eine pensionierte Grundschullehrerin als Patientin in deiner Praxis. Graue Locken. Weißt du, wen ich meine?«

»Deine Themenwechsel verwirren mich manchmal. Woher kennst du sie? Ich weiß tatsächlich, wen du meinst.«

»Ich habe mal im Wartezimmer neben ihr gesessen, und wir haben sehr nett geplaudert. Kann ich ihre Nummer haben?«, fragte ich.

»Nein«, sagte er.

»Ich habe etwas vor«, erklärte ich energisch.

»Datenschutz.« Empört runzelte er die Stirn.

Ich spitzte die Lippen. »Dann gib ihr meine Nummer und bitte sie, sich zu melden.«

»So rum geht es.« Er nickte grinsend.

»Du bist ein Korinthenkacker«, sagte ich und kam auf die Füße.

Jetzt lächelte er so breit, dass seine weißen Zähne aufblitzten. »Ja. Das ist mein liebstes Hobby. Habe ich dir schon erzählt, dass ich meine Socken alle nach Farbe sortiert und auf links gedreht in der Schublade verwahre?«

Ich fing an, meine Sachen einzusammeln. »Ich habe Angst vor dir.«

»Ja, das ist gut so«, sagte Tom und klang dabei äußerst zufrieden, und ich musste so sehr lachen, dass ich Schluckauf bekam. Tom nahm mich in den Arm, und gemeinsam wanderten wir durch den tiefen Sand. »Verrätst du mir, was du vorhast? Mit meiner pensionierten Grundschullehrerin?«, fragte er dabei, und ich schüttelte den Kopf.

»Nein, bestimmt nicht. Das wird eine Überraschung.« Eine Überraschung, an der ich still und heimlich schon seit einigen Tagen bastelte.

Ich hickste immer noch fröhlich vor mich hin, als ich mit Mimis Geländewagen am Strand von Ording ankam, wo Hannes' Wohnmobil stand. Tagsüber. Nachts kam in letzter Zeit oft die Polizei und vertrieb alle Camper, woraufhin er dann am Feldrand nächtigen musste.

Jetzt stand sein Bus in einer Reihe mit vielen anderen Bussen. Hier war die Hölle los, aber er hatte doch wenigstens direkten Meerblick. Perfekter konnte man nicht stehen, er war offenbar früh hier gewesen. Wer zuerst kam, stand in der ersten Reihe. Das war wie im Sommerurlaub mit den Handtüchern auf den besten Liegen am Pool.

Hannes saß auf einem der beiden Klappstühle vor dem Wagen und balancierte einen Laptop auf den Knien.

»Hallo.« Ich setzte mich neben ihn.

Er blickte auf. »Amelie und Maybritt machen Yoga«, erklärte er und deutete auf zwei kleine im Sand turnende Schemen, viele Meter entfernt.

»Willst du ein Bier?« Er machte einen langen Arm, um den Laptop durch die geöffnete Schiebetür auf den Boden des Campers zu legen.

»Ich muss noch fahren.« Einen Moment lang schwiegen wir. Es war ein seltsames Gefühl, Hannes leibhaftig vor mir zu sehen, nach so vielen Jahren. Sein Gesichtsausdruck sagte mir, dass es ihm nicht viel anders erging.

»Ich wusste nicht, wie ich wieder Kontakt aufnehmen konnte. Du warst so kalt«, sagte er schließlich, nachdem nur mein Hicksen die Stille gestört hatte. »Du musst mal die Luft anhalten. Dann hört das auf.«

»Ist ein Ammenmärchen. Das hört nicht auf. Man muss sich erschrecken. Du hast sicherlich Verständnis, dass ich mich nicht auch noch um deine Befindlichkeiten kümmern konnte.«

Erst wollte er widersprechen, doch dann gewann sein offenbar erleuchtetes Bewusstsein die Oberhand, und er nickte nur. »Ja. Tut mir leid.«

Ich glaubte, mich verhört zu haben. »Wie bitte?« Prompt hörte der Hicks auf.

Hannes atmete hörbar aus. »Na ja«, sagte er dann. »Ich war noch zu jung. Ich konnte mich noch nicht drauf einlassen. Du hast dich explosionsartig in dieser neuen Rolle entfaltet. Amelie kam zur Welt, und du warst eine Mutter. Ich aber kein Vater. Ich hatte keine Ahnung, wie das ging. Alles, was ich getan habe, war falsch.« Wortlos betrachtete ich ihn. »Mir fehlte da vielleicht das Vorbild. Also, es tut mir leid. Man kann das nicht einfach so wiedergutmachen.« Er hielt einen Moment inne und runzelte die Stirn, während er sinnierend zur Wasserlinie starrte. »Ich. Maybritt sagt immer, ich soll Verallgemeinerungen vermeiden, und das ist richtig. Also: Ich kann es nicht wiedergutmachen. Ich kann nur in der Nähe sein.« Er kniff kurz die Augen zusammen. »Und bleiben.«

Hilflos hob ich die Hände. Früher hatten wir oft nur über Gesten kommuniziert. Als wir noch dachten, einander so gut zu kennen wie niemanden sonst auf der Welt. Wir hatten uns verschwörerisch angegrinst und für wahnsinnig hip gehalten. Auch jetzt verstand Hannes mich.

»Die Verantwortung und was es wirklich heißt, Vater zu sein, sind mir erst jetzt bewusst geworden«, sagte er. »Vater zu sein gehört nun zu meiner Identität. Ich habe viel darüber meditiert und auch verstanden, dass es für immer ist. Kein Hobby oder so etwas. Maybritt liebt Kinder. Ihre Mutter war ebenfalls alleinerziehend. Sie hat viel mit mir gesprochen. Hat sich sehr für Amelie interessiert und fand es ungeheuerlich, dass ich so wenig Kontakt habe.«

»Okay«, sagte ich, während ich seine Worte überdachte. »Wovon lebt ihr?«

»Instagram.« Er grinste schief. »Ich habe jetzt endlich mehr

Follower und tatsächlich ein paar Werbepartner. Surfen und Meditation bieten viel Stoff. Und Maybritts Yoga lief schon immer sehr gut. Sie bietet es auch für Kinder an. Hat sie zumindest in Spanien.«

»Hat Maybritt dir gezeigt, wie man mit Instagram Geld verdient?«, fragte ich gänzlich ungeniert. Hannes sah mich schräg von der Seite an. Ich wusste, dass er jetzt gern gesagt hätte, dass er das ganz allein herausgefunden hatte, aber das stimmte nicht. Tatsächlich nickte er schließlich.

»Yoga für Kinder«, wiederholte ich leise und machte mir in Gedanken eine Notiz. Im nächsten Moment kamen Maybritt und Amelie vom Strand zurück. »Möchte Maybritt Kinder haben?«, fragte ich schnell, solange sie noch nicht direkt beim Camper waren. Wieder sah Hannes mich einen Moment lang schweigend an.

»Ja«, sagte er schließlich. »Dafür muss mein Business erst noch mehr Geld abwerfen.«

Ich nickte zufrieden. Maybritt war also nicht so blauäugig, wie ich es gewesen war.

»Sehr schön.« Ich sah den beiden entgegen. Amelie hüpfte auf einem Bein, Maybritt tat es ihr gleich.

»Es ist voll cool, dass er hier ist!«

Amelie und ich liefen zurück zu Mimis Auto. Als wir einstiegen, sagte sie: »Ich weiß, dass ich ihn hätte vermissen sollen. Hab ich aber nicht.« Die letzten Worte hatte sie geflüstert. »Aber Miike findet ihn cool. Weniger cool ist, dass Maybritt immer so komische Sachen kocht. Ich habe Goldhirsebrei gegessen.« Sie schüttelte sich leicht. Ich räusperte mich und verkniff mir ein Grinsen.

»Aber Mimi macht mir heute Abend Fischstäbchen mit Apfelmus.« Wir erreichten die Abzweigung zu Mimis Hof, und plötzlich rief Amelie: »Mama, wenn wir nach München zurückmüssen, können wir dann Mimi nicht mitnehmen?«

Ich warf einen Blick in den Rückspiegel. »Mimi gehört doch hierher«, erwiderte ich. »Wer kümmert sich um den Hof? Um Eule und die Ziegen?«

»Fiete und Matthias«, erklärte meine Tochter bestimmt. »Weil, wenn wir gehen, wird Mimi furchtbar traurig sein.«

»Ach, Amelie.« Ich stellte den Wagen ab und wollte mich schon abschnallen, doch ich kam nicht weit, denn meine Tochter packte meine Schulter. Erstaunt sah ich sie an.

»Mama, Mimi weint ganz viel. Immer heimlich, wenn sie denkt, keiner sieht es. Aber ich habe es doch gesehen. Und sie weint, weil sie so traurig ist, weil wir zurück nach München gehen.«

Ich atmete tief durch.

»Ich auch!«, sagte Amelie dann voller Inbrunst und ließ meine Schulter wieder los.

Wie gerne hätte ich gerufen: »Ich will auch hierbleiben!« Aber das ging nicht. Ich war hier schließlich die Große und musste mich zusammenreißen. Zum Glück kreuzte Fiete jetzt mit einer Schubkarre unseren Weg und schien, seinem Gesichtsausdruck nach zu urteilen, so schlechte Laune zu haben, dass die Welt vermutlich bald drohte unterzugehen. Gemeinsam kletterten wir mit unseren Strandtaschen aus dem Auto.

»Hey Fiete, was ist?«, rief Amelie und hüpfte in seine Richtung. Als Fiete sie sah, lächelte er, und die schlechte Laune schien von ihm abzuperlen wie das Wasser von einer Ente.

»Hallo, Amelie. Ist heute nicht mein Tag. Luisa.« Er nickte mir zu und wurde gleich wieder ernst.

»Fiete«, ich nickte ernst zurück, während Amelie immer noch hüpfte.

»Hast du Liebeskummer?«, fragte sie hüpfend und legte den Kopf schief.

»Ja«, sagte Fiete dumpf, und sofort hörte Amelie auf mit dem Hüpfen.

»Oh nein«, erwiderte sie. »Soll ich dir im Stall helfen? Wir können auch *Löwenzahn* gucken. Oder Mimi fragen, ob sie Arme Ritter für dich macht.«

»Danke. Ich denke, es wäre gut, wenn wir den Ziegenstall aufräumen. Hilfst du mir?«

»Klar.« Amelie hüpfte in den Stall, während Fiete mich mit hängenden Schultern betrachtete.

»Ich habe es übrigens niemandem gesagt. Aber es könnte sein, dass die Leute es auch so wissen«, sagte ich.

Fiete rümpfte die Nase, dann drehte er sich auf dem Absatz um und folgte Amelie.

»Aber ich freue mich, dass du wieder mit mir sprichst«, rief ich ihm nach.

Aus der Küche waren laute Stimmen zu hören. Vor der geschlossenen Küchentür saß Frau Ahorn und sah aus, als hätte man sie getreten. Sie freute sich noch nicht mal, mich zu sehen, sondern starrte nur auf die Tür.

Sanft legte ich ihr eine Hand auf den Kopf, und sie blickte kurz zu mir auf. In der Küche fauchte Mimi, und eine männliche Stimme fauchte zurück.

Dann wurde die Tür aufgerissen, und Malte stolperte auf roten Socken erst über Frau Ahorn, die sich mit einem großen Satz in Sicherheit brachte, und dann über mich.

»Sie ist da«, rief er, und seine Dreadlocks flogen durch die Gegend. »Sprich endlich mit deiner Nichte, Mimi.« Er atmete tief durch, tätschelte mir die Schulter und trat hinaus auf den Hof.

»Was ist hier los?«, fragte ich Mimi, die mit düsterer Miene vor mir aufgetaucht war.

»Wir müssen reden«, sagte sie tonlos und deutete zum Esstisch. Ich folgte ihr mit einem flauen Gefühl im Magen, setzte mich aber.

Sie setzte sich dazu, stand wieder auf und goss uns zwei Tassen Tee ein, bevor sie sich endgültig niederließ.

»Kannst du hierbleiben?«, fragte sie dann ganz plötzlich, und ihre Stimme klang dünn.

»Äh«, ich lehnte mich zurück. »Und wovon soll ich leben?«

»Das wird sich finden«, sagte Mimi unbestimmt zur Zimmerdecke, und ich lächelte kühl.

»Nein. Es wird sich nichts finden«, sagte ich klar und deutlich. »Ich trage die Verantwortung für Amelie. Ich kann nicht einfach so darauf warten, dass sich was findet. Außerdem liebe ich meinen Job.«

»Ja, aber du hasst die Arbeit in der Klinik«, sagte Mimi scharf und sah jetzt endlich mich an.

Ich sagte nichts. Der Gedanke an die Geburtsstation der Klinik schnürte mir den Brustkorb zu. Aber das musste niemand wissen.

»Du musst auch einfach mal darauf vertrauen, dass die Dinge sich fügen. Ihnen wenigstens die Möglichkeit geben. Wenn du zurück nach München gehst, geht alles so weiter. Du wirst wieder krank werden.«

Ich schnappte nach Luft. Wenn man Mimi zuhörte, führte ich ja ein katastrophales Leben in München, vor dem ich dringend gerettet werden musste. Durch sie natürlich. Denn Mimi wusste alles und konnte alles. Meine Tante zog die Augenbrauen zusammen und nippte an ihrem Tee.

»Es wäre auch besser für Amelie«, sagte sie dann, und ein Lächeln regte sich in ihrem Mundwinkel.

Das Monster sprang so plötzlich aus seinem Versteck, dass ich erschrocken zusammenzuckte.

»Ich bin ihre Mutter. Ich werde ja wohl wissen, was am besten für sie ist.« Meine Worte klangen scharf.

Mimi drückte augenblicklich den Rücken durch und setzte sich kerzengerade auf. Wir wetzten sozusagen die Messer. Dann beugte sie sich nach vorne und zischte: »Man kann Kinder nicht alleine aufziehen!« Dabei erstach mich ihr Blick förmlich.

»Was hätte ich denn tun sollen? Deiner Meinung nach?«, fragte ich und schob den Tee weg.

Mimi spitzte die Lippen. »Du hättest jederzeit herkommen können. Aber du weißt ja alles und kannst alles allein.«

# Kapitel 26

»Das hast du mir doch beigebracht.« Jetzt richtete ich mich auch auf und starrte meine Tante mit zusammengekniffenen Augen an.

»Ich habe dir ganz sicher nicht beigebracht, dich völlig aufzugeben und totzuarbeiten. Dich ausbeuten zu lassen und diese verrückte Mütter-Gang zu stützen, bei der keine Frau mehr das Recht auf eigene Bedürfnisse hat.«

Ich lachte. »Du hast mir beigebracht, dass wir Frauen alles alleine können müssen. Dass wir uns niemals auf einen Mann verlassen dürfen, weil wir sonst verloren sind. Und genau das tue ich. Ich mache es alleine, weil es keinen Mann gab, auf den ich mich verlassen konnte!«

»Es gibt Männer, auf die man sich verlassen kann«, sagte meine Tante.

»Ja, dein Malte. Wo auch immer der hergekommen ist. Plötzlich ist alles anders, oder wie? War das gar nicht ernst gemeint all die Jahre vorher?«

Mimi sah mich an und schien schlagartig ihren Kampfgeist verloren zu haben.

»Es tut mir leid«, sagte sie so leise, dass ich sie fast nicht verstand und recht viel Fantasie brauchte, um mir die gehauchten Worte zusammenzureimen.

»Bitte, was?«, fragte ich deshalb verdutzt. Meine Tante hatte sich noch nie entschuldigt. Für nichts. Sie machte ja auch alles richtig.

Jetzt presste sie die Lippen aufeinander, und im nächsten Moment brüllte sie mich an: »Es tut mir leid! Alles!«

Mein Magen hüpfte auf und ab. Erschrocken lehnte ich mich auf meinem Stuhl zurück, und Frau Ahorn trabte in ihr Körbchen, rollte sich dort zusammen und schob die Nase zwischen die Vorderbeine.

Mimi atmete tief durch, und dann schüttelte sie ihre Locken, umfasste sie mit beiden Händen und band sie mit einem Haushaltsgummi aus ihrer Hosentasche zusammen. Sie ließ die Hände fallen und sah starr auf die Tischplatte. »Ich habe viele Fehler gemacht. Es tut mir leid.«

Ich konnte sie nur anstarren. Fassungslos. »Äh«, sagte ich schließlich, und dann schob Mimi das verdutzt aus der Wäsche schauende Monster zur Seite und sagte: »Wir sind uns so ähnlich. Das ist nicht gut. Und Amelie ist auch wie wir.«

»Mimi ...« Abwehrend hob ich eine Hand. »Ich weiß nicht, worauf das hinausläuft. Aber du hast mich total hängen lassen. In so vieler Hinsicht.«

Mimi sah mich an, und ich konnte mich täuschen, aber da hing offenbar eine Träne in ihrem Augenwinkel.

»Ja, hab ich«, sagte sie, woraufhin das Monster seinen letzten Atemzug tat und tot umkippte. Ich betrachtete es irritiert und sah dann wieder Mimi an. Es war wirklich eine Träne gewesen. Die lief ihr jetzt nämlich über die Wange.

»Ich hätte dich bitten müssen zu kommen«, sagte sie tonlos. »Damals, als deine Mutter die Diagnose und kurz darauf die erste Chemo bekommen hat. Aber ich war so fest davon überzeugt, dass sie das durchsteht. Und ich hatte so viel zu erledigen. Die Krankenkasse war so störrisch, ich brauchte ein Pflegebett, musste jemanden haben, der nach ihr sah, wenn ich bei den Pferden war. Mir kam gar nicht in den Sinn, dich um Hilfe zu bitten. Du hattest selbst so viel um die Ohren. Du warst in einer anderen Welt. In einer Welt, in der du alles richtig und alles perfekt machen wolltest und nicht sehen konntest, dass das gar nicht geht.« Sie hielt kurz inne. »Tut mir leid. Ich hab das damals so gesehen. Heute sehe ich es anders. Heute weiß ich, dass ich dich hätte bitten müssen, sofort zu kommen.« Sie fing an zu weinen. So sehr, dass ich ihre nächsten Worte fast gar nicht verstand. »In dieser ersten Nacht zu Hause ist Klara einfach gestorben. Ich hielt ihre Hand, und sie sah mich an. Dann lächelte sie und starb. Sie ist mir weggeflogen, wie ein kleiner Vogel. Dabei habe ich noch versucht, sie festzuhalten.«

Ich umklammerte die Tischkante und starrte Mimi an. Doch die war noch nicht fertig.

»Ich hab das falsch eingeschätzt. Ich habe einen Fehler gemacht, und du hast dich nicht verabschieden können.«

»Warum hast du das nie gesagt?«, fragte ich leise.

»Konnte nicht.« Mimi zuckte hilflos mit den Schultern. »Ich habe doch auch immer alles richtig machen müssen. Für dich. Weil meine Schwester, die zwar deine Mutter war, sich ihr ganzes Leben lang wie ein Kind verhalten hat. Dann kam Hannes. Der war auch wie ein Kind. Ich hatte solche Angst, dass er sich nicht ändert. Dass er die Verantwortung nicht begreift, die mit der Geburt von Amelie einherging. Dass du eine wunderbare Mutter werden würdest, war mir klar. Aber bei ihm war ich mir sicher, dass er kein Vater werden konnte. Nach der Trennung ging es dann immer nur um dich. Keiner sprach von Hannes, was er eigentlich getan hatte. Es ging nur darum, wie arm du dran warst. Als wäre deine Situation halt gottgegeben, als wäre nicht Hannes der Grund. Ich hätte ihn umbringen können.«

»Ich auch«, pflichtete ich ihr bei.

»Diese verdammte Reise nach Spanien mit diesem klitzekleinen Kind«, seufzte sie. »Nur weil er surfen wollte. Es ging nie um dich und Amelie. Nur um ihn.«

Ich nickte und seufzte ebenfalls.

»Ich war so verlassen nach Mamas Tod. Mama war weg. Hannes war auch weg. Weil ich ihn verlassen hatte. Und du warst auch irgendwie weg, weil ich mit dir nicht mehr reden konnte. Weil wir nur gestritten haben. In deinen Augen habe ich alles falsch gemacht.«

Mimi sah mich gequält an. Dann schüttelte sie knapp den Kopf. »Du hast dich so verrückt gemacht. Mit allem. Jeder Pups war hoch komplex. Keine einzige Entscheidung hast du aus dem Bauch heraus getroffen, alles hast du tagelang durchdacht, Bücher dazu gelesen. Sicher, Kinder großzuziehen ist heute wesentlich komplizierter als früher, aber du hast es auch kompliziert gemacht. Du hattest da in München keine Freundin, mit der du hättest reden können. Und ich konnte nicht aussprechen, wie leid es mir tat. Streiten ging besser.« Nun klang sie wieder wie sie selbst. Wütend und stumm schüttelte ich den Kopf. »Wir kommen nicht weiter, wenn wir immer nur in unserem eigenen Saft schmoren. Wir können Kinder nicht alleine aufziehen. Wir brauchen einander«, sagte sie, atmete tief durch und schloss für einen Moment die Augen. »Ich habe immer gehofft, dass du einfach mal vorbeikommst. Mich besuchst.«

Schweigend sah ich sie an.

»Ich hätte Amelie gerne gesehen.« Sie blinzelte einmal. »Und dich«, fügte sie schließlich noch hinzu.

»Ging nicht«, sagte ich knapp. Ich klang atemlos. »Wann denn? Ich habe so wenig Urlaub, und im Urlaub muss ich immer all die Dinge erledigen, die im Alltag liegen bleiben. Es ging einfach nicht. Alleine die Zugfahrt war so teuer.«

Mimi nickte.

Ich sagte etwas, und Mimi stimmte mir zu. Das war neu, ungewohnt. Aber schön.

Doch schon im nächsten Moment stand sie schwungvoll vom Stuhl auf und marschierte zur Küche, wo sie eine Pfanne auf den Herd knallte. Verwirrt zog ich meinen Tee zu mir und trank einen Schluck. »Was machst du da?«, fragte ich.

»Ich koche. Fischstäbchen mit Apfelmus. Für dich. Dein Magen knurrt, dass die Wände wackeln.«

»Oh.« Mein Magen knurrte tatsächlich.

»Ja«, sagte Mimi, während sie eine Packung Fischstäbchen aus dem Tiefkühlfach holte. Schweigend beobachtete ich sie. Als das Öl in der Pfanne brutzelte, sagte sie zum Herd: »Ich wünschte, du könntest hierbleiben. Amelie ist ein prachtvolles Mädchen. Und du eine wunderbare Frau.«

Ich schwieg und spürte dem Gefühl nach, das ihre Worte in meinem Herzen ausgelöst hatten.

Nach einer Weile stellte Mimi einen Teller vor mich und legte Besteck dazu.

»Soll ich die anderen holen? Zum Essen?«, fragte ich, doch Mimi schüttelte den Kopf.

»Ich koche für dich. Die anderen bekommen nachher Kartoffeln und Spiegeleier.« Schwungvoll drehte sie sich um und hantierte mit der Pfanne, während es verheißungsvoll in der Küche duftete. Nach wenigen Minuten ließ sie die krossen Fischstäbchen auf meinen Teller gleiten. Dann setzte sie sich wieder hin und sah mir beim Essen zu.

»Malte ist dein fester Freund, nicht?«, fragte ich schließlich zwischen zwei Bissen. Mimi runzelte die Stirn.

»Ich bin keine vierzehn mehr«, sagte sie. »Aber ja. Er ist mein fester Freund.« Sie malte Gänsefüßchen in die Luft und lächelte doch tatsächlich.

Ich aß gefühlte einhundert Fischstäbchen und leerte dazu ein ganzes Glas selbst eingekochtes Apfelkompott. Unsere Aussprache hatte einen Bärenhunger in mir ausgelöst. Vielleicht wollte ich auch ganz viel Zuneigung und Fürsorge essen. Als ich endlich fertig war, nahm sie mir den Teller weg, spülte die Pfanne ab und räumte den Rest in die Geschirrspülmaschine. Es herrschte eine erschöpfte Stille zwischen uns. Die Worte waren alle gesagt, jetzt mussten sie sich wie kleine Tetris-Puzzle-Stücke an ihren Platz setzen.

»Ich geh mal nach Amelie gucken«, sagte ich nach einer Weile, stand auf und trat gemeinsam mit Frau Ahorn auf den Hof. Die Luft war immer noch mild, obwohl mittlerweile Spätsommer war. Von irgendwoher hörte ich Musik. Der Rhythmus war gut, ansteckend. Ich bog um die Ecke und blieb vor dem geöffneten Scheunentor stehen. Amelie tanzte in der Scheune. Ein uraltes Radio stand auf einem Strohballen und dudelte jetzt krächzend *Happy* von Pharrell Williams. Vor ihr drehte der tortenbackende Spezialeinheiten-Matthias eine Pirouette – in Tarnhosen und Holzfällerhemd. Mit ausladenden Steppschritten wogte er über den alten Betonboden. Fiete stand mit verschränkten Armen an der Wand und guckte missbilligend. Ich überlegte, ob ich mich mit identischem Gesichtsausdruck neben ihn stellen sollte, doch plötzlich fingen meine Füße an zu tanzen. Ich konnte da ja immer so schlecht was gegen tun. Also tanzte ich mit. In Richtung Amelie, die hoch erfreut bei meinem Anblick ebenfalls eine kleine Pirouette drehte. Ich grüßte den steppenden Matthias freundlich, der hielt kurz inne und steppte dann weiter. Fiete verdrehte die Augen.

Ich tanzte mit meiner Tochter um die Wette. Früher hatten wir so oft getanzt, waren stundenlang durch das Wohnzimmer gerockt, bis die Nachbarn geklingelt oder empört gegen die Decke geklopft hatten. Frau Ahorn sprang beherzt in die Manege und umschwänzelte uns mit wachsender Begeisterung, und von irgendwoher tauchte plötzlich auch Mimi auf. Sie riss sich das Haarband aus dem Zopf und drehte sich im Kreis, dass der bunte Rock nur so flog. Und endlich wippte auch Fiete mit. Verhalten und ohne die schützende Wand im Rücken zu verlassen. Aber er tanzte. Ein bisschen zumindest. Und dann kam als Nächstes *Geronimo* von Sheppard, und selbst er verlor seine nordische Nüchternheit und tanzte vorsichtig ein paar Schritte in den Raum.

Ich war mittlerweile außer Atem, während bei Amelie noch keine Spuren von Erschöpfung zu erkennen waren. Matthias tanzte, immer noch steppend, in Richtung Fiete, doch der versteckte sich hinter Mimi. Ich musste lachen. Herzhaft und laut, und sogar dabei konnte ich noch tanzen. Hier waren doch irgendwie alle total verrückt geworden. Oder waren es immer schon gewesen.

Mir lief der Schweiß mittlerweile in kleinen Sturzbächen den Rücken hinunter, und beim nächsten Song (etwas, das ich nicht kannte, vermutlich war es neu und gerade in den Charts) setzte ich aus und ließ mich auf einen der Strohballen fallen. Die restliche Meute tanzte munter weiter, doch bald zeigte auch Matthias leichte Ermüdungserscheinungen und setzte sich schwer atmend neben mich.

»Hallo Tortenbäcker«, sagte ich, und er grinste mich an.

»Hallo Hebamme«, erwiderte er. »Ich wollte nach Fiete sehen, der ruft mich nicht mehr an. Gefunden habe ich deine Tochter, die hier eine kleine Showeinlage zum Besten gab. Der NDR war uns wohlgesonnen.«

Ich lachte auf und beobachtete, wie Mimi, Fiete und Amelie gemeinsam im Kreis tanzten. Fiete hatte sich freigetanzt und brauchte keine Wand mehr im Rücken.

Matthias stützte sich mit den Armen auf dem Strohballen ab und lehnte sich leicht zurück. »Wie lange bist du noch hier?«

»Nur noch ein paar Tage«, antwortete ich und spürte sofort den altbekannten Schmerz im Rücken aufflammen. Meine Psyche war ein Arschloch. Ich schüttelte leicht den Kopf und somit den Gedanken weg.

»Die werden dich und Amelie vermissen«, sagte Matthias, und ich gab ein grunzendes Geräusch von mir. Ja, bitte mehr davon, Tortenbäcker. Bring mich zum Heulen.

»Was machst du sonst noch außer Torten backen?«, fragte ich, um mich wieder zu sammeln. Er zuckte die Schultern.

»Nicht viel.«

»Und was möchtest du mal machen?«, fragte ich weiter.

»Wenn ich groß bin?« Er lachte, und ich grinste ihn an. »Vielleicht eröffne ich irgendwann auch mal ein Café hier. Da hätte ich Lust drauf. Nicht nur die Torten backen, sondern sie auch verkaufen. Und du?«, fragte er mich.

Ich betrachtete meine Tochter, wie sie selbstvergessen tanzte. Die Augen geschlossen, ganz bei sich.

»Ich werde irgendwann wieder als freie Hebamme arbeiten«, sagte ich ganz spontan. »Frauen betreuen, vom Schwangerschaftstest bis zum ersten Geburtstag der Babys. Sie begleiten, mit Zeit, und ohne Druck. Ohne Geldsorgen.« Ich dachte an Tom. Wie es wäre, sich mit ihm ein gemeinsames Leben aufzubauen. Ihn jeden Abend nach der Arbeit zu sehen, um etwas mit Käse zu überbacken und mit ihm über den Tag zu reden. Wie es wäre, nicht jede Nacht alleine einzuschlafen, sondern sich anzulehnen, an jemanden, der stark genug war, das auch auszuhalten. Ich schluckte und blinzelte die Tränen weg.

»Ach Luisa«, sagte Matthias und legte doch tatsächlich einfach so den Arm um mich. »Wir haben noch keine drei Sätze miteinander gewechselt, aber ich habe das Gefühl, dich zu kennen.«

»Woher denn?«, fragte ich mit erstickter Stimme. Matthias sah mich verwundert an. »Fiete«, sagte er und deutete auf ihn, der mit Amelie gerade einen lustigen Walzer aufs Parkett legte. Zu Linkin Park. »Als Mimi sagte, du würdest kommen, war er total durch den Wind. Sie hat ihm natürlich viel von dir erzählt, und er hat sich vorgestellt, wie die friedliche Harmonie vom Winde verweht würde, sobald du hier ankommst. War aber nicht so. Er mag dich. Und er liebt Amelie.«

Ich wischte mir die Tränen von der Wange. Auf einmal erschien Tom in der Scheunentür und sah sich um, als würde er etwas suchen.

Jemanden. Mich. Als er mich entdeckte, lächelten seine Augen, und mein Herz begann wie verrückt zu klopfen. Er kam mit langen Schritten zu uns, nicht ohne ein bisschen mit den Hüften zur Musik zu schwingen.

»Ich habe dich gesucht«, begrüßte er mich mit einem Kuss auf die Stirn. Matthias ließ mich nicht los, schlug aber in die entgegengehaltene Handfläche von Tom ein. Kurzerhand quetschte Tom sich zu uns auf den Strohballen, der damit definitiv überfüllt war. Und dann legte er auch noch den Arm um mich, womit ich mehr Körperkontakt hatte als in den vergangenen acht Jahren zusammen. Und ich war so froh wie schon lange nicht mehr. Wenigstens für diesen kleinen Moment.

# Kapitel 27

Heute brauchten wir für unser Freitagstreffen am Strand schon ein paar zusätzliche dicke Decken. Wibo trug sogar eine Strickmütze, denn am weiten Himmel über der Nordsee türmten sich riesige Wolkenberge und ließen die Sonne nur hin und wieder ein paar dürftige Strahlen zur Erde schicken. Es war unser vorletztes Freitagstreffen. Eigentlich das letzte, aber wir hatten noch ein allerletztes konspiratives Meeting angesetzt, am Tag, bevor mein Zug fuhr.

»Ich habe da mal was vorbereitet«, rief ich gegen den Wind, während ich mir die Decke über die Beine zog.

»Merket auf! Luisa hat das Wort!«, brüllte Wibo, schenkte Sekt ein und reichte kleine Käsehäppchen herum.

»Steffi«, sagte ich feierlich und richtete mich ein wenig auf. Jetzt war ich doch ein bisschen aufgeregt. »Also: Mimi würde alle deine Kinder am Dienstagnachmittag von der Schule abholen und betreuen. Fiete würde den Donnerstag übernehmen. Deine Kinder kennen und mögen Mimi und auch Fiete, und sie könnten im Stall sein. Ein großer Pluspunkt. Und intensive Betreuung braucht ja nur noch Murmel.« Steffi sah mich mit offenem Mund an. Ich drehte mich zu Suse. »Zur gleichen Zeit würde Frau Kautmayer gerne mal Kontakt mit deinem Vater aufnehmen. Sie macht nämlich gerade eine Ausbildung zur Demenzbegleiterin. Da Heinz lieber in deiner Nähe bleibt, wird sie sich im Café zu ihm setzen. Das ginge zweimal die Woche. Später würde sie gerne auch versuchen, mit ihm zum Hof zu fahren. Das wäre dann eine Heinz-Kinder-Rundumbetreuung. Der Idealfall, bei dem sich natürlich alle wohlfühlen müssten, damit das klappt. Das ist das Fernziel.«

Hase hatte beide Augenbrauen bis zum Haaransatz gezogen und in der Bewegung innegehalten. Aber ich war ja lange noch nicht fertig. »Suse, einmal die Woche kann Matthias vormittags das Café übernehmen. An dem Vormittag hast du frei und einen Yoga-Kurs bei Maybritt. Vorausgesetzt, Heinz kommt mit Frau Kautmayer klar. Sonst muss man das noch mal überdenken und gegebenenfalls justieren.«

»Was kostet das?«, hauchte Steffi, die ihren Sekt beiseitegestellt hatte und die Decke über ihren Knien fest umklammerte.

»Nichts«, sagte ich. »Mimi und Fiete sehen es als Selbstverständlichkeit an.« Viel mehr noch. Meine Tante hatte ernst und wortwörtlich erklärt: »Dafür nehme ich nichts. Man passt auf die Kinder anderer Frauen auf. Das ist mein Verständnis von Solidarität.« Ich räusperte mich. »Matthias träumt von einem Café. Vielleicht kannst du es ihm irgendwann verkaufen. Oder ihn fest einstellen. Die Tortenbäckerei macht er gerne, aber er möchte sich verändern. Er will auch erst mal kein Geld dafür. Er sieht es als Praktikum, weil er noch nie in der Gastronomie gearbeitet hat und mit seinen Torten genug verdient.«

»Du vermachst uns kurz vor deiner Abreise ein komplettes Betreuungskonzept?«, fragte Hase, und ich nickte, was schwierig war, denn der Wind hatte noch mal ordentlich aufgefrischt und peitschte mir plötzlich die Haare ins Gesicht.

»Und ich habe noch ein Ass im Ärmel«, erklärte ich durch den Haarschleier und fand dann endlich ein Haargummi in meiner Jackentasche, um sie zurückzubinden. »Maybritt wird an einem Nachmittag in der Woche einen Yogakurs anbieten. Nur für eure

Kinder. Alter egal. Hannes wird sie dabei unterstützen. Genaueres müssen wir noch klären, weil sie irgendwann auch nach München kommen wollen, aber den restlichen Sommer bleiben sie noch hier.« Für einen Moment schwiegen alle ergriffen.

»Wir trinken auf dich, Luisa Haselnuss!«, rief dann Hase gegen das Tosen des Windes an, und alle rissen ihre Gläser hoch, bis Steffi brüllte: »Nee, stopp.« Dabei fuchtelte sie mit den Händen. »Man kann das nicht kostenlos annehmen. Das geht nicht.«

»Doch. Weil man zum Aufziehen von Kindern ein ganzes Dorf braucht«, widersprach ich energisch. »Habt ihr mir doch erklärt. Außerdem reden wir von insgesamt acht Stunden in der Woche. Und es ist absehbar. Die Kinder werden größer. Die Großen können jetzt schon oft nach der Schule mit zu Freunden gehen, es wird leichter werden.«

»Und du? Was machst du?«, fragte Suse mich.

Ich sah sie an und nippte an meinen Sekt. »Ich muss Kinder auf die Welt begleiten. Den Damm stützen. Mir Fruchtwasser aus den Haaren waschen. Frauen anfeuern und ihre Hand halten. Babys begrüßen. Das ist mein Leben. Ich kann nicht ohne.«

»Wir werden dich heiligsprechen«, sagte Steffi, sprang auf und rannte ein paar Meter weg, um sich ein wenig geschützt vor dem Sturm hinter einen Strandkorb zu kauern. Dann begann sie zu telefonieren, offenbar sagte sie den Job zu. Zwei Pilates-Kurse in der Woche. Dienstag- und donnerstagnachmittags.

Wir anderen sprangen auf, um unsere Strandkörbe noch einmal zurechtzurücken und die Rückenlehnen ganz nach vorne zu klappen. Jetzt fegte der Sturm über uns hinweg, blies aber nicht mehr direkt in unsere kleine Korb-Burg. Als Steffi mit strahlenden Augen zurückkam und unter ihre Decke kletterte, begann Wibo den Inhalt der Kühltasche zu verteilen. Alter Cheddar, feines Baguette, Preiselbeeren, Schweizer Schokolade, Belgische Pralinen und Gummibärchen. Dazu gab es herrlich perlenden Sekt. Wir erzählten von den Kindern, dem Café, was wir grad taten und woran wir uns freuten.

Dass ich in weniger als einer Woche zurück in München sein würde – der Dienstplan hatte mich schon wieder erfasst und meine Chefin hatte ihn mir gleich weitergeleitet –, ließ ich unerwähnt. Der Alltag stand quasi vor der Tür und hatte schon angeklopft. Als wir uns gerade gemeinschaftlich über die letzten Tortenstücke aus dem Café hermachen wollten, bimmelten drei Handys gleichzeitig. Die Besitzerinnen sahen darauf und gaben unterschiedliche Geräusche der Bestürzung von sich.

»Sturmwarnung«, erklärte Wibo ernst und hielt ihr Handy hoch.

»Für diese Erkenntnis brauche ich keine App«, sagte Suse und blickte dem kleinen Sahnehäubchen hinterher, das der Wind sich gerade geschnappt hatte, um damit am Strand zu spielen. Die nächste heftige Bö brachte gleich noch ein paar Tropfen Regen mit.

Kreischend versuchten wir, tiefer in die Strandkörbe zu kriechen, was jetzt aussichtslos war.

»War der angesagt? Haben wir das nicht mitbekommen? Wir hätten uns gleich im Café treffen sollen«, rief Suse und schlug ihren Mantelkragen hoch, denn der Sturm bewarf uns nun von allen Seiten mit fliegenden Sandkörnern und Wasser.

»Abbruch!«, brüllte Steffi, und in Windeseile packten wir unsere Sachen und rannten über den Strand zu den Fahrrädern. Klitschnass und gut durchgepustet kamen wir dort an. Nur Hase war mit dem Auto da, deswegen schmissen wir alle Taschen und Körbe in den Kofferraum ihres Familien-Vans. Der Rest von uns schwang sich in den Sattel.

»Ich fahre dich!«, hielt Hase mich auf. Mit geübtem Griff klappte sie die Rücksitzbank um, packte dann mein schweres Rad, und gemeinsam schoben wir es in ihr Auto. Das alles passierte in unter zehn Sekunden. In Sekunde elf schubste sie mich auf den Beifahrersitz und knallte die Tür ins Schloss. Als sie auf der anderen Seite hinter das Steuer kletterte, sagte sie: »Es hat Vorteile, einen Mini-Bus zu fahren.«

»Puh, danke. Ich würde jetzt nur sehr ungerne bis nach Böhl radeln.«

Hase ließ den Wagen an und schüttelte den Kopf. »Es gibt Sturm, und zwar *richtigen* Sturm. So, dass die Schafe keine Locken mehr haben. Sobald du die schützenden Häuser verlassen hast, wird du von der Straße geweht.«

Wir bogen auf die Hauptstraße Richtung Böhl ein, und Hase gab Gas. Die Bäume wiegten sich dramatisch im Wind, und die Wolken rasten über den Himmel.

»Danke, dass du mich fährst«, sagte ich bei diesem Anblick. Als wir auf den Hof einbogen, sah ich, dass jemand alle Scheunen- und Stalltore geschlossen hatte. Sie waren mit Balken und Strohballen von außen verkeilt. Der Hof war leer, der Strandkorb mit der Öffnung zur Hauswand gedreht und mit einem Seil festgebunden. Allmählich wurde mir doch ein wenig mulmig. Offenbar waren alle auf dem Rosenhof im Sturmsicherungsmodus.

Ich hatte schon den Türgriff in der Hand, da hielt Hase mich an der Schulter zurück. Ich drehte mich zu ihr. Einen Moment schwieg sie, dann nahm sie mich etwas ungelenk in den Arm und sah mir danach tief in die Augen. »Luisa. Dein Dorf ist hier. Vergiss das nie.«

Ich musste blinzeln und mich räuspern. Dann drückte ich wortlos ihre Hand, stieg aus, und gemeinsam bugsierten wir Mimis Rad in die Scheune. Ich winkte ihr nach, als sie vom Hof fuhr.

Als ich ins Haus trat, stieß ich fast mit Fiete zusammen, der hektisch irgendwelche Dinge durch die Gegend trug, während Amelie und Mimi am Tisch saßen und Popcorn futterten. Es duftete im ganzen Haus nach warmem Zucker.

»Setz dich«, sagte Mimi, und ich setzte mich. Auf dem Tisch lagen die beiden altbekannten Stabtaschenlampen, daneben stand das uralte Radio aus der Scheune, hinter dem sich ein ganzer Berg Batterien stapelte. Ein Campingkocher rundete das Ensemble ab.

»Bereiten wir uns auf Armageddon vor?«, fragte ich.

Fiete stellte eine Kiste auf den Tisch.

»Bist du auch so eine?«, fragte er mich ernst, und ich schüttelte den Kopf. »So eine« wollte ich keinesfalls sein.

»Eine was?«, fragte ich trotzdem nach.

»Eine Unbesorgte«, erklärte Mimi nüchtern. »Fiete ist immer sehr besorgt. Dabei ist er hier geboren und hat bis jetzt jeden Sturm überlebt.« Sie schob sich eine Handvoll Popcorn in den Mund.

»Weil ich immer gut vorbereitet bin«, erwiderte Fiete und verdrehte die hübschen Augen. »Licht«, er deutete auf die Taschenlampen. »Gaskocher, ein Radio, alles, was man so braucht. Und jetzt mache ich noch die Fensterläden dicht.« Er zog sich seine dicke Outdoorjacke über, schob sich die Kapuze über den Kopf und verschwand in den tosenden Sturm hinaus. Ein Fensterladen nach dem nächsten wurde verschlossen und lautstark verrammelt.

»Ist das gefährlich?«, fragte Amelie vorsichtig, nachdem sie die ganze Aktivität beobachtet hatte.

»Theoretisch«, antwortete Mimi mit vollem Mund. »Sturm halt. Man geht nicht raus, hält die Tiere im Stall und geht davon aus, dass der Strom ausfällt. Dann ist das auch nicht gefährlich.«

»Bleibt ihr hier noch ein wenig sitzen?«, fragte ich und stand auf.

»Gehst du packen?«, fragte meine Tochter mit bangem Gesichtsausdruck. Ich lächelte ihr kurz beruhigend zu, weil sie so erschrocken aussah, nickte dann aber doch. Irgendwann musste ich ja mal anfangen, länger konnte ich es nicht mehr aufschieben. Unser Zug ging in wenigen Tagen, und überall im Haus lag unser Kram verteilt. Zu packen würde eine tagesfüllende Aktion werden.

Ich ließ Mimi und Amelie in der Küche weiter Popcorn essen und wanderte gemächlichen Schrittes durch das Wohnzimmer. Hier fand ich drei Liebesromane, die ich kurzerhand in Mimis proppenvolles Bücherregal schob. Ich hatte alle drei gelesen, und Mimis Bibliothek über den furchtbaren Zustand der Welt konnte ein bisschen zuckrige Gesellschaft gut vertragen. Auf und hinter dem Sofa fand ich einen Pulli von Amelie und einen Schal von mir. Auf dem Tisch lagen Mathezettel, Stifte, ein Kuscheltier und auf der Rückenlehne vom Sofa hockten sieben Playmobil-Ponys. Ich legte alles in meinen Schal und transportierte es so nach oben. Auf dem Weg entdeckte ich noch sehr viel mehr Hausstand von Amelie und mir, hatte aber keine Hand mehr frei.

Wo kam nur das ganze Zeug her? Das hatten wir nicht alles mitgebracht. Wir waren offenbar Zeug-Magneten. Ich trug den Kram hoch in unser Zimmer, wo Amelies Playmobil-Ponyhof den größten Teil des Fußbodens bedeckte. Vermutlich war es sinnvoll, hier alles zu sammeln und es dann einzupacken. Wir würden allerdings einen weiteren Koffer benötigen. Nach einem Blick auf meinen Nachttisch, auf dem sich eine neue Teetasse, zwei alte Kinderbücher von mir und ein weiteres Kuscheltier von Amelie tummelten, entschied ich, dass es aber wohl auch ein Überseecontainer sein könnte.

Diese vielen Gedanken waren anstrengend, und so setzte ich mich erst mal auf die Bettkante. Was nicht gut war, weil mir dann Hases Worte wieder einfielen. *Dein Dorf ist hier.* Ich umklammerte die Bettdecke und ließ mich nach hinten fallen. In einer Woche begann die Schule wieder. Mir war ein wenig schlecht. Alleine schon beim Gedanken an den Salat im Kühlschrank. Vermutlich würden mir sehr viele lebensfähige Bakterienstämme entgegenmarschieren, sobald ich die Kühlschranktür öffnete. Vom überfüllten Briefkasten ganz zu schweigen.

Es polterte auf der Treppe. Eine Horde Büffel schien den Weg zu mir zu suchen, als die Tür aufflog, war es aber nur meine Tochter. Schnell kam ich wieder ins Sitzen.

»Ich will nicht fahren!«, jammerte sie und fing dann an, bitterlich zu weinen. Beschwichtigend hob ich die Hände, tanzte quer über den Ponyhof zu ihr und nahm sie in den Arm. Doch sie machte sich wieder frei, um mich anzufunkeln.

»Deine Kackarbeit! Nur wegen deiner Kackarbeit müssen wir wieder nach München fahren!«

»He!«, sagte ich. »Meine Kackarbeit ist eine verdammt wichtige Arbeit. Und ich verdiene damit unser Geld. Amelie, es ist wirklich wichtig, dass ich diese Arbeit habe.«

Mein Kind schüttelte mit wehender Lockenpracht den Kopf und verschränkte die Arme, immer noch weinend. »Ich verstehe dich doch, Schatz. Wir besuchen Mimi und deine Freunde in den Ferien.«

Ich wollte ihr über den Kopf streicheln, doch sie stieß meine Hand fort und sagte: »Hier hast du viel mehr Zeit für mich. Hier bist du nicht so gestresst. Und die Schule hier ist viel schöner!« Ich musste mich wieder setzen. Sie schnaufte kurz durch, war aber offenbar noch nicht fertig. »Und Papa ist jetzt sogar auch hier.« Sie deutete vage gen Norden zum Strand, wo Hannes und Maybritt hoffentlich nicht mehr waren. Sonst würden sie wegwehen oder absaufen. »Er hat doch acht Jahre auch nicht gearbeitet. Alles musstest du alleine verdienen. Jetzt ist er Influencer. Und Maybritt verdient auch Geld. Die könnten dir doch einfach was abgeben. Du bist schließlich meine Mama! Das ist ein genauso wichtiger Beruf wie Hebamme sein!«

Ich nickte und wusste nicht, was ich sagen sollte. Alles war so viel einfacher, wenn man wusste, dass das Unangenehme, das man von seinem Kind verlangte, notwendig war. Zähneputzen. In den Kindergarten gehen. Im Winter eine Jacke tragen. Die Spritze bei der Impfung aushalten. Oft doof, aber sinnvoll. Leider war ich mir jedoch nicht im Klaren, wie sinnvoll die Rückkehr nach München war. Deswegen sagte ich nichts. Ansonsten bestand nämlich die Gefahr, dass ich auch anfangen würde zu weinen.

»Und Tom?«, schluchzte mein Kind jetzt mit bebender Unterlippe.

»Was ist mit Tom?«, fragte ich argwöhnisch, woraufhin Amelie aufhörte zu weinen, sich sammelte und mich anbrüllte: »Du bist verliebt in Tom!«

Ich zuckte zusammen. Das Haus erbebte, und Frau Ahorn bekam mit Sicherheit einen Herzinfarkt. Ich war doch der Meinung, dass ich meiner Tochter das, was mit Tom war, keinesfalls auf die Nase gebunden hatte. Aber sie hatte es trotzdem gemerkt.

Wieder polterte jemand die Treppen rauf. Fiete tauchte im Türrahmen auf, immer noch komplett bekleidet. Sogar die Kapuze hatte er noch auf dem Kopf.

»Was ist hier los?«, fragte er streng.

Amelie stampfte mit den Füßen auf. »Ich bin so traurig, dass wir nach München fahren!«, rief sie.

Fiete nickte. »Ja, ich finde es scheiße, dass ihr fahrt«, sagte er mit hängenden Armen. Regenwasser tropfte auf die Holzdielen.

»Siehst du!«, knurrte Amelie mich an, und ich knurrte Fiete an: »Das war nicht hilfreich.«

»Ist nicht mein Job, hilfreich zu sein«, sagte er, drehte sich um und stapfte wieder runter in die Küche. Bestimmt, um weiter Inventur bei seiner Armageddon-Ausrüstung zu machen.

Wir sahen ihm hinterher. Dann sagte Amelie zu mir: »Ich hasse Babys.« Und mit diesen Worten marschierte sie ebenfalls wieder nach unten.

»Ich nicht«, rief ich und ließ mich rücklings auf das Bett fallen.

Ich rieb mir die Augen und raffte meinen bleischweren Körper dazu auf, endlich zu packen. Jeder Handgriff fühlte sich an, als wollte ich einen Eisenbahnwaggon über einen Feldweg schieben.

Nach einer halben Stunde war ich immer noch nicht weitergekommen, nur dass jetzt wirklich überall, auch auf den Flächen, die vorher noch frei gewesen waren, Kram herumlag. Ich atmete tief durch, lauschte einen Moment dem Sturm, der um das alte Haus tobte, und ging dann mit schweren Schritten hinunter in das Wohnzimmer.

Amelie, Mimi und Fiete saßen einträchtig vor dem Fernseher und sahen sich eine Sondersendung zum Thema »Sturm über Norddeutschland« an. Ich lief weiter, aß ein paar Stücke Käse direkt aus dem Kühlschrank und kochte mir einen Tee.

»Setz dich zu uns«, rief Mimi, ohne sich umzudrehen. Fiete und Amelie sagten nichts, die waren ja mucksch mit mir.

Trotzdem setzte ich mich dazu, mitten rein, dicht neben Mimi, und kroch mit unter die dicke Decke, die sie über alle gebreitet hatte. Ich lehnte den Kopf gegen ihre Schulter und schloss die Augen.

Ich musste eingeschlafen sein, denn als ich die Augen wieder öffnete, lief Fiete laut telefonierend durchs Wohnzimmer. Mimi betrachtete ihn stirnrunzelnd, und Amelie lag schlafend auf der anderen Seite des Sofas unter einer Decke.

»Was ist los?«, fragte ich leise, doch Mimi legte nur einen Finger über ihre Lippen. Und dann geschahen drei Dinge auf einmal. Mein Handy piepte, weit entfernt fingen sehr viele Sirenen an zu heulen, und als ob das nicht reichen würde, hämmerte jemand gegen die Haustür.

# Kapitel 28

Fiete eilte, immer noch telefonierend, zur Tür, und ich hörte eine tiefe Männerstimme. Toms Stimme, um genau zu sein. Er stürmte ins Wohnzimmer.

»Hast du meine Nachrichten nicht bekommen?«

Ein Blick auf mein Handys zeigte mir elf verpasste Anrufe.

»Das Netz ist zwischendurch abgeschmiert«, erklärte Fiete.

»Was ist los?«, fragte ich verwirrt, während Fiete schon in seine Stiefel schlüpfte. Tom runzelte kurz die Stirn und schien zu überlegen, wo er anfangen sollte. Er entschied sich für den Anfang.

»Hinter Tating liegt der Hof der Momsens«, sagte er. »Hannah Momsen ist schwanger.« Ach, Hannah! Ich nickte und schob die Decke von meinen Beinen. »Sie wollte eigentlich schon lange in der Klinik in Husum sein, aber ihr Auto ist nicht angesprungen«, fuhr Tom fort. »Ihr Mann war beruflich in Hamburg und steht irgendwo im Stau. Hannah hat den Rettungswagen gerufen, aber alle Rettungswachen im Umkreis sind voll ausgelastet.«

Ich steckte mein Handy in die Tasche und stand auf.

»Also ist Hannah alleine auf einem abgelegenen Hof und dabei, ihr Kind zu gebären«, vollendete ich die Aufzählung. Adrenalin durchflutete mich. Mit einem Schlag hellwach rannte ich nach oben, um meine alte Ledertasche zu holen. Ich hatte sie also nicht umsonst mitgeschleppt. Kaum war ich wieder unten, hielt Fiete mir eine dicke Jacke entgegen, in die ich hineinschlüpfte.

»Das Problem ist aber«, fuhr Tom fort, »es könnte eine etwas holprige Fahrt werden. Es liegen Bäume auf den Straßen. Einer der Ärzte aus der Kurklinik hat versucht, zu ihr zu fahren, ist aber im Graben gelandet.«

»Nehmen wir den mit?«, fragte ich.

»Aus dem Graben?«, fragte Tom und schüttelte dann den Kopf. »Ich habe eine Route im Kopf, aber die geht ganz woanders lang. Dem Arzt geht es gut, den sammelt die Feuerwehr ein.«

»Risikogeburt?«, fragte ich knapp und schnappte mir noch das Handyladekabel, um es in meine Tasche zu pfeffern.

»Nein. Habe Hannah gefragt.«

»Guter Mann«, sagte ich, und wir stürzten nach draußen zu seiner Angeberkiste, über deren Existenz ich gerade sehr glücklich war.

Die Fahrt war nicht holprig, sie war ein Höllentrip. Die Route, die Tom sich ausgedacht hatte, ging über Stock und Stein, über Straßen, die diese Bezeichnung eigentlich nicht verdienten. Einmal fuhren wir sogar quer über eine Koppel. Zweimal blieben wir fast im aufgeweichten Boden stecken, aber jedes Mal rettete uns Jackies Auto. Die Kiste würde sich auch noch aus einem reißenden Fluss befreien.

Wir waren fast dreißig Minuten unterwegs, und die ganze Zeit über versuchte ich, Hannah zu erreichen, aber das Handynetz war wieder zusammengebrochen. Endlich bogen wir auf den Momsen-Hof ein, der hell erleuchtet mitten in der Einöde lag. Die Bäume um das uralte Gehöft bogen sich im Sturm, und zwei Männer standen dicht gedrängt vor der Eingangstür, als Tom endlich den Motor abstellte. Ich sprang direkt aus der Beifahrerseite, meine Tasche geschultert.

»Die Hebamme«, seufzte einer der beiden Kerle und schien vor Erleichterung fast zusammenzubrechen.

»Habt ihr die Stellung gehalten?«, hörte ich Tom noch fragen.

»Die Kühe versorgt haben wir, aber Hannah hat uns wieder rausgeschmissen«, sagte einer der Männer.

Ich eilte grußlos an ihnen vorbei. In der Diele war es still und kühl.

»Hallo? Hannah?«, rief ich und lief dann dem schnaubenden Geräusch entgegen, das aus der Küche kam. Hannah war bis auf ein Shirt in Übergröße nackt. Sie hatte den Oberköper auf die Theke gelegt, die Füße fest in den Boden gestemmt.

»Hallo Hannah, wie schön, dich zu sehen«, sagte ich und stellte meine Tasche auf den Tisch. Hannah sah mich an und fing an zu weinen. Bis die nächste Wehe kam, dann war sie damit beschäftigt, sich von ihr nicht niederringen zu lassen. Ich sah überall auf dem Boden Decken und Handtücher. Ein Hand-Desinfektionsmittel stand auf der Küchentheke, genau wie eine Kanne Tee und eine angebissene Käsestulle auf einem Teller sowie ein geöffneter Laptop. Im Hintergrund lief Bach. Hier hatte sich eine Frau mutterseelenallein auf eine Geburt vorbereitet. Überwältigt von den Vorgängen in ihrem Körper, aber mutig genug, sich ihnen zu stellen.

»Großartig hast du das gemacht«, sagte ich und schlüpfte aus der Jacke. Dann wusch ich mir die Hände, desinfizierte sie und streifte die Einmalhandschuhe aus meiner Tasche über. Der Mutterpass lag auf dem Küchentisch, ich warf einen Blick hinein. Das sah alles gut aus.

»Ich habe schon sehr vielen Frauen beigestanden. Wollen wir das zusammen machen?«, fragte ich leise. Hannah sah mich mit roten Augen an. »Dafür muss ich dich einmal untersuchen. Damit wir wissen, wie weit dein Kind schon ist. Würdest du dich bitte einmal kurz hinlegen, danach kannst du wieder aufstehen und laufen. Oder was immer du tun möchtest, ja?«

Hannah nickte und legte sich direkt auf die Decken am Boden. Ich schob ihr Shirt beiseite und wartete, bis sich ihr steinharter Bauch wieder etwas entspannt hatte. Dann ertastete ich äußerst vorsichtig die kindliche Lage. Das Baby war in Startposition, sein Kopf lag tief im Becken der Mutter.

Danach untersuchte ich den Muttermund, der mich mit der freudigen Information *Vollständig eröffnet* begrüßte. Dieses Baby war unwiderruflich unterwegs in die Welt. Jetzt gab es nur noch eine Richtung. Raus. Zum Schluss drückte ich sanft mein Pinar-Rohr auf ihren Bauch, dort, wo das Baby mit seinem kleinen Herzen am nächsten war. Ich legte das rechte Ohr auf, löste die Hände und lauschte dem ordentlichen Pochen in Hannahs Körper. »Es ist alles gut.« Ich berührte Hannah sanft an der Schulter. Jetzt sah sie mich das erste Mal richtig an.

»Geh nicht weg«, sagte sie rau, und ich schüttelte den Kopf.

»Erst, wenn dein Kind da ist.«

Rasch räumte ich alle Utensilien wieder ein, und Hannah drehte sich mit unerwartetem Schwung zur Seite, um auf die Knie zu kommen. Hier blieb sie, ganz in sich versunken, und es gab für mich zunächst nichts zu tun.

Geburten waren Naturgewalten. Man konnte ihnen nichts entgegensetzen. Sie liefen in ihrem Tempo ab, sie bestimmten sich selbst, definierten einen Raum, in dem Zeit und die Welt außerhalb dieser Blase keine Rolle spielten. Es war meine Aufgabe, eine geschützte Umgebung zu schaffen, in der Frauen sich vollständig öffnen konnten.

Leise stand ich auf und entdeckte auf der Arbeitsplatte neben dem Toaster eine Espressomaschine und einen Wasserkocher. Also kochte ich Wasser und Espresso, während Hannah weitere Wehen veratmete. Das musste ich ihr nicht zeigen, entweder sie hatte einen guten Kurs besucht, oder sie war ein Naturtalent. Ich stellte alles bereit und hockte mich dann wieder zu ihr auf den Boden.

Es klopfte an der Tür. Ich warf Hannah einen Blick zu, doch sie hatte das gar nicht mitbekommen. Zügig kam ich auf die Beine und ging auf Zehenspitzen zur Tür. Oxytocin, das wichtigste Hormon unter der Geburt, war hochempfindlich, wie eine Mimose. Ich hatte es hundertmal erlebt: Die Geburt lief, der Oberarzt polterte ins Zimmer, und nichts ging mehr.

Vor der Tür stand Tom. »Brauchst du Hilfe?«, fragte er, und ich schüttelte den Kopf. Er streckte mir seine Hände entgegen. »Kann ich irgendwie unterstützen?« Jetzt lächelte ich.

»Vielleicht später«, formte ich fast lautlos mit den Lippen. Tom deutete eine Verbeugung an und wollte schon gehen, doch ich hielt ihn zurück. »Lass hier niemanden rein. Nur den Vater, wenn er denn irgendwann auftaucht.«

»Der steht immer noch im Stau. Ich beschütze diese Tür mit meinem Leben«, sagte Tom, beugte sich vor und gab mir einen Kuss auf den Mund. Dann verschwand er, und ich kehrte zurück in Hannahs Welt, die mich wohlig warm und lautstark empfing. Die Wehen hatten noch einmal an Stärke zugenommen. Das musste ich nicht messen, das spürte ich. Produktive Wehen, die das Kind mit jeder Kontraktion der Welt entgegenschoben.

Hannah streckte mir einen Arm entgegen und legte ihn mir über die Schulter. Ich rückte näher an sie heran. In der Klinik redete ich viel, ich beschwor, beruhigte, erklärte. Hier schwieg ich, denn alles schien seinen eigenen Rhythmus zu haben, sich von selbst zu ergeben. Hannah richtete sich ein wenig auf und wiegte das Becken, was einfach perfekt war. Die Geburtsposition war so enorm wichtig. Im Vierfüßlerstand oder auf den Knien konnte sie die Schwerkraft nutzen, und das Kreuzbein war nicht im Weg, anders als auf dem Rücken liegend. Aus eigener Erfahrung wusste ich, dass es sich so viel besser anfühlte. Zwei Wehen lang hielt Hannah sich an mir fest, dann stützte sie sich vornübergebeugt auf die Unterarme.

»Darf ich dich noch einmal untersuchen?«, fragte ich sanft und wartete Hannahs schwaches Nicken ab.

Ich schloss die Augen und tastete vorsichtig. Danach war klar, dass es Zeit war für die hoffentlich einzige Intervention bei dieser Geburt. Ich kam erneut auf die Beine. Geburtshilfe war manchmal für die Hebamme eine sehr sportliche Angelegenheit. Dann tränkte ich einige Kompressen mit warmem Wasser und Espresso und legte sie auf. Das regte die Durchblutung an und konnte so ein tiefes Reißen verhindern. Keine Ahnung, ob es dazu wissenschaftliche Studien gab, andere Hebammen arbeiteten mit Dammmassagen, was aber von vielen Frauen als unangenehm empfunden wurde. Ich schwor auf starken schwarzen Kaffee.

Und dann ging alles ganz schnell. Hannah versank in diesen letzten, kraftvollen Wehen, und ihr Baby kam auf die Welt. Sie gebar es in unsere schützenden Hände, und mein Blick wanderte automatisch zur Uhr über dem Backofen.

22.33 Uhr. Dann griff ich an die Nabelschnur und fühlte den Puls. Perfekt. Das Baby bewegte sich normal, der Muskeltonus war gut, und ich spürte seinen ersten Atemzug zwischen meinen Fingerspitzen.

Es krähte einmal empört. Ich zog das Handtuch zu mir und wickelte das kleine Wesen darin ein.

Die Nabelschnur pulsierte, und es war wie immer ein unwirklicher Anblick. Die einzige sichtbare Verbindung der unauflösbaren Einheit zwischen Mutter und Kind.

Hannah drehte sich langsam um. Vorsichtig legte ich ihr eines der Kissen von der großen Sitzbank in den Rücken und reichte ihr ihr Kind. Sie lehnte sich zurück und betrachtete es mit großen Augen. Ich behielt derweil die Backofenuhr im Auge. Das Kleine war jetzt seit fünf Minuten auf der Welt, und ich beugte mich leicht nach vorne, um es noch mal genauer unter die Lupe zu nehmen. Vorsichtig schlug ich das Handtuch zur Seite. Dem Baby ging es blendend, und es duftete wie ein feiner Espresso. »Habt ihr schon einen Namen für euer kleines Mädchen?«

Hannah blickte auf. Dann lächelte sie. »Isabella.«

Jetzt tastete ich, ob in der Nabelschnur noch ein Herzschlag spürbar war, bevor ich sie abklemmte.

»Möchtest du die Nabelschnur durchschneiden?«, fragte ich und griff nach meiner Schere, doch Hannah schüttelte nur den Kopf, ganz auf ihr Kind konzentriert. Beherzt schnitt ich also das feste Gewebe durch und trennte so die Verbindung der beiden. Oft machten das die Väter, und oft waren sie erschrocken, wie viel Kraft man dabei aufwenden musste.

Zehn Minuten waren mittlerweile vergangen, und ich beugte mich zum dritten Mal vor, auch wenn ich dabei die kleine Einheit von Mutter und Kind schon wieder stören musste. Drei Mal prüften wir nach der Geburt alle Vitalwerte des Kindes, machten den sogenannten APGAR-Test. Eine, fünf und zehn Minuten, nachdem es auf die Welt gekommen war. Isabella ging es hervorragend.

Noch während ich die Kleine prüfend betrachtete, verzog Hannah schmerzhaft das Gesicht, und schon war sie da. Die Plazenta. Symmetrisch, perfekt dunkelrot, wie sie sein sollte. Die eine Seite war rot glänzend, die andere glasig schimmernd und von dicken Adern durchzogen. Ein unglaubliches Organ, das viel zu wenig gefeiert wurde. Wir produzieren es aus uns heraus. Einfach so, zu jeder Schwangerschaft neu. Dieses hier war wunderschön und vollständig. Es gab auf den ersten Blick keine Ausbuchtungen, keine Nebeninseln, keine fehlenden Teile. Das würde ich gleich noch einmal genauer untersuchen. Vorher aber tastete ich erneut über Hannahs Bauch, um die Rückbildung der Gebärmutter zu kontrollieren, und dann endlich konnte ich Hannah gratulieren. Das tat ich erst, wenn auch die Plazenta geboren und die Geburt somit wirklich abgeschlossen war.

»Hannah«, flüsterte ich, denn noch immer waren wir in dieser machtvollen kleinen Blase, und ich konnte nicht laut sprechen. »Ich gratuliere dir.« Ich streichelte ihr Bein, und Hannah sah mich an. Mit diesem ungläubigen Blick, den ich schon so oft gesehen hatte.

Isabella lag auf ihrer Brust. Hannah betrachtete ihr Kind, und ihr Kind betrachtete sie. Irgendwann legte Hannah ihre Tochter zum ersten Mal an und atmete dabei erschrocken ein, als ihre Gebärmutter reagierte und sich weiter zusammenzog.

Ich kontrollierte noch einmal alles. Es ging beiden sehr gut. Vor mich hin summend begann ich aufzuräumen und zu wischen.

»Machst du die Nachsorge?«, fragte Hannah mich irgendwann. Keine Frage, natürlich machte ich die Nachsorge. Ich wollte sehen, wie diese starke Frau zur Mutter wurde, ich wollte Isabella wachsen sehen, wollte sie wiegen und Hannah in allen Belangen unterstützen. Das war meine Berufung. Das hatte ich immer gewollt.

»Ja, klar«, sagte ich und stellte die Espressotasse in die Geschirrspülmaschine. »Du warst sehr mutig, Hannah.«

Sie lächelte zu mir hoch und sah plötzlich so jung aus. Gar nicht mehr wie die Frau, die gerade einem Menschen das Leben geschenkt hatte. »Ich hatte keine Wahl«, sagte sie dann. »Danke. Hast du eine Ahnung, wo mein Mann steckt?«

Ja, Hannah war wieder im echten Leben gelandet.

»Er ist auf dem Weg«, antwortete ich.

Plötzlich erfüllte blau blinkendes Licht die Küche. Schwere Stiefel trampelten Richtung Haus, und die Tür wurde aufgerissen. Hannah zuckte zusammen, und ich eilte den Männern entgegen, um sie energisch zurück in den Flur zu schieben.

»Das hier war eine spontane Geburt ohne jegliche Komplikationen. Die Plazenta ist vollständig, das Kind fit, die Mutter ebenfalls«, erklärte ich und ließ dann nur die Notärztin zu Hannah, die sich routiniert die Schuhe auszog und dann Mutter und Kind durchcheckte. Während Hannah sich noch weigerte, mit ins Krankenhaus zu fahren, tauchte auch endlich ihr Mann in der Küchentür auf. Er flog an uns allen vorbei, die Augen weit aufgerissen, und die Notärztin und ich zogen uns leise zurück.

Draußen saß Tom mit einer Decke über den Schultern auf der Eingangstreppe unter dem Vordach. Der Sturm hatte nachgelassen, und die frische Luft war köstlich.

Tom hob wortlos die Decke, und ich setzte mich neben ihn.

»Toll gemacht«, sagte er und sah mir tief in die Augen.

»Hannah hätte das auch alleine geschafft«, erwiderte ich. »Es war eine der schönsten Geburten, die ich bisher erlebt habe. Voller Stärke und Kraft. Was für eine Leistung. Man muss sich davor verneigen«, sagte ich.

»Willst du die Sieben? Oder lieber die Neun?«

»Was?«, fragte ich und legte den Kopf an seine Schulter. Seine Arme umfingen und hielten mich. Er wiederholte seine Frage nicht, aber das brauchte er auch nicht. Seine Worte erreichten meine Seele, und ich musste lächeln. »Die sind beide gleich hässlich. Kann ich eine der Wände rosa streichen?«, murmelte ich müde.

»Hab ich mir schon gedacht. Bitte. Wenn es dich glücklich macht und du dann hierbleibst.«

Ich seufzte tief und erleichtert auf. »Ja. Ich streiche die Wand in der Sieben rosa und bleibe hier. Weil mich das glücklich macht.«

# Kapitel 29

Später konnte ich nicht mehr genau sagen, wann meine Entscheidung gefallen war. Vermutlich irgendwann zwischen Isabellas erstem Atemzug und Hannahs Frage, ob ich die Nachsorge übernehmen würde.

Natürlich war zunächst wahnsinnig viel zu organisieren. Aber endlich hatte ich wieder genug Energie für diese Entscheidungen. Zuerst musste ich in München alles kündigen und mein Leben dort auflösen. Um hier ein neues zu beginnen. Vielleicht hatte Mimi doch recht gehabt, als sie sagte, man müsse den Dingen eine Chance geben, sich zu fügen. Die Klinik kam mir entgegen, denn man hatte tatsächlich schon einen Ersatz für mich gefunden. Nach der langen Krankheitsphase schien man sowieso davon ausgegangen zu sein, dass ich nicht zurückkommen würde. Ich fand rasch einen Nachmieter und brauchte nur eine weitere Monatsmiete zu zahlen. Und Amelie bekam tatsächlich den Platz in Miikes Klasse.

Auch wenn mein Einkommen ungewiss war, Maybritt hatte Wort gehalten: Hannes überwies mir jetzt regelmäßig Geld. Das reichte zwar nicht allzu weit, aber es war ein Anfang.

Ein Dach über dem Kopf hatten wir auch. Vorerst würden Amelie und ich bei Mimi wohnen. Tom bot mir ungefähr hundert Mal an, bei ihm einzuziehen, aber das war mir zu schnell. Mein Kind sollte in Ruhe ankommen, ich wollte sie nicht gleich in eine neue Beziehung stoßen. Zumal Amelie sich vor Glückseligkeit, ein fester Bestandteil des Rosenhofes zu sein, gar nicht mehr einbekam. Genau wie Mimi. Und Fiete. Sogar Frau Ahorn schien glücklich zu sein.

Gemeinsam räumten wir herum, damit Amelie ein eigenes Zimmer bekam. In einer Woche würden Tom und ich uns den Torten-Van von Matthias leihen und meine Habseligkeiten aus München holen.

Mimi war nicht mehr zu halten. Sie plante eine verspätete Umschulungsparty für Amelie, die die Welt so in dieser Form wohl noch nicht gesehen hatte. Es würde bergeweise Arme Ritter geben, Kinderpunsch, Rotwein, Torte, Sandwiches, Scones und Tonnen an Apfelkuchen, denn die Bäume im Obstgarten bogen sich unter ihrer prachtvollen Last.

Heute waren Amelie und ich auf dem Weg in die Praxis, um Nummer Sieben neu zu streichen und ein paar bunte Kissen zu verteilen.

Maria vom Empfang hatte mich mit der für sie typischen Effizienz willkommen geheißen, mir Visitenkarten erstellt und das Außenschild mit meinem Namen versehen. Sie hatte einen eigenen Wasserkocher und zwei bequeme Korbsessel für den Raum besorgt und tat allgemein so, als hätte ich Toms Praxis übernommen. Dabei nutzte ich diesen Raum ja nur für meine Untersuchungen und den klitzekleinen Rückbildungskurs, der aktuell aus zwei jungen Müttern bestand, aber da war noch eine Menge Luft nach oben. Ich hatte fast täglich neue Anfragen.

Hannah hatte ich am Morgen besucht und ihr beim Stillen zugesehen. Danach hatte ich die kleine Isabella gewogen und telefonisch einen Termin für sie bei Tom vereinbart. Dabei hatte Maria ins Telefon gerufen: »Unsere Hebamme!« So nannte sie mich jetzt immer. Selbst, wenn ich nur kurz in die Praxis kam, um mit Tom etwas zu besprechen, rief sie quer über die Schar der Wartenden hinweg: »Ah! Unsere Hebamme!« Dann guckten mich alle an, und ich war versucht, einen Knicks zu machen.

Als Amelie und ich jetzt die Praxis betraten, beladen mit Farbeimern und Malerrollen, rief Maria: »Ah, unsere Hebamme und ihre Tochter!«

Amelie und ich lächelten scheu, zogen die Köpfe ein und eilten in die Sieben.

»Warum macht sie das?«, fragte Amelie, während wir auspackten und die Möbel zur Seite schoben.

»Ich habe keine Ahnung«, erwiderte ich und öffnete den Farbeimer. Ein warmes, pudriges Rosa hatte ich ausgesucht. Grade als wir anfingen zu streichen, eilte Wibo um die Ecke. Sie trug eine verwegene Latzhose und hatte ein buntes Tuch um ihre blonden Haare gewunden. Über ihrer Schulter hing eine offenbar altgediente Malerrolle.

»Hab's doch geschafft«, sagte sie und tauchte, bevor ich sie hindern konnte, schon die Rolle in die Farbe.

»Aber … äh …«, sagte ich. Wibo hatte eigentlich keine Zeit. Abgesehen davon handelte es sich bloß um zwölf Quadratmeter, die Amelie und ich ohne Probleme selbst hätten streichen können. Dazu kamen wir aber gar nicht. Amelie bekam den Auftrag, die Ecken mit einem Pinsel zu bearbeiten, und Wibo rollte die Wand in einer Affengeschwindigkeit ab. In null Komma nix war alles rosa. Es ging so schnell, dass ich nur staunend dastand.

Wibo zuckte mit den Schultern. »Streichen kann ich. Bis gleich!« Dann steckte sie die Rolle in eine Tüte, die sie aus der Hosentasche gezogen hatte, küsste erst Amelie, dann mich auf die Wange und eilte davon.

Das neue Hebammensprechstundenzimmer war fertig. Überwältigt sank ich in einen der Korbsessel und rief: »Ist das nicht alles wunderbar?«

Amelie, die auf dem Boden hockend hochkonzentriert an den

Fußleisten werkelte, drehte sich zu mir und antwortete: »Total toll. Aber warum schreist du denn so?«

Als Amelie fertig war, packten wir unsere Siebensachen, verabschiedeten uns beim Rausgehen kurz von Tom (weil wieder viele Patienten im Wartezimmer saßen) und Maria (noch schneller laufend, damit sie nicht wieder in der Gegend herumbrüllte) und trugen alles in Suses Café, wo heute ein außerordentliches Freitagstreffen stattfand. Ein Kind-und-Kegel-Treffen, um Mimis Party nächste Woche zu planen. Der Sommer war fast vorbei, und das neue Schuljahr hatte begonnen. Ein guter Grund für eine große Party. Im Café war immer noch viel los. Allerdings saß heute Suse in ihrem strahlend gelben Pulli an einer langen Tafel und genoss mit offensichtlicher Freude einen perfekt zubereiteten Cappuccino. Heinz neben ihr döste, die Zeitung noch fest in beiden Händen. Wibo und Hase waren auch schon da und starrten ungläubig in ihre Kaffeetassen.

»Ich habe einen Hasen«, sagte Hase. Ich reckte den Hals und entdeckte auf dem perfekt schimmernden Milchschaum tatsächlich einen großen Feldhasen aus Kaffeetropfen.

»Das ist Kunst. Wie macht man denn bitte so etwas?«, raunte Wibo und zeigte mir die Sonnenblume in ihrer Tasse.

»Hallo Luisa.« Suse deutete auf den freien Stuhl neben ihr. »Das sind dumme Hühner. Die sollen den trinken und nicht anstarren. Er schmeckt noch besser, als er aussieht. Und das kann man kaum glauben.«

Ich strich Heinz über die Hand, der mit geschlossenen Augen lächelte, und Amelie verschwand zu den anderen Kindern nach draußen auf die Promenade. Den perfektesten aller perfekten Cappuccinos hatten wir Matthias zu verdanken. Der konnte nicht nur Torten, der konnte auch Kunst mit Kaffee und Milchschaum. Grandios. Und nun brachte er auch noch Torte. Sahnetorte mit Kirschen, Schokoladenstreuseln und Mandelsplittern. Ich fing schon allein bei dem Anblick an, lüstern mit den Augen zu rollen.

»Sollten wir nicht auf Steffi warten? Die müsste doch jeden Moment kommen«, schlug ich vor, doch Suse, Wibo und Hase zuckten nur die Schultern.

»Also, wenn du das schaffst, tu es gerne. Ich schaffe es nicht. Suse, warum sind die Stücke so groß? Sind das Doppelstücke? Wie ein doppelter Espresso?« Wibo tauchte schon die Gabel in die Köstlichkeit.

»Für uns nur das größte Stück Torte«, sagte Suse, lächelte und schob sich den ersten Bissen in den Mund. »Wenn es uns gut geht, geht es allen gut.«

Suse ging wieder zum Tanzen, denn Frau Kautmayer hatte sich als wahre Unterstützung in Sachen Heinz herausgestellt. Tatsächlich war er so gerne mit ihr zusammen, dass die beiden auch kleine Ausflüge ohne Suse unternahmen. Da nun auch noch Matthias im Café half, weit mehr als nur den ursprünglich vereinbarten Tag, hatte Suse endlich wieder Zeit für sich und war seitdem ein deutlich entspannterer Mensch.

Steffi kam um die Ecke geschlendert, im Sportdress und mit einer dicken Tasche über der Schulter. »Ist Fiete noch nicht da?« Sie ließ sich auf den leeren Stuhl plumpsen, wartete aber die Antwort gar nicht ab, sondern sperrte den Mund auf, woraufhin Wibo ihr eine Gabel mit Torte hineinschob. Fiete ließ nicht lange auf sich warten. Noch während Steffi kaute, kam er mit all ihren Kindern um die Ecke. Murmel kletterte gleich auf Steffis Schoß, und sie zog sie an sich, um ihr einen Kuss auf den Scheitel zu drücken.

»Hat alles gut geklappt?«, fragte Steffi Fiete, der nur nickte und hinter die Theke schielte.

»Setz dich«, sagte Suse energisch und zog einen weiteren Stuhl heran.

Fiete setzte sich. »Klar hat alles geklappt. Wir waren bei den

Ziegen, und dann haben wir Fußball gespielt. Sogar Murmel. Sie foult schon ziemlich gekonnt.« Er grinste kurz.

Suse hob die Kuchengabel und klopfte damit gegen ihre Kaffeetasse. »Wir sind das Partykomitee für dieses Schuljahr. Um das Essen brauchen wir uns nicht zu kümmern, das tut Mimi. Wir feiern bei Mimi, brauchen wir uns also auch nicht drum kümmern. Termin steht fest. Heute in einer Woche. Auch erledigt. Was noch?«

Ich grinste mit Torte im Mund. Das Leben konnte so einfach sein. Die Tür ging auf und ließ einen Schwall kühle Luft ins Café, woraufhin Heinz aufwachte und seine Zeitung aufschlug, während sich eine Vielzahl Kinder in den Raum ergoss. Amelie hüpfte um uns herum und rief: »Was macht ihr?«

»Wir planen die Party nächste Woche«, erklärte ich mit vollem Mund.

Abrupt blieb sie stehen. »Kann Papa kommen? Mit Maybritt?«, fragte sie.

»Natürlich«, sagte ich.

Mein Kind drehte sich zu Fiete. »Kommt dein Freund auch? Bitte! Er kann tanzen wie Fred Astaire! Das ist cool!«, rief sie so laut, dass wirklich das gesamte Lokal es gehört haben musste. Einschließlich Matthias, der in seiner Arbeit hinter der Theke innehielt.

»Matthias kann steppen. So!«, rief Amelie und steppte unbekümmert einmal quer durch den Raum. Sie bekam gar nicht mit, dass Fiete erschrocken die Luft anhielt.

»Matthias kann tanzen wie Fred Astaire?«, fragte Hase so munter, als würden wir über das Wetter plaudern. »Und er hat mich schon mit den Torten und dem Cappuccino überrascht!«

»Ein vielseitig talentierter Mann«, bestätigte Suse, und Heinz nickte anerkennend.

»*Ich* habe ihr das nicht erzählt«, sagte Fiete, während er

schnaubend ausatmete. Er klang, als würde er gleich einen Asthmaanfall bekommen.

Steffi betrachtete ihn nüchtern. »Sie ist acht. In ihrer Welt versteht man nicht, warum zwei Menschen, die sich lieben, nicht auch zusammen zu einer Party gehen sollten.«

»Ich bin weit über acht«, sagte Hase. »Ich verstehe es auch nicht. Also kommt ihr? Zusammen?«

»Man kommt halt nicht voran, wenn man nicht auch mal was zurücklässt«, erklärte Heinz mit salbungsvoller Miene. Wir sahen ihn an. Er nickte, lächelte, drückte dann Fiete die Hand und schloss wieder die Augen.

Matthias tauchte hinter uns auf, legte Fiete eine Hand auf die Schulter und sagte: »Natürlich kommen wir.«

Und damit war die Sache erledigt.

# ENDE

Der Frühling war noch nicht da, aber ich konnte ihn schon riechen. Es lag ein warmer Hauch in der steifen Brise, die die Nordsee uns jetzt im April schickte. Die Tage wurden endlich wieder länger, und die Sonne gewann jeden Tag an Kraft. Wenn nicht riesige Wolkenberge sie am Horizont hinter sich versteckt hielten. Den Winter über hatten wir unser Freitagstreffen bei Mimi im Wohnzimmer oder bei Suse im Café abgehalten, aber wir hatten schon mal die Decken bereitgelegt und wollten nächste Woche wieder ein Treffen am Strand probieren. Zur Not auch im Schneeanzug. Wir sehnten uns alle nach den Strandkörben, der Weite und der salzigen Luft.

Ich öffnete die Autotür meines Minis, den Hannah Momsens Mann für mich repariert hatte, nahm meine Tasche von der Rückbank und lief die paar Stufen bis zur Eingangstür hoch. Der Ort war noch leer, den großen Ansturm an Besuchern würde erst der Sommer mit sich bringen. Ich hatte einen langen Tag gehabt. Zurzeit betreute ich vier Frauen. Zwei Kinder waren schon geboren, und eins hatte einen wunden Po, dessen Besichtigung keinen Aufschub geduldet hatte. Schlussendlich war es nur eine leichte Rötung gewesen, die mit einfachen Hausmitteln schnell in den Griff zu bekommen war. Eine weitere Hausgeburt war angemeldet, die anderen Frauen würde ich als Beleghebamme in die Klinik begleiten. Die Versicherungsprämie fraß mir quasi die Haare vom Kopf, aber ich hatte es genau so gewollt.

Tom und Amelie waren schon zu Hause. Jackies Wagen stand in der Einfahrt, und als ich die Tür aufschloss, stolperte ich über Amelies gelbe Gummistiefel, die ineinander verkeilt wie eine moderne Skulptur direkt dahinter herumlagen.

»Bin da!«, rief ich.

»Hallo«, rief es einmal aus dem Wohnzimmer und einmal aus der Küche. Amelie kam um die Ecke geschossen, die Haare standen ihr wirr zu Berge. Sie brauchte dringend eine Dusche, und ihre Wangen waren gerötet.

»Ich hasse Mathe«, verkündete sie fröhlich und umarmte mich. Ich umarmte zurück und hielt dabei die Luft an. Sie war jetzt schon neun, und irgendwo hinter den nächsten Lebensjahren lauerte die Pubertät, die man jetzt manchmal schon riechen konnte. »Hast du trotzdem die Hausaufgaben gemacht?«

»Hmpf«, brummte das Kind an meine Brust. »Bei Mimi. Mit Fiete.«

»Bravo«, sagte ich und küsste ihr noch mal den Scheitel.

»Jetzt gucke ich bis zum Abendessen TKKG. Hat Tom erlaubt.« Mit diesen Worten verschwand sie wieder, und ich lief auf meinen roten Socken in die Küche, wo Tom irgendetwas mit Käse überbuk.

Wortlos stellte er die Teller zur Seite und gab mir einen Kuss. Ich küsste zurück. »Was machen die Frauen?«, fragte er, und ich zückte mein Handy, um es neben den Toaster zu legen.

»Ich bin in Rufbereitschaft«, sagte ich. »Ich habe es im Gefühl, dass ich heute Nacht noch mal losmuss.«

Tom nickte nur und sagte: »Ist ja auch Vollmond. Dann also kein Wein für dich.«

Das war es. Ich musste nichts organisieren, erklären oder tun. Wenn mich Patricia oder ihr Mann heute Nacht anriefen, konnte ich einfach aufstehen, mich anziehen und losfahren, um ihre kleine Tochter auf die Welt zu begleiten. Tom würde morgens Amelie wecken und zur Schule fahren. Und wenn ich dann immer noch unterwegs sein sollte, würden Fiete, Mimi, Hannes, Maybritt oder eine meiner Freundinnen sie von der Schule abholen. Sie würde ein Mittagessen bekommen, Hausaufgaben machen und dann mit ihren Freunden spielen. Ich war im Alltag nicht mehr alleine und hatte die Kür – unsere Kinobesuche, das gemeinsame Eisessen einmal in der Woche – noch als Kirsche obendrauf. Fast jeden Abend war ich so früh zu Hause, dass ich meine Tochter ins Bett bringen konnte. Wir erzählten uns vom Tag, ich half ihr beim Haarewaschen, wir kuschelten uns gemeinsam ins Bett, und ich las ihr vor. Jeden Abend. Obwohl sie mittlerweile sehr gut alleine lesen konnte.

Ich hockte mich auf die Kante vom Esstisch, um Tom dabei zu beobachten, wie er das Abendessen zubereitete. Als er die dampfende Auflaufform aus dem Ofen holte und auf den Tisch stellte, warf er mir einen kurzen Seitenblick zu.

»Was?«, fragte er und grinste. Es war dieses ganz besondere Grinsen, das nur ich von ihm bekam. Es war warm, und der Schalk saß ihm dabei im Nacken. Er richtete sich auf, streifte die Ofenhandschuhe von den Fingern und stellte sich vor mich. »Luisa Haselnuss, wenn du so guckst, führst du etwas im Schilde.« Er sah mir direkt in die Augen, seine Nasenspitze an meiner. Ich legte die Finger an seine Wangen und atmete tief ein. Duschgel und die Nordsee.

»Ich bin glücklich«, sagte ich leise und sah genau, wie lange Tom brauchte, um meine Worte zu verstehen. Denn als sie ihn in ihrer Gänze erreichten, zuckte es in seinem Gesicht. Er lächelte ganz leicht, sah mir tief in die Augen und umfasste meine Wangen mit seinen talentierten Händen.

»Ich auch.«

# Danke

Unser Hebammensystem ist einzigartig und benötigt Schutz und Fürsorge.

Wir brauchen Hebammen, sie sind für eine Geburt unerlässlich, aber das System hakt an allen Ecken und Enden. Wir brauchen eine Aufarbeitung des Gebührenkatalogs. Aktuell ist eine komplikationsreiche Entbindung wirtschaftlicher als eine gut verlaufende Geburt.

Wir brauchen eine attraktivere Bezahlung für diesen Beruf, und Arbeitszeiten, die ein Privatleben zulassen. Hebammen bleiben durchschnittlich nur wenige Jahre in diesem Beruf, mit Familie ist er kaum zu vereinbaren. Wir brauchen mehr Belegsysteme, eine 1:1-Betreuung. Das ist kein Luxus, sondern existenziell. Es gibt kaum eine politische Lobby, dabei geht Geburtshilfe uns alle an, nicht nur werdende Mütter und Väter.

Ich sehe wenig Wertschätzung für das, was Schwangere und Gebärende und letztlich Mütter tagtäglich für eine unglaubliche Leistung vollbringen. Sie pflegen, geben Fürsorge, denken an alles, kümmern sich, tragen Verantwortung und sind in diesem System unerlässlich. Was sich leider nicht in einer angemessenen Bezahlung widerspiegelt. Ein Kind zu bekommen oder Angehörige zu pflegen ist immer noch das größte Armutsrisiko für Frauen.

Danke an meine wunderbare Agentin Petra Hermanns, die diesem Buch eine fantastische Geburtshelferin gewesen ist.

Ein riesiges Dankeschön an meine Wortfinderin-Kollegin und Freundin Jeanine Krock. Retterin in der Not! Ich bin sehr glücklich, dass wir eine gemeinsame Kaffeeküche haben.

Danke an Lucinde. Für den Soundtrack zum Buch, dein offenes Ohr, deine Beiträge zu Tom und dein textsicheres Auge.

Mein ganz besonderer Dank gilt außerdem Giulia Castellani und Franziska Böhm. Zwei Hebammen, die mir ihre Sicht, ihre Worte und ihre Fähigkeiten geliehen haben, um Luisas Welt zu kreieren. Danke für eure Zeit! Sollte ich trotzdem etwas falsch wiedergegeben haben, lag es nur an mir, nicht an euren ausführlichen und hilfreichen Informationen.

Danke an meine Kollegin Constanze Wilken! Sie kennt St. Peter-Ording wie keine andere.

Danke an Murmel und Katha, deren Kindheit untrennbar mit diesem Ort verbunden ist.

Danke an die Hasengang! Too hip to hop! Möge die Macht mit uns sein!

Danke an Sylke Faltis, Hebamme aus St. Peter-Ording.

Ganz großer Dank an Steffi, Hase, Wibo und Suse. Die vier sind ganz anders als meine Romanfiguren, aber sie gehören nach SPO wie das schlechte Wetter und der Aperol, weswegen sie mir freundlicherweise ihre Namen geliehen haben. Nächstes Jahr bauen wir wieder eine Strandkorbburg, frühstücken viel zu spät und haben einfach eine großartige Zeit!

Danke an Christian vom Therapiepunkt in Cremlingen. Er war mir Beistand bei Toms Arbeit als Osteopath.

Danke an Jutta und Tatjana! Für den Kuchen, die Treffen, die gemeinsame Leidenschaft für Amsella und Co.

Danke Papa. Für meine Liebe zu Pferden. Für den Namen Eule. Und danke an Lombardo. Der meine Prinzessin Kartoffel war.

Danke an Birte, Claudia und Steffi! Ihr seid die Besten!

Danke an Grit und Uschi. Für den Austausch und das unermüdliche Finden von Fehlern.

Danke an die Buchbotschafterinnen, die uns Autorinnen mit ihrer Leidenschaft für Geschichten unterstützen.

Danke, mein Mann. Für das gemeinschaftliche Bestreiten aller Abenteuer in diesem Jahr, die Liebe, den Kaffee, das Essen und die Zäune, die du für mich baust. Du bist mein Tom Bredenhof.

*Kann man Liebe säen, wo sie nicht von selbst wächst?*

Valerie Korte
LIEBE TREIBT DIE SCHÖNSTEN BLÜTEN
Roman

416 Seiten
ISBN 978-3-404-18355-5

Das fragt sich Gartenbauerin Svea, als sie ausgerechnet im Rückenkurs den Landschaftsarchitekten Lars trifft. Nach 45 Minuten Faszienlockerung ist ihr klar: der und kein anderer. Von seiner Seite allerdings: null Interesse. Die Partnerübung mit dem Igelball endet im Desaster, und auch die wissenschaftlich geprüften Flirt-Tipps von Sveas Freundin Elisabeth zeigen keine Wirkung. Oder? Als Lars bei der Stadt Köln die Neugestaltung eines Platzes ausschreibt und Svea sich mit ihrer Firma bewirbt, kommt Bewegung in die Sache …

Lübbe